阿卜杜勒拉扎克·古納

ABDULRAZAK GURNAH

宋瑛堂——譯

海邊

BY THE SEA

For Denise

各界推薦

流散的代價幾乎無法想像，開場就預告那將是解離再解離，即使離散者想方設法融入寄居的客土，如何除卻那來自異鄉的刺青印記？古納終身以海邊故土記憶為創作題材，一頁頁歐洲人接踵而至的非洲殖民史，諷刺地讓從未思考過歸屬問題的非洲人明白了自己是誰，最起碼也知道自己的歸屬——屬於哪一個主子的奴僕。古納的每一部作品都讓人啟頁後難掩上，歷史、地緣、經濟、文化的衝擊，對人類起源的非洲大地戕害何其深。

——古碧玲（作家）

在地圖誕生之前，在地理還未被運算、因而荒地還未成領土之前……只有無邊無際的海邊，沒有三六九等的難民。

——張潔平（飛地書店創辦人）

有位朋友在淡水租屋。問他為什麼要住在離市區那麼遠的地方？他說，因為淡水讓他想起回不去的家。他偶爾出門踏查，會把依山傍水的景色畫下來，貼在社群媒體上，一來是提醒自己不要忘了家的樣子，二來是為了給那些同樣回不了家的同鄉欣賞。他們之中，有人來了又走了，有人原本留下來但後來不得不走了，還有人在到底要留下來還是要走之間游移。我的朋友決定留下來，變成我們之間的一分子。但是我清楚地知道，只要他走到水邊，就會秒回香港。讀了諾貝爾文學獎得主古納的《海邊》，不禁讓我想起這個朋友的故事。

——黃秀如（左岸文化總編輯）

「有了傢俱，你我不會在荒野漫無目的找路走，不會在林間空地和滴滴答答的山洞裡盤算著如何獵食同類。」驚心動魄，情節反轉再反轉。從抱怨、辯解，柳暗花明走向靈魂拷問的長旅。艱難的悲憫，苦難後才懂珍惜的溫情，從故事中滿溢。

——盧郁佳（作家）

在友誼裡找到庇護，以共有的經驗構築出一座避風港，格外動人。

——《紐約時報》

故事沉靜感人，從智識與同理心的角度探討寬恕、傳承、離鄉等重要主題。

——《科克斯評論》

用令人驚喜的、美妙的視角，書寫出事物之間的平衡

——《衛報》

難民獲得了聲音和名字；殖民和革命所造成的深刻變化，變得清晰而生動。

——《波士頓評論》

不僅僅是一本雄辯滔滔的小說，更是優雅，迷人的作品。

——《星期日電訊報》

解開全球縱橫交錯、錯綜複雜的故事，你我儘管容貌背景迥異，其實本質上密不可分……離鄉背井賦予古納一份震憾人心而絕妙的均衡視角。宛若史詩，令人驚嘆而精湛。

——《觀察者》

閱讀時幾乎不敢呼吸，生怕打破了令人著迷的結界。

——《泰晤士報》

從開場你就知道這是一個真正的作家，深深著迷其中，並明白這是一個對世界有話要說的作者。

——《觀察家報》

CONTENTS

※ 目錄 ※

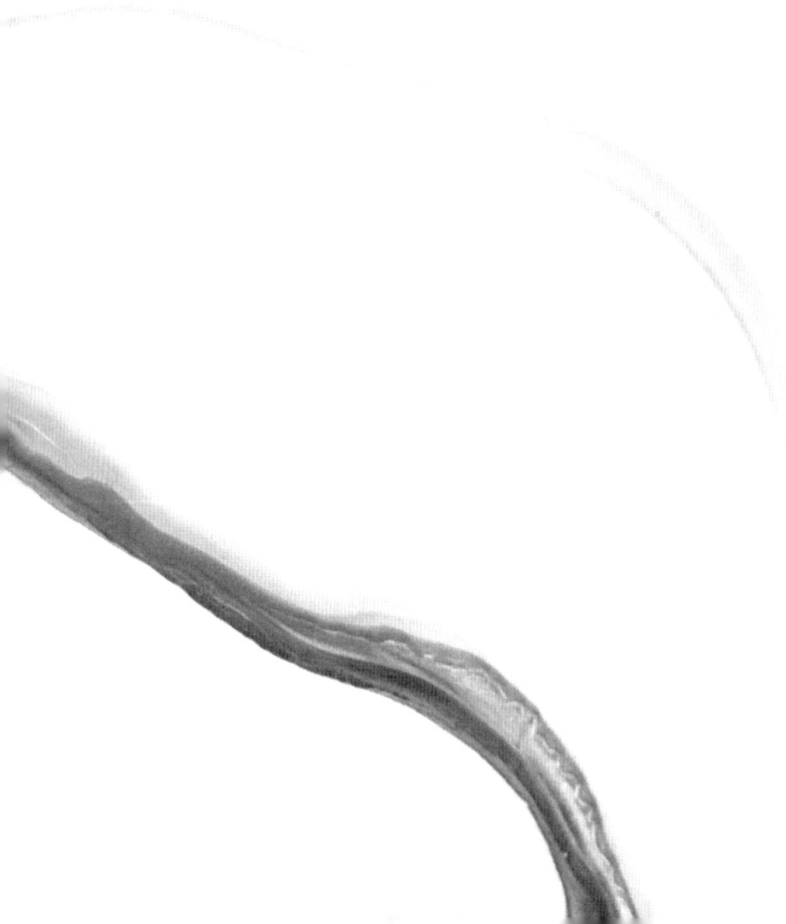

文物

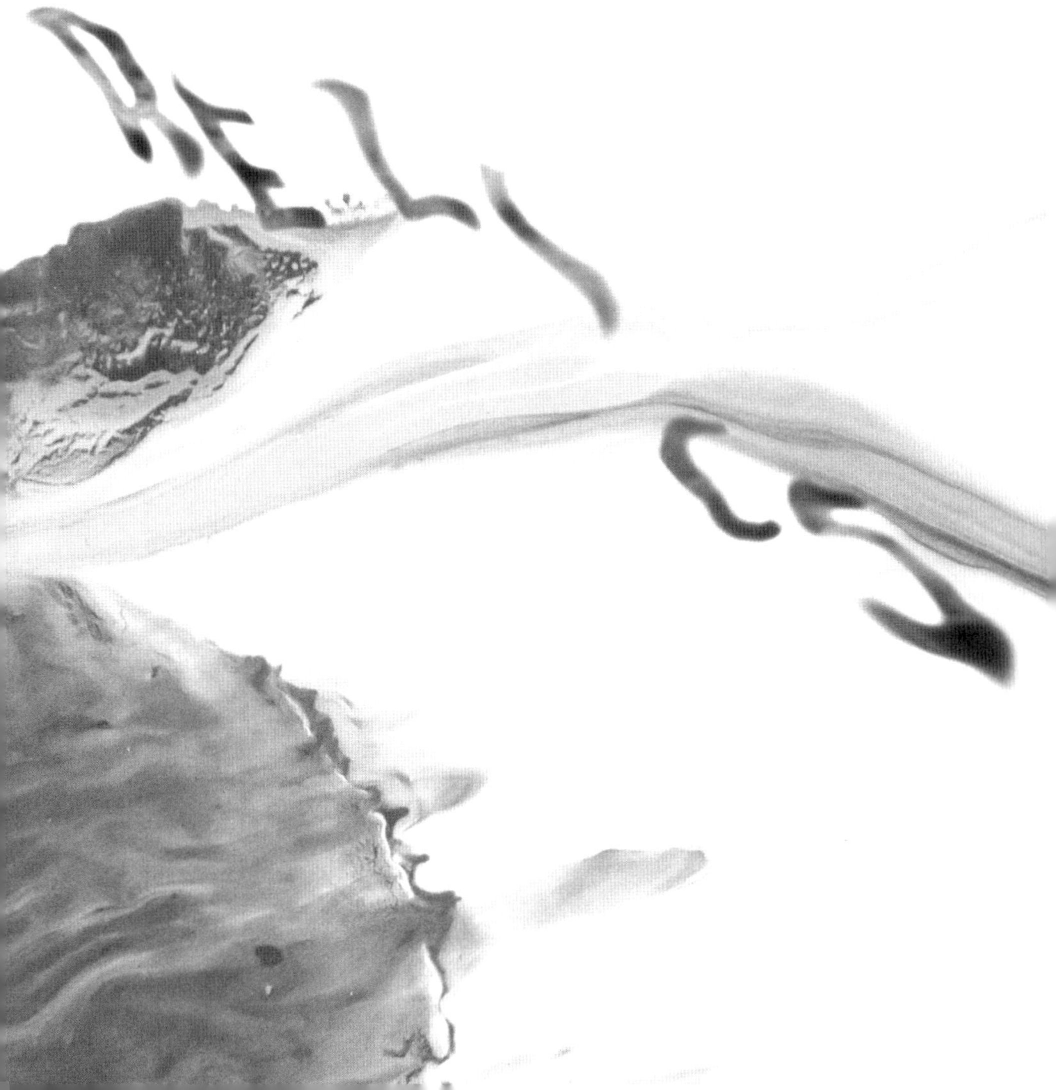

1

瑞裘（Rachel）她說過，她晚點兒會來找我。當她說她會來，有時會果真上門來。她寄明信片通知我，是因為我的住處沒有電話。我拒裝電話。她在明信片上寫道，若我不願她來訪，應打電話婉拒，但我一直未去電。我提不起興致。反正時辰已晚，她八成不會來了，至少今天不會。

然而在明信片上，她也明言今天將在六點以後來訪。有些人是心意點到為止，不付諸行動，或許瑞裘屬於這一型，只想表達她對我的寄念，認定我能領受這份暖意。我領受到了。這也不重要，我只是不願她夜深時分來訪，不願讓底蘊豐富的靜夜被她吱吱喳喳的託辭和懊悔震碎，也不願聽她衝動之下另生小計，進一步剝奪我的暗夜餘韻。

我不禁納悶，自己為何變得如此珍視夜闌時分？為何深夜的靜謐如今充斥著呢喃私語？從前的夜，靜悄悄嚇人，詭異的消音感緊繃，凌駕言語。在我感覺裡，移居此地相當於關閉一道窄門，另啟門路通往一間豁然開放的大廳。置身暗夜的我，空間感盡失，無所適從之餘，心裡更加踏實，語音的交響更形明晰，宛如前所未聞的響聲。有時候，我耳聞遠方樂音，旋律從空曠處徐徐飄來，成了朦朧的低語。白天，日復一日枯燥，我企盼黑夜降臨——儘管我怕暗，也畏懼夜裡無窮盡的暗室與飄搖的陰影。有時候，我認為自己註定在紛亂無序的危樓廢墟裡度過今生。

事態如何演進至今已難闡明，已無從確定起始點在哪、進而變成什麼跟什麼、最後才來到當前的情勢。我憑指掌握不住往事的點滴。縱使在我默默細數往昔的此刻，我仍聽得見不堪回首的舊事聲聲迴盪，聽得見我該要牢記的過往，所以理應順暢的敘事過程才變得如此艱辛。所幸，我仍能以言語追憶，也有一股溯源的動力，想敘述個人目睹並參與的幾幕花絮，想敘述切身的緣起緣滅。我不認為這份動力的出發點是高尚的。我指的是，我亟欲分享的不是高深的真理，本身的歷練也不值得仿效，無助於他人悟透今生春秋。話說回來，我有我的親身歷練，我見過世面。易地居住的環境差異之大，令我感覺像前世已終結，現正經歷著來生。行筆至此，或許我該聲明，我曾在別處定居過大半生，如今那段人生已然落幕。然而我很清楚，那段人生在我身前跟後活得好端端的，生龍活虎。我時間充裕，我任憑時光擺布，不如乾脆好好表現一番。人遲早必須自我面對。

我終生住在濱海小鎮，如今也是，只不過我前半生依傍的那片汪洋溫煦而碧綠，離此地遙遠。現在，我過的是異鄉客半死不活的日子，藉電視螢幕窺視本地居民的內景，散步時見路人行色匆匆，也只能瞎猜他們在窮操煩什麼。我無從知曉他們的苦楚，但我放開眼界，盡可能觀察，無奈我能看穿的真諦或許不多。我不是說本鎮民眾有何奧祕之處，而是他們的異樣行徑能解除我的心防。鎮民再尋常不過的言行，似乎也摻雜一份打拼的意味，我不太懂他們在為什麼而奮鬥。他們顯得執迷，若有所思，瞇眼對抗著一股我無法理解的紅塵狂瀾。也許我言過其實了，也許是我忍不住聚焦在我和鎮民的差別，也許是我忍不住審視雙方之間的反差效應。或許是滄寒的海風迷濛，刺痛他們的眼珠子，是我過度解讀而已。這些年以來，學著視而不見、試著斟酌眼前景象的意義，實非易事。鎮民的表情在我心中滋生奇思異想。他們在奚落我。我覺得是。

鎮上的街道令我情緒緊繃，緊張兮兮。甚至在我反鎖的公寓裡，有時我也因窸窸窣窣和竊竊私語聲擾動低氣層而輾轉難眠，坐立難安。高氣層不分日夜紛擾不休，是因為高居其中的神與天使正在商議天機，正在整肅叛徒，不歡迎閒人旁聽，拒絕告密者或自私自利者湊熱鬧，因身負宇宙重任而眉宇深鎖，白髮蒼蒼。為防萬一，天使不定時釋放足以毀容傷殘的強酸雨，以嚇阻圖謀不軌的竊聽者。中氣層是一座角力場，裡面有辦事員和來意不善的惡靈，囉哩囉嗦的精靈和粗肥鬆軟的巨蟒，各個纏扭著拍打著氣呼呼地引頸向高手請益。欸、欸，聽見神剛講什麼嗎？含有什麼樣的寓意？在氤氳的低氣層裡，可見心胸坦蕩的終身監禁犯，也有言聽計從、醉生夢死的人，也有易受騙、無精打采的幾群，聚在愈來愈狹隘的空間，彼此推擠、荼毒。而我也在這裡。唯獨低氣層最適合我。或許我該改說，以前唯獨低氣層最適合我。當時的我氣勢如虹，如今來到本鎮，空氣與巷弄裡充滿疑慮和煩亂，我始終難以漠視。但也不是處處如此。我指的是，並非我不分時地都感受到疑慮和煩亂。上午的傢俱店很安靜，空間寬廣，信步其中的我能感受些許祥和，但有人造纖維的懸浮粒子藉空氣入侵我的鼻腔和支氣管，侵蝕黏膜，最後逼我不得不走避片刻。

接受安排住進本鎮之初，我不經意發現鎮上有幾間傢俱店。我向來對傢俱感興趣。最起碼，傢俱給人一份穩固感，使人定下心來，不至於在一無是處、驚惶到極點時裸身爬樹嚎叫。有了傢俱，你我不會在荒野漫無目的找路走，不會在林間空地和滴滴答答的山洞裡盤算著如何獵食同類。縱使才智平庸的我想為無言的大眾發聲，在此我僅能代表個人。言歸正傳。難民組織為我張羅到這間公寓。在這之前，我借住在希里雅（Ceila）開設的民宿之家，離本鎮不遠，路程卻九彎十八拐，街道短淺，沿途的民宅彼此相似。在這趟路上，我以為即將被帶去藏身。只不過，鎮上的街道筆直而安靜，簡直像初抵英國時暫住那一鎮的另一區。不可能。這鎮太整潔了，也太明亮開闊。太安靜了。鎮上的馬路也太寬，路燈的間隔太規律，路肩仍完好，一切運作正常。我並不是說先前住的那鎮黑漆漆又污穢不堪，只是那鎮的馬路曲折交纏，瀰漫著排泄物的腐臭。對，這裡不可能是先前那鎮的另一區，但兩地卻也不無近似之處，因為我覺得自己被箝制、被觀察。因此，難民組織的人員一走，我立刻外出，以便識別方位，看看能否找到海邊。出門後我轉個彎，發現這裡有六間傢俱店組成的一個小部落，每一間大如倉庫，排列成方形，並劃設停車位，稱為「中廣場園區」（Middle Square Park）。平日上午，這裡人氣冷清，我在床鋪和沙發之間悠遊，逛到被纖維粒子逼退為止。每天，我換一間逛，逛了一兩回，店員不再和我對眼。我在沙發和餐桌之間晃蕩，走看床鋪和餐具櫃，在一件傢俱前駐足片刻，試用看看使用狀況，參考價格，比較各傢俱配飾的布料。不消說，有些傢俱造型醜陋，裝飾過於花俏，但有些製作雅緻精巧。我逛著逛著，恬適感油然心生，頓時可望獲得憐憫赦免。

我是個難民，想尋求庇護。聽慣了這兩個名詞，會覺得它們很單純，但「難民」和「庇護」其實不簡單。去年十一月二十三日傍晚，我抵達倫敦蓋威克（Gatwick）機場。以難民的故事而言，抵埠是大家耳熟能詳的一個小小里程碑。難民放棄熟悉的事物，來到陌生的國度，行囊帶著雜七雜八的物件，祕密壓在心底，志向含糊不明。有些人像我，頭一遭搭飛機，第一次進出機場這麼雄偉的場所。但我也走過海路和陸路，也在想像世界裡神遊過。我踽踽穿梭在安靜的走廊，燈光冷冽，感覺像空蕩蕩的隧道，但如今回想之下，我才知道當時曾路過幾排座椅、大片玻璃窗、幾面招牌和指示標語。窗外是川流不息的闃黑，細雨斜下，隧道內的燈火引領我前進。我們所知之事常把我們捲進無知的角落，逼我們畏懼地看待外界，彷彿我們仍蹲在淺水區，不敢游向從小怕到大的深水。我緩步踽踽前行，抱著忐忑的心，一轉彎又赫見另一面標語叫我往哪裡走。我慢慢走著，以免轉錯彎或看錯指示，以免因驚慌失措而太早引人注目。在我被帶走之前，我在海關人員面前呆立有點久，等著被掀底，等著被逮捕，等了一陣，海關才說，「護照。」他板著臉，目光刻意潛藏心聲。行前，我被交代，一句話也不能講，要佯裝不通英語。裝傻的用意何在，我不清楚，只知最好照辦，因為這建議含有一絲詭計的氣息，而邊緣人最懂這種機智的花招。海關會問你姓名、問你父親姓什麼、問你這輩子做過什麼好事：

一概不回應。海關再講「護照」時，我才遞交給他，縮頭等著聽對方辱罵威脅。官員見小民犯了一點小錯而怒目以對、破口大罵，仗著神聖的權威，以捉弄、羞辱小民為樂，我早習慣了，因此我預期到的景象是移民局公僕抓到我把柄，對我搖頭或咆哮，徐徐抬頭瞪我，目光堅定，一副人生勝利組藐視懇求者的神態。但結果不然。他先翻閱我的假證件，隨後看著我，眼神難掩喜悅，宛如釣線終於有動靜了。缺乏入境簽證。隨即，他撈起話筒講幾句，換來一臉燦笑，要求我在一旁等候。

我站著等，看著地上，因此未察覺有人上前來。他喊我姓名，想帶我去問話。我抬頭見他對我微笑，樣貌友善而圓滑，帶著幾分鼓勵說：跟我來吧，一起去應付這個小麻煩。他帶頭快步走，我見他體態臃腫不健康，抵達訪談室時他已氣喘吁吁，拉扯著上衣。他在椅子上一坐下，馬上不舒服地扭來扭去，給我的印象是汗流浹背的這人受困在討厭的臭皮囊裡。見這情景，我不禁憂慮，身心不對位的他，該不會因此刁難我吧。幸好他笑顏再起，語調輕柔而禮貌。訪談室是一個小房間，無窗無地毯，我們對桌而坐，有一張沿著牆壁擺放的長椅，日光燈管散放的強光映著長椅，令銀灰色的牆壁直逼我的眼角。他指著外套上的識別證，說他名叫凱文·埃德曼（Kevin Edelman）。願真主保佑你健康，凱文·埃德曼。他又微笑了，常常擺笑臉，或許是看穿我盡力也難掩的緊張相，所以想用笑臉來安我的心。也可能是，這崗位上的人見小民芒刺在背難免以笑呼應。他桌上擺著一疊黃紙，在上面寫了幾句，抄下我的假護照姓名，然後對我開口。

「你的票根給我看，好嗎？」

票。哦，好的。

「我看到你帶了行李，」他指著說。「你的行李識別牌票根。」

我裝傻。不懂英文的人，有些能認得 ticket 這字，但**行李識別牌**算高級英文。

「我可以請人幫你提領行李。」他說著，把行李牌票根放在筆記旁。接著，他又微笑，不再針對同一話題多言。他的臉型長，太陽穴有點肥，尤其是在他微笑的時候。

也許，他之所以微笑，是因為他樂於翻找我的行李，也認定行李內容物能為他解謎，無論我幫不幫忙都一樣。我猜想，搜行李這種事多少有點樂趣，好比突襲檢查房間，能趁假象布置妥當前一探實情。我猜，搜行李相當於破解密碼，能揭穿對方蓄意隱藏的內情，能解釋行囊的內涵，就如同踏上古道去尋幽考古，或像檢視航海路線圖一樣，都能樂在其中。我保持緘默，照他的呼吸頻率吐納著，以便察覺他是否即將惱怒。想入境英國的理由是什麼？是想觀光嗎？想渡假嗎？有無攜帶資金？先生，你身上有沒有帶現金？有沒有旅行支票？有英幣嗎？美元呢？有沒有親友能為你擔保？有聯絡地址嗎？你在英國期間，是不是想借住誰家？唉，算了吧，可惡。你在英國有親屬嗎？先生，你會不會講英語？很抱歉，先生，你的證件不齊全，我只好拒絕你入境。除非你能提出文件，幫助我明瞭你的處境？文件有沒有？你有沒有文件？

他走了，我鎮定坐著不動，強壓著如釋重負的神情，從一百四十五倒數著。剛才他問話時，我從一默數到一百四十五。我好想探頭去看他在筆記上寫什麼，卻又暗自約束，以免詭計被他識破。我懷疑有人正透過針孔窺視我，正等我露出馬腳。情勢詭譎，所以我才有此遐想吧。在這情況下，我掏掏鼻屎，或把鑽石塞進屁眼，誰懶得管呢？遲早，移民局一定能掌握所有資訊。在這方面，他們有機器代勞，這有人警告過我。而且，移民局官員訓練精良，能識破我這種人的謊言，更何況他們是這方面的老手，經驗豐富。我安靜坐著，默默倒數，不時閉目以顯示苦惱，也顯示我在反省，微微透露聽天由命的態度。凱文啊，我任你擺布。

他帶著一只綠色小布包回來。我的行李。他把布包放在長椅上，說，「請你打開。」我面露焦躁，希望自己看起來像一頭霧水，等候他進一步說明。他怒視著我，指向布包，我以微笑表示心情鬆懈了，表示我理解，也點頭安撫他，起身去解開行李的拉鍊。他從中掏出物品，一次一件，謹慎擺在長椅上，彷彿在逐一取出質料纖細的衣物：兩件上衣，一藍一黃，都褪色了。三件白色T恤。一條褐色長褲三件內褲。兩雙襪子。一件坎祖袍（kanzu）。兩件紗籠（saruni）。一條毛巾。一只小木盒。他掏出最後這件時哼了一口氣，把玩了一下，饒富興味，然後嗅一嗅，問，「桃花心木？」我當然不語，因為我這輩子的紀念品如此微薄，被羅列在密室長椅上，令我一時激動到詞窮。被攤展的物件並非我畢生的珍品，這些東西其實全經過我慎選，想用來拼湊出我希望傳達的故事。凱文．埃德曼掀開小木盒，見內容物，陡然一驚。或許他本以為裡面是珠寶等等的貴重物品，或毒品。「這是什麼？」他問，接著謹慎嗅一嗅已開啟的木盒。他多此一舉了，因為盒蓋一開，迷人的馨香立即在小房間裡擴散開來。「淨香粉，」他說。「沒錯吧？」他閉上盒蓋，把小盒子放在長椅上，疲憊的眼神顯得哭笑不得。從又熱又臭的中東傳統市集取得的小玩意。我在他指示的椅子坐下，等他帶著筆記回長椅，看他一一記載長椅上陳列的粗鄙物品。他回桌後，繼續搖筆桿片刻，寫滿兩、三頁才歇筆，往後靠向椅背，倦怠的肩胛骨受椅背壓迫，引他微微蹙眉一陣。他顯得怡然自得，近乎喜悅。我看得出他即將宣讀判決書，心中突發一股憂鬱和恐慌，難以扼制。「夏邦（Shaaban）先生，我不認識你，不清楚你的來意，也不知道你花了多少錢，所以我想先跟你道個歉，我是不得已的，恕我無法准許你入境英國。你既沒有申請到入境簽證，也沒有資金，更找不到擔保人。我猜你聽不懂我在講什麼，不過依規定，我在你護照蓋章前一定要講。一旦我在護照裡蓋下拒絕入境章，你下次如果想入境英國，必定會被自動遣返，證件齊全的話當然沒問題。你懂不懂我的意思？不懂，我想也是。很抱歉，但這些全是既定的官方程序，我們會儘量去找人幫你口譯，日後對你解釋清楚。現階段，我們會安排你搭乘同一家航空公司的下一航班，讓你返回原地。」語畢，他拿起護照，翻找空頁。他剛回來時，曾在桌面放下一枚小印章。這時他拾起印章。

「難民，」我說。「庇護。」

他頭抬起來，我的視線往下掉。他眼冒怒火。「原來你會講英語啊，」他說。「夏邦先生，原來你一直在耍我啊。」

「難民，」我再說。「庇護。」這次我目光正對著他，本想再說第三次，卻被凱文．埃德曼打斷。他的臉色變得稍微暗沉，呼吸頻率也變了，讓我較不容易同步。他深呼吸兩遍，明顯想控制情緒，但他真正想做的舉動是伸手握著無形的拉桿，用力一扯，打開我座位底下的閘門，讓我墜入一個通風的無底洞。這我懂，因為在我前半生，我也曾多次想做這種事。

「夏邦先生，你懂英語嗎？」他問，語氣轉緩，但這次少一份油滑，多一份勞累，恢復柔和的官腔，語調吃力。我也許懂，也許不懂。我又能跟上他的呼吸了。

「難民，」我指著自己胸口說。「庇護。」

他對著我笑，彷彿我在刁難他。他定睛注視我半晌，我也以同樣的表情回敬，面帶微笑。他倦然嘆息，隨即慢慢搖頭，嘿嘿一笑，也許是不懂我在笑什麼，所以啼笑皆非。他這反應令我覺得，我是個無聊的蠢囚犯，他正在偵訊我，我剛玩了一個低級的文字遊戲，害他一時無力以對。我多此一舉提醒自己，當心對方突襲。「多此一舉」是因為他的辦法多的是，我卻唯有一計可施：不能觸怒凱文．埃德曼，以防他考慮祭出狠招。令我自覺是囚犯的主因必定是這房間狹小，而且凱文的語調狡猾而客套，他知我知的事實卻是，我想入境，他想推我出境。他不耐煩地翻看護照，令我再度覺得自己是個煩人的討厭鬼，只會為明理人製造無謂的麻煩和不便。接著，他又離開訪談室，去向人請教，查看條文。

我知道，他會發現，基於我至今仍不完全明白的理由，英國政府決議准許我國民眾申請庇護，條件是當事人須聲稱生命受威脅。英國政府想對國際社會強調，我國政府作奸犯科，而長久以來全球都明瞭這事實。然而，時代變了。如今，**國際社會**每一位義正嚴辭的成員，都必須證明自己再也無法忍受那些爭亂不休的非洲大草原部落使壞，忍無可忍了。我國政府最近做的壞事，究竟哪一點比以前更邪惡？選舉舞弊，公然在**國際觀察員**面前做票，以前只敢關異己、姦淫、殺人、或以其他手段作賤自己的國民。基於我國政府這些犯行，任何人只要自稱生命有危險，英國政府就能給予庇護。英國以這政策斷然表態算是舉手之勞，畢竟尚吉巴（Zanzibar）是個小島，居民比英國人貧窮，能湊足旅費的民眾寥寥無幾。倒是有數十名年輕人湊得出旅費，多數是逼父母和親戚借錢或吐出私房錢，到了倫敦自稱生命受威脅，尋求庇護，結果如願入境。我也惟恐自己生命有危險，多年來一直在擔憂，但最近這份恐懼激增到拉警報的層次。所以，當我耳聞有些年輕人獲准入境，我也決定親身闖蕩看看。

所以，我知道再等幾分鐘，凱文．埃德曼即將帶另一枚官章回來，安排我住進拘留所之類的地方。但願英國政府沒在我搭機期間變卦撤掉這套鬧太久的玩笑政策。幸好沒有，因為過了幾分鐘，凱文．埃德曼回來了，臉孔扭曲，看似哭笑不得，也像剛吃了敗仗。看得出來，他終究不會遣返我，不會逼我回去那個把我壓制到無法喘息的地方。我因此卸下心頭的重擔。

「夏邦先生，以你的年齡，你為什麼想做這種事？」他坐下說。他身手笨拙，神態憂傷，眉宇堆滿關懷。接著，他靠向椅背，緩緩運動肩膀。「你到底受到多少性命威脅？你這行動有什麼意義，你懂嗎？我告訴你好了，勸你出國的人不是在幫你。你連英文都不會講，大概永遠都學不會。老人學外文成功的例子少之又少啊。你知道嗎？你的申請書可能一拖就是好幾年，最後還有可能被退件遣返。在英國，你一定找不到工作，日子一定過得寂寞又窮苦，生病也沒人照顧你。為什麼不乾脆留在你的祖國、在家鄉安養餘生呢？尋求庇護是青壯年才玩得起的遊戲，因為他們求的是前進歐洲找工作、求發展，不是嗎？這不是道德不道德的問題，為的只是貪念。不是擔心生命有危險，不是擔心個人安危，全是為了貪念啊。夏邦先生，以你這年紀的人，不至於這麼糊塗吧。」

一個人要多老，才不會擔心生命危險，才不會想過著毫無恐懼的日子？他憑什麼判斷我受到的威脅小於獲准入境的那些年輕男子？想改善人生，想尋求安全，哪一點背德？為什麼這算是貪念、遊戲？話說回來，他的關懷令我感動，我但願自己能打破沉默叫他別操心。我又不是三歲小孩，我懂得怎麼照顧自己。拜託你，行行好，在我護照上蓋個章吧，送我去拘留所安居一陣子。我壓低視線，以免警覺的目光暴露我懂英文的事實。

「夏邦先生，看看你自己，看看你帶來的這些東西，」他面露受挫的表情，伸手比向我的家當說。「如果你住下來，你的財產就這麼一點。你以為在英國能找到什麼？我告訴你好了，我父母是羅馬尼亞來的難民，要是時間夠多，我可以慢慢講給你聽。不過我想說的是，我懂移民離鄉背井的意義，懂得窮光蛋外國人的生活多困苦，因為那是我父母移民英國的經歷，我也曉得報償率多高。但是，我父母是歐洲人，他們有權利，他們是白人大家族的一份子。夏邦先生，看看你自己。有句話，我講了自己也難過，因為你聽不懂英文，不過，你聽得懂該有多好。像你這種人前仆後繼來英國，完全沒想到他們會導致什麼傷害。你的歸屬不在英國，你不重視我們重視的價值，你不像我們曾經為這些價值一代接一代付出代價，而我們不希望你進來。我們會讓你日子不好過，讓你尊嚴受損，也許甚至對你動粗施暴。夏邦先生，你為什麼想入境呢？」

但願這具血肉之軀，能融能解能消散，化為一顆露珠。在這一刻前，我能輕易跟上他的呼吸速率，因為他語調平和正常，像他只是在宣讀規章。埃德曼是日耳曼民族的姓氏吧？或是猶太人姓氏？或者是自創的姓？化為一顆露珠、一個猶太人、一個西非符咒。總之，埃德曼是歐裔主子的姓，懂歐洲價值觀，曾經一代接一代付出。然而，全世界都早已為歐洲的價值觀付出代價，很多時候甚至一直付出，一直付出，沒資格享福。把我想像成一個被歐洲掠奪的文物吧。我考慮如此回嘴，但我當然噤聲。我是一個尋求庇護的人，頭一次來歐洲，頭一次進機場，只不過被偵訊並非頭一遭。我懂得緘默的意義，知道言語能帶來什麼禍害，所以我把這話含在嘴裡。有些文物太脆弱太纖細，留在當地恐怕被粗心又笨拙的土著弄壞，所以一個接一個被掠奪來歐洲，你可記得？我也很脆弱很珍貴，是天神的產物，太柔嫩了，不宜留給土著，所以你最好也掠奪我來英國吧。玩笑話而已，玩笑話。

至於尊嚴會不會受損，會不會被施暴，我只能碰運氣了，只不過，能避免尊嚴受損的地方不多，暴力也可能來得猝不及防。至於老了窮了想找人投靠，最好還是別奢望。凱文啊，願你人生方向舵永遠不偏移，也祝福你出門絕不遇冰雹。但願你不會對這位有所求的小民失去耐性，也盼你行行好，在我的假護照裡蓋個章，好讓我嗅一嗅歐洲人代代付出的價值觀，一切讚頌全歸真主（alhamdulillah）。我的膀胱告急了。我是真的尿急卻不敢吭聲。緘默能徒增意想不到的不適。

他繼續講，皺眉搖搖頭，但我聽不進去了。我上半生聽多了刺耳的謊言，因此這些年來，我學會了充耳不聞的功夫，能稍減耳朵的負擔。現在的我，茫然凝望著護照，提醒凱文．埃德曼，上鉤的魚溜走了，不要想再做無謂的掙扎，章蓋下去，一了百了。他驟然閉嘴，想必是對好心勸我搭機折返、把歐洲留給名正言順的主人卻被我當耳邊風的狀態倍感無力，翻著護照，兩指掐著官章——對我有利的那一枚。隨即，他想到一件事，想想不禁微笑起來。他繼續搜行李，拿起小木盒，照先前的舉動掀開盒蓋嗅一嗅，問，「這是什麼東西？」這次他的口吻更加嚴厲，對著我皺眉頭。「這是什麼東西，夏邦先生？是淨香粉嗎？」他拿著小木盒舉向我，然後深吸一口氣，再對準我舉過來。「什麼東西？」他以語氣尋求和解。「不知在哪聞過這種香味。是一種淨香粉，對吧？」

也許他**真是**猶太人。我傻傻瞅著他，然後視線往下掉。我大可告訴他，這是淨香粉，然後欣然暢談他對這香味的印象從何而來，大概是童年參加過的某種儀式，是兒時父母仍期望他參與的宗教節日和祈禱會，但我一開口，他就不會在護照裡蓋章了，會想問清我在荒漠草原家鄉到底遇到什麼死劫，更可能因我假裝不懂英語而以腳鐐伺候，原機遣返。因此，我不對他透露這是最高級的沉香粉。三十多年前，我曾取得一批沉香粉，最後只剩這一小盒，踏上移民路之前難以割捨。我抬高目光再看他的時候，意識到他想占為己有。他微笑說，「這東西不送去化驗不行。」語畢，他等了好久才見到我聽懂了，然後帶著小木盒回桌前，擺在筆記旁，扯一扯上衣讓自己舒服一點，繼續搖筆桿。

沉香木的馨香經常不期然飄進我腦海，猶如一小片段的語音，猶如記憶裡親友對我勾肩搭背。每逢開齋節（Idd），我常準備一只焚香爐，帶著走遍家中各處，把煙搧進死角，一面惜福用著手中這份難得的珍品，一面高興著它帶給我和親人快樂——一手是焚香爐，另一手端著盛有沉香粉的銅碟子。沉香木，Ud-al-qamari，亦稱「月亮木」。我以為「月亮木」是望文生義的翻譯，但根據託售者解釋，qimari這字的源頭其實是高棉（Khmer），也就是柬埔寨，因為柬埔寨是全球少數能出產正宗沉香樹的地方之一。唯有特種沉香樹受菌類侵害，才能分泌沉香這種樹脂。健康的沉香樹毫無價值，只有病樹才能產生馨香。又是造物主創世的一點小反諷。

託售者是來自巴林（Bahrain）的一名波斯裔商人，乘著穆希姆（musim）季風[1]來到我家鄉。像他這樣的貿易商，從阿拉伯半島、波斯灣、印度、巴基斯坦信德省（Sind）、東北非的非洲之角出發，每年有成千上萬渡海而來。年復一年，週而復始，至少已延續一千載。每年最後幾個月，印度洋季風持續吹向東非海岸，海潮也提供順流，協助船隻進港。翌年頭幾個月，季風轉向，從東非颳向印度洋，將商人送回家去。彷彿上蒼自有安排，季風和洋流的範圍限於索馬利亞（Somalia）南岸到索法拉（Sofala）——亦即後人所謂的莫三比克海峽的北端。這範圍以南的洋流陰險冰冷，不慎誤入的船隻全數一去不回。索法拉以南的海域常起詭譎的濃霧，有幾個寬達一英里的漩渦，深夜有巨大的螢光魟浮升海面，更有巨無霸烏賊掀巨浪。

數世紀以來，無畏無懼的貿易商和航海人，想必以蠻荒民族的窮人居多，每年順著穆辛姆季風航向非洲東岸的這凹角，運來商品，帶著他們的神祇和世界觀，傳頌祖國事蹟、歌謠、禱告詞，稍微滿足求知慾——這是他們辛苦的結晶。他們也帶著渴求和貪婪心而來，帶來他們的幻夢、謊言、仇恨，留下這些業障遺害後世，能收購、能交易、能攫取的全運走，其中不乏被他們買來的奴隸，或被他們綁架回家鄉踐踏的奴工。長久以來，東非這段海岸的居民不太清楚自己的定位，卻明白自我特色何在，能以此和他們鄙視的沿岸族群劃清界線，也和內陸族裔有所區隔。

隨後，葡萄牙人冷不防繞過南非洲而來，突破那片固若金湯的未知海域，以海上大砲震碎中世紀地理觀。葡萄牙宗教狂肆虐尚吉巴群島、港口、城市的思維，也殘酷掠奪當地居民而沾沾自喜。緊接著，阿曼人（Omanis）登陸，趕走葡萄牙人，以真主為名盤據本地，引進印度財源。英國人接踵而至，德法等富國的船民也緊跟在後。

地圖換新了，新版畫得完整，不遺漏任何一角落，現在大家都明白自己是誰，最起碼也知道自己的歸屬。新版地圖對世事的影響何其大。時光荏苒，多年後東非沿岸散見的小鎮，發現自己與遠在內陸的村落有著更深厚的淵源。內陸幅員遼闊，滿是他們從前瞧不起的住民，而等時機成熟，內陸住民也馬上以牙還牙。扼殺沿岸小鎮財源的手段很多，其中一項是禁止穆辛姆季風貿易。每年最後一季，港口再也不見眾多帆船並排停泊，不見海面漂浮廢油漬，街頭不再有熙來攘往的索馬利亞人（Somalis）、蘇里（Suri）阿拉伯人、信德人（Sindhis）等民族的買家

1 編注：為印尼語，意為時節、時期。

與賣家，不再有莫名而起的爭執，深夜不再有人露宿星空下煮茶高歌自娛，不再有人渾身襤褸席地而躺，彼此吆喝著粗話。禁令實施最初一、兩年，在每年最後一季，尤其是本地人嘗到洋貨短缺的滋味時，街道和空地因商人不再來更顯得幽靜，民眾買不到印度酥油（ghee）、香樹脂（gum）、布匹、粗製濫造的小玩意、牲口、鹽漬魚、棗、菸草、香水、玫瑰花露、淨香粉等等，各色好東西樣樣都缺。我們想念商人進港時那份全鎮亂哄哄的情趣。然而不久後，我們差不多忘光了。脫離英國獨立後的頭幾年，我們過著新生活，漸漸難以想像洋商當道的情景。就算不實施禁令，或許洋商也不會再多來幾年。波斯灣國家生活富庶，能讓洋商享受奢華的日子，他們何苦遠渡重洋兜售布匹和菸草給我們？

賣給我沉香的那位商人是誰？以下是我對他的描述。如此描述，是因為我再也不知道有誰聽得進去。他名叫胡笙（Hussein），是巴林籍波斯人，每當他被誤認是阿拉伯人或印度人時，他會趕緊出言糾正。在洋商之中，他屬於較富裕的一型，身穿波斯灣的乳白色刺繡坎祖袍，儀容總是整潔，搽香水，禮數周到。隨季風而來的洋商並非全像他。他的禮貌宛如一項天賦，如同一種才華，將繁文縟節變成抽象富詩意的存在。他做的是香水和淨香粉的生意。老實說，在禮貌、財富、擅交際三重效應下，他顯得虛偽不牢靠。他基於某因素和我交好。我不是說自己不知他為何和我交好，只是胡笙並非高聲表達這種事的人，而我也不願因妄自臆測而顯得傲慢，唯恐往自己臉上貼金，也怕把胡笙巧手栽培友誼的方式講得太露骨。

在一九六〇年的貿易季，我的店才剛正式開張。在這之前約莫四年，我在金融理事會（Directorate of Financial Secretary）擔任行政專員，同時也做一點小生意賺外快。但英國當局見自家僱員私下做生意總不是滋味，特別是僱員從事金融服務業相關的生意。既然賺外快的機會找上我，我只得偷偷摸摸做，累積一些資金。後來到了一九五八年，家父過世，遺產夠我轉副業為正職。經商是件殘酷的事，心狠手辣，強取豪奪，常引來外界誤解，招致風言風語。踏進商界之初，我對此一無所悉。家父走後不久，我繼母也過世。如前所述，我仍照習俗和禮儀為兩人下葬，即使受人惡意中傷，我問心無愧，會在稍後回溯那一段。認識胡笙那年，我三十一歲，父親才過世不久，緊接著繼母也撒手人寰，我獨守一棟舒適的房子，福氣從天而降，引來許多人眼紅，惡言議論著我。在我住的小鎮，我認為這無疑是樹大招風的徵兆。樹大權力也大，我因此虛榮起來，反而漠視我周遭正伺機而動的小人。

再往前推幾年，英國政府好心從本地小學甄選幾名上進的學童去受英國教育，我也名列其中，只不過當時我們並非各個都有明確的志願。我們渴望的是學習。我們崇尚學習，而先知也訓示我們要尊崇教育，但我們受的教育附帶一份光彩，給我們一種活在摩登世界的感覺。我也認為，我們暗中崇拜英國，仰慕他們大老遠過來，大膽進駐，自信滿滿地呼風喚雨，對重大事務的作法有十足的把握。這些大事包括治療疾病、駕馭飛機、製作電影。也許**仰慕**一詞太過於簡單，不盡然能闡明我們的感受，因為這較像屈從於英國對本地物質生活的宰制，在心理和實質上都向他們屈從，臣服在他們厚顏無恥的氣燄之下。在英國書籍裡，我讀到難堪的本地史。

正因令本地人讀了困窘，內容反倒顯得更真實，勝過我們自述的歷史。我讀到殘害本地人的疾病、對未來的展望、古今世界以及我們的立足點。讀著讀著，彷彿我們被英國改造了，英方陳述的歷史完整而適切，我們再也無法抵擋，只得承受。我不認為英國以刻薄的筆法來敘事，因為我覺得他們自己也信以為史實。英國執筆的歷史映照著英國對本地的認知，也映照出英國對自己的認知。由於歷史呈現探奇窺異的一面而且無人反駁，在現實壓境下，我們也不太能爭辯。受英國統治前的歷史——我們所知的歷史——讀來顯得古老而奇幻，充滿神蹟與神祕傳奇，暗喻著禮拜和信仰儀式，全屬於另一類別的知識，所以儘管我們堅決奉行，也不敵英國人講的故事。我回憶童年時所受的教育，似乎缺乏對多元世界史的完整知識。中小學不太有時間傳授其他版本的歷史，只能系統式積累從英國而來的真知識，媒介是英國提供的圖書，用的是英國教我們的英語。

然而，英國留白太多，未能依常理填空，因此多年後，故事裡開始出現大片大片的空檔，禁不住批判，開始脫線、崩解，部分情節無可避免地嘟嘟噥噥地退場。但故事並非到此為止。隨之登場的仍有蘇伊士運河、剛果和烏干達的人間地獄、以及諸多小地方爆發的血腥激戰。我們如果脫英自立，恐怕會遭遇上述的禍害，因此相較之下，英國似乎對我們做盡了善事。話說回來，英國的善也飽含反諷。在課堂上，老師教我們效法抵抗暴政的英雄，然後卻施行宵禁令，獨派人士發發傳單卻惹上煽動叛亂罪而入監服刑。這無所謂，因為英國確實乾化了惡沼地，改善下水道系統，更引進疫苗和廣播電台。最後，英國散場太突然，有急躁的味道，無形間顯得任性莽撞。

言歸正傳。上進的學生如我，受英國青睞提拔，同一年另有三名學生獲得獎學金，一同遠赴位於烏干達坎帕拉（Kampala）的馬凱雷雷大學（Makerere University College）深造。如今該地已和當年判若兩地。當時我年方十八，何其幸運能開展另一扇窗戶觀望世界，也能從這角度看見自己何其渺小，何其粗糙。

胡笙，一九六〇年，天賜一股沉穩的穆希姆季風，數十艘滿載佳品的帆船平安進港，沒有一艘在海上失事，沒有一艘被迫折返。那一年，農作物也豐收，貿易熱絡，往年時有所聞的船公司惡鬥事件幾乎一次也沒發生。那年是胡笙第三度乘季風而來。他光顧我新開的傢俱行，鑑賞我展示的商品。嚴格說來，我的店並不「新」。這家店的前身是我父親開的甜食店，專賣哈爾瓦酥糖（halwa），店面經我重新上漆、換裝燈飾後，現在改賣傢俱和精品。儘管大肆整修，印度酥油味仍在店內徘徊不散，在我沮喪的時刻，我總覺得新店換皮不換骨，無異於父親以小碟子賣哈瓦爾酥糖的老店，仍如一座寒酸幽暗的山洞。但我知道新店確實有別於老店。我知道沮喪的起因是情緒低盪，抗壓力不夠強。我也明白低潮期是難免的。因此，我要自己明智一點。我知道，新店面妝點得時髦，展現奢華的特質，陳列的商品能自顯尊貴特質。我一向對傢俱興趣濃厚。傢俱和地圖。華美、精緻的物品。我在傢俱行深處另設工坊，聘請兩位木工專門訂做衣櫥、沙發、床等等傢俱。這兩位手藝不錯，以他們熟悉的樣式和木料製作我指定的品項。只不過，本店最大的財源，以及我從事這行最熱衷的交易類型，其實是整批收購民宅拍賣的傢俱，從中挑出貴重物品和古玩，加以轉售。單純的一座白檀木小櫥櫃，如果產地是印度高知（Cochin）或特里凡德琅（Trivandrum），能帶來的樂趣和橫財遠勝過一整座倉庫的浮濫新品，再多油滋滋的桃花心木和俗氣玻璃門，賣給顧客和商人的利潤也過於微薄。購入物品若需要裝修，我會自行處理，起先多半是瞎猜亂做，幸好顧客比我更不懂原廠品的樣貌，所以無傷大雅。

我的顧客有哪些？以古董和精品而言，主力是歐洲來的觀光客和英國殖民地居民。我們做的是郵輪客人的生意。城堡郵輪（Castle Line）從南非出船，遊覽歐洲後返回南非，尚吉巴島是其中一站，乘客能下船但不過夜。其他公司的郵輪也來，但城堡郵輪每週定期兩次靠港，一次北上，另一次南下。郵輪進港，乘客下船，由合格導遊帶隊，中途會被有佣金可領的導遊帶進本店。郵輪客是我的最佳主顧，我歡迎之至。除了他們之外，我也和殖民地駐地官員做一點小生意。法國和荷蘭殖民地領事館一、兩名官員也被我納入經商範圍。有一次，店裡來了一面百年古董鏡，麻六甲框，以銀綴飾，身為海軍將領的英國殖民地總督曾派員前來鑑賞，可惜價格超出他的預算。這位部屬聽到價格，嘛一嘛紅唇，摸一摸白臉，面露厭惡若有所思，彷彿我哄抬價格，但我猜只是價碼大於主子給的數目。他來回踱步幾次，鼓著腮幫子怒沖沖，自言自語連連說**「太過分，太過分」**，等著我主動讓給將軍自訂價格，但我恭敬微笑著，不再聽他講話。對麻六甲鏡識貨的人，都會覺得這定價不能少一分錢。

這不表示我的同胞有眼不識這些精品的美。我把最美觀的精品陳列在店面，供顧客進門來欣賞。但同胞們既不會也無財力照定價購買。見異國珍品，歐洲客人有一股非要不可的執著，非帶回家占有不行，本地同胞缺乏這份動機。歐洲客收購這些紀念品炫耀自己高修養、心胸豁達，象徵個人的世界觀廣闊，曾遠征荒漠草原。假使在另一時空，英國總督的部屬必定不會被麻六甲鏡的價碼嚇阻，聽我說明同類古董在世上所剩無幾更會心癢難熬，一定會殺價購入，或以殖民心態強行侵占，視本地人為無物。本著這種心態，凱文・埃德曼帶走我的沉香盒，我並非不明瞭那份欲求。

胡笙步入傢俱行，我一眼認出他的長相。他身形高大，一副見過大風大浪的神態。我見他上門來，腦裡浮現許多名詞：波斯、巴林、伊拉克巴斯拉（Basra）、先知繼承人哈倫・拉希德（Harun al-Rashid）[2]、辛巴達……等等。我曾在路上和清真寺裡見過他，但跟他仍未相識。我甚至聽過他的大名，因為據說他前一年曾借住拉賈布・夏邦・馬哈穆德（Rajab Shaaban Mahmud）家中。馬哈穆德是公共工程部（Public Works department）職員，曾和我有些過節。一九六〇這一年，胡笙不住馬哈穆德家，據說雙方鬧翻了，謠傳裡摻雜些許醜聞的成分，但胡笙仍投宿在這一帶，為人慷慨大方。我一耳聞他慷慨，便知好吃懶做的人早已向他討過錢。這種無恥之徒喜歡無病呻吟，愛鑽常理的漏洞，打著弱勢和落魄人的旗子闖蕩人生。胡笙以阿拉

2 編注：伊斯蘭教第二十三代哈里發，意即阿拉伯帝國最高的統治者。

伯語向我打招呼，言語客套恭敬，關懷我是否健康，祝我生意興隆，語氣稍嫌太慇懃。我懂的阿拉伯語很粗淺，先用阿拉伯語向他道歉，接著改講斯瓦希里語（Kiswahili）。他遺憾地笑笑，用斯瓦希里語說，「啊，斯瓦希里，我會一點，只會一點點而已。」緊接著，他居然改講英語。我感到意外是因為，穆希姆季風吹來的外商多半是粗蠻不修邊幅的混混，但這不表示他們全不懂禮教或毫無正直心。胡笙的外表和言行當然不像他們，但話說回來，懂英文表示受過教育，而受過教育的人不會當船員，不會成為隨季風來去的商人，不會屈居齷齪擁擠的帆船上，與大嗓門、莽漢、暴徒組成的下流族群為伍。

我請他坐下。他撫摸著黑亮的小鬍子，微笑等著我請他訴說來意。他說，他聽過我這間傢俱行裡有無數精品。他想來物色一件精美的好禮致贈友人。

「對方是友人的親屬。」他說。

我由此推敲，這禮物的對象是女子，也許是商場友人的妻子，也許不然。我帶他四處走覽。他最先看上一只黑檀木扁盒。我購進這盒子之初，不禁想像內含一支刺客用的匕首。接著，他駐足近看一座雕飾著拱門和車輪的柚木圓櫃。但是，我也見他視線流連在一張矮桌上。這張黑檀木桌子有三條精緻弓形腿，拋光極致到遠遠看得見它浮光搖曳。在他來到這張木桌之前，他久久細看銀盤上的一組翠綠高腳杯，單指在鍍金的杯緣上繞行，同時歎一口氣。「好美啊，」他喃喃說。「美極了。」

我們來到他覬覦的黑檀木桌時，他說：「這一張呢……」

「這張小桌子嗎？」我問，聽完我報價，他禮貌笑笑，然後點頭。我們回椅子坐下，開始以愉悅而客套的語調討價還價一陣，發現雙方的數字明顯差太遠，胡笙擱下這話題，另起一個我早已忘記的話頭。兩人你來我往，隨口交談著自己對這張矮桌的看法，氣氛暢快，彼此不時美言對方兩句，就此種下友誼的根基。或許，雙方以英文暢談能產生些許樂趣。從此，胡笙三不五時進店來，想看一看「我的桌子」（他的說法）是否仍在店內，然後坐下來閒聊。有時候，店裡另有他人正在消磨時光、收發小道消息、做點小生意，和氣從事小鎮生活的日常，胡笙見狀會採取被動，盡可能旁聽著。我和顧客聊的話題無關世事吉凶，胡笙卻豎耳聆聽，聽到他不願錯過的特定話題時向我請教。這舉動能反映他具有謙恭知禮的天賦，有時也因為他不願坐失一樁八卦的驚爆點。但是，如果店內無其他客人，他會好好坐在椅子上，左上右下翹起二郎腿，捲一支粗大的菸，然後打開話匣子。

這是他第三度乘穆希姆季風航抵東非。他的家族事業重心擺在東方，他本人在這之前不曾來過東非經商。胡笙的祖父名叫賈法爾．穆薩（Jaafar Musa），是商場上的傳奇人物，自幼拜師於父親認識的一名波斯商人，在馬來亞（Malaya）和暹羅（Siam）度過大半生。波斯和阿拉伯人在馬來亞經商達數世紀之久，阿拉伯半島南岸哈德拉姆特（Hadhramut）商賈於七世紀將伊斯蘭教傳進當地，大致是先知在麥加獲得啟示的時代。馬來亞也有來自印度和中國的商人，各族在商場上互較長短。然而，伊斯蘭的教義傳遍馬來亞，進而產生穆斯林政權和帝國。從十六世紀起，縱使葡萄牙人和荷蘭人入侵，以各自的方式治理當地，但遲至一八五〇年代英國大搖大擺進占接管馬來亞之後，穆斯林城邦的勢力才遭架空。這些史實有助於瞭解胡笙的背景。

打從胡笙祖父賈法爾·穆薩踏上馬來亞的那一刻，賈法爾的事業無往不利，年紀輕輕就發大財，全盛時期什麼生意都包辦，發船馳騁亞洲各海域。胡笙的祖父飛黃騰達的那年代，以英國為主的歐洲人正漸漸宰制世界各地。在一八八〇年代的遠東地區，歐洲商人打著提升文明水準的旗幟，排擠著異類。鴉片、橡膠、錫、原木、香料，歐洲人全一把抓，驅趕信鬼神或信穆斯林的當地人，外商更沒有沾油水的份。在其他地區，歐洲人能吃霸王飯，在馬來亞當起霸王更是理直氣壯。胡笙的祖父賈法爾為了順應時局，刻意聘請歐洲人指揮商船隊，也延請歐洲人坐辦公桌。此外，賈法爾耍心機，讓歐洲僱員誤認他是他們的走狗，是一個被足智多謀的歐洲主子耍得團團轉的呆瓜，若非歐洲人之助，他的事業必定垮台。若不仔細觀察，外人會誤認這家是歐洲公司，其實賈法爾坐在辦公室內部裡的一間舊木房中，承蒙天神保佑，正謀策著新商機。賈法爾的商船最南可達蘇拉威西島（Sulawesi），最東可達高棉，最西可達巴林，在這範圍內的各地也全是做生意的好地方。他靜觀著吹噓的歐籍公司一家家宣布破產，原本英姿颯爽的歐籍船長和船員不是厭世輕生，就是淪為碼頭流浪漢。當然，歐洲公司並非全數倒閉，但退場的家數振奮當地人心，假以時日，眾人不禁發現，儘管蒸汽貨輪、連發步槍問世，儘管馬來亞的蘇丹紛紛想在新世界秩序裡卡位，賈法爾仍逐漸躋身馬來亞首富之林。

當年賈法爾瞭然於胸，隨商機而來的是巨大危機。在能插手干預的地區，英國的魔手無所不伸，積極滲透著亂中有序的在地政府，提問試探、寫報告、大掃除，針對領事、居民、海關強加規範，而且一見有薄利可撈的商機就據為己有，藉此建立秩序。英國堅稱賈法爾是阿拉伯人。英人眼見這富商坐大，耳聞他的財富深不可測，因此更加眼紅，把他想像成黑心傳奇奸商或暴君，誣衊他蓄奴、養妃、雞姦小男童、以商場詐術賺盡不義之財。英國進而揚言調查他的經商手段，更可能依綁架謀殺罪名對他興訟。沒人敢在賈法爾面前提起這些事，但他知道歐洲人在他背後講什麼閒話，也明瞭歐洲人多麼渴望這些傳言屬實。儘管歐籍僱員對他仍逢迎拍馬，他仍看得出異樣的眼光，懷疑他們比以往更難不對他冷笑。

賈法爾．穆薩育有一子兩女，全誕生在馬來亞，孩子的母親瑪里安姆．庫法（Mariam Kufah）已離世，願真主憐憫她。兩女分別名為賢娜（Zeynab）和雅姿莎（Aziza），這時已光榮成婚，分別與夫婿定居在孟買和伊朗夕拉茲（Shiraz），男方都是賈法爾的遠親。這是數十年來、甚至數世紀以來的習俗。商人的行腳再遠，消息都能四通八達，家中的兒女適婚時，總有門當戶對的對象供他們選擇。賈法爾照當時的習俗嫁女兒，如今習俗已成陋規。在英國人的貪念泛濫成災之前，賈法爾基於本能，開始精心策劃退路，祭出假招撤離馬來亞。他把事業轉移給孟買和夕拉茲的女兒，讓女婿經營，等時局變遷之際，他才可帶著兒子全身而退。

賈法爾的兒子，亦即胡笙的父親雷札（Reza）不從。雷札反對父親重用歐籍員工的詭計，也認定員工對父子倆的態度專橫。「他們想戰的話，我們就讓他們戰到底。」雷札對父親賈法爾說，雷札主張開除這批傲慢的狗奴才，改用馬來人、印度人、阿拉伯人，做生意應該像割喉，不留對手一條生路。割喉一向是賈法爾成年以後的生意法典，卻見兒子怒燄高漲既驚又苦惱，因兒子口中的對手不是山寨主，而是統御四海的白人。他先是苦勸兒子面對現實環境，最後逼兒子認同他。兒子乖乖打消了硬幹的念頭，但不公不義的怨言仍在心底悶燒。

到了一八九九年，賈法爾突然中風。賈法爾每天午後都去造景優美的庭園裡散步。那天，他走在家中那座寬廣的遊廊，正要下樓去散步，豈料橫膈膜彷彿重重挨了一拳，心臟爆裂。園丁阿布篤拉札克（Abdulrazak）習慣在傍晚對花床澆水，平常總等主人進庭園來對他稱讚並指示，內心總把這些互動視為工作日的最高點。當時他正在摘茉莉花，想送給女主人，以眼角留意著主臥房外的遊廊，竟看見主人賈法爾彎腰側躺下去。一見世界末日降臨，園丁瞠目片刻，回過神來才奔上樓，嚷著救命，不慎跌一跤，擦傷小腿，在光滑的柚木樓梯上留下髒腳印。他摟起主人入懷中，當成小孩似的搖啊搖，吶喊著救命，但沒有人趕來。下午這時段，房子的這一側空無一人。愛妻在世時，甫入夜時分，賈法爾常陪她坐在庭園的陽台上，聊聊天，聽她朗讀，有時兩個女兒會一起過來唱唱歌，有說有笑。兒子雷札年幼時，也常來陽台共享全家福。他們走後，在午後時段，在房子的這一區，除了園丁之外別無他人。正因如此，以割喉經商術發達的傳奇商人賈法爾，在園丁阿布篤拉札克懷裡氣絕，園丁臉上涕泗縱橫，傷痛欲絕的他也因斷了一根筋而血淚滿面。

「在送葬隊伍中，我父親雷札帶頭走，那時候就開始盤算著改革的大計。」胡笙說。「正如我祖父預料，事業傳給他之後一敗塗地。他一接手，大約在一九〇〇年，馬上開除歐籍員工，主管級的職缺卻一直找不到人填補。大家怕英國人都怕死了。到了那階段，所有蘇丹全跟英國簽署了，接受英國保護。我父親雷札革除船長和經理人，要對他們發放大筆資遣費，金額非常高，而且正等著託售品和送貨的所有公司也向他要錢。要不到，一狀告進法院。保險公司拒絕理賠。海關裡裡外外搜遍了，事事故意拖延，指控他賄賂。八成是真有其事。他大概以為海關都一手拿錢，另一手辦事。我父親那時才二十多歲，自以為能力跟別人一樣強，可惜不然，至少鬥不過歐洲人。就這樣，他慢慢被逼得喘不過氣，事業也荒廢了。他甚至跟當地人也借不到錢，更甭談位高權重的英國。到了一九一〇年以後，馬來亞全落入英國手裡，連柔佛（Johor）和北部邦域都是。在那十年裡，我祖父奸巧建立的大公司縮水成小店，幸好還沒到舉債度日的地步。我父親忌債如仇，最後，他被迫考慮出讓房子和漂亮的庭園。園丁一直把庭園照料得美侖美奐。後來，房子上市求售，傳聞又滿天飛了，說我祖父蓄奴、作奸犯科之類的。不過這次加油添醋說，他跟他的園丁幹炮——恕我用語粗俗。所以他才死在園丁懷裡。我父親離開的時候到了，遠離人心的醜惡面，遠離那些不知廉恥、不顧顏面的人。」

雷札如此告訴兒子胡笙。若有人想瞭解他在馬來亞的往事，他也會娓娓道來，但他平常不喜歡重提那一段，說著說著怒火中燒，有時更怨到淚崩。那段往事不值得傾吐，尤其不適合告訴兒子，更不能說出來給他在巴林的商界友人聽。賈法爾在遙遠的國度孜孜不倦累積的財富被雷札葬送了。賈法爾的成就，商人無不夢寐以求。遠走他鄉買賣洋貨的商人，無不幻想能功成名就，受眾人尊重，賈法爾果真實現了這份夢想。在這場美夢裡，雷札的挫敗是一場夢魘。賈法爾一生汲汲營營，狡計用盡，犧牲一切，事業竟然被兒子敗光。聽胡笙敘述到父親雷札時，我就料到家產會被他敗光，他一定會落得兩袖清風。結果，他其實沒有敗光家產。從殘局裡，雷札救出一點錢，足夠在巴林再創業，從暹羅、馬來亞、甚至更遠的東方進貨香水、淨香粉、布匹。巴林也由英國統治，當時地圖上找到的地方多半是大英版圖，但英國在當地的政府是個爛攤子。對英國人而言，巴林不過是一個方便進攻敵軍的戰略據點，方便軍艦加油。波斯、阿拉伯、印度商人已在巴林經商數世紀，腦袋很精明，不會輕易被倨傲的英國貴氣薰得抬不起頭。而在一九三〇年代發現油礦之前，巴林除了進口之外也沒啥生意好做，更沒有錫、橡膠、黃金之類能被採集掠奪至歐洲的寶物。

珍稀木料的需求興起時，雷札也做這方面的生意，例如有一名權貴人士想興建一棟豪宅，木匠需要柚木造樓梯，需要桃花心木建臥房，或例如敘利亞某位蘇丹、或俄國男爵、或德國銀行家想蓋一棟宮殿炫富，所以派員前來收購建材，雷札就有生意可做。這些人物多半是我想像出來的，不過胡笙的確提到俄國某男爵曾派員來和他交涉。該男爵預料沙皇即將占領波斯，所以先在伊朗的馬什哈德（Mashad）超前部署。至於買賣什麼，我忘記了。也許胡笙略過不提吧？雷札甚至在馬來亞留下幾位舊人馬，以便請他們代為採購物資，並照料他殘留的小額物業。

轉戰巴林的雷札也和父親在馬來亞一樣一帆風順，但發達的程度不如父親。對土耳其的那場戰爭對他有益無害，可惡的英軍和印度軍出征伊拉克途中讓他有生意可做（可憐的伊拉克，在二十世紀，英國似乎常出征伊拉克，理由不一而足）。戰爭一結束，他立刻在一九一八年娶妻，連生三個女兒，最後得子胡笙。雷札的店面終日顧客川流不息，無論客人想買或想賣，或只想在香味直衝腦門的環境裡坐著閒嗑牙，雷札全都歡迎。他的子女常在店裡遊走，人見人寵受稱讚，以早熟的鎮定態度接受客人的愛慕。

「他疼愛他的小孩，」胡笙說，淚光輝映著回憶。「小孩也愛他。他生前……對他們的愛很深，感覺上他希望大家也愛他們。」

胡笙十歲那年，父親雷札決定前往馬來亞，一方面想把殘留在當地的小事業收掉，另一方面想舊地重遊，也想讓家鄉父老看看，他後來並未一蹶不振。他帶著兒子胡笙回馬來亞，以證明運勢亨通，也讓胡笙見識大千世界，為將來預作準備。父子倆航海觀光，做做生意，拜訪友人並借住朋友家中，行程總計四個月。

「等一下，等一下，」我對胡笙說。「我去拿張地圖來。你去過哪些地方，指給我看看。我想知道詳細地點。」

雷札甚至帶胡笙參觀曼谷。在事業走下坡之前，雷札的父親在曼谷有一位代理商，青少年期的雷札曾借住他家數月。在當年，曼谷是個平靜優美的小港市，運河穿梭其間，河濱大道寬敞，人聲鼎沸的超大城是後世才發展起來的。中國人、印度人、阿拉伯人、歐洲人來自全球各地，匯聚在此。對小胡笙而言，曼谷之行是不可思議的旅程，是難以置信的旅程，當時的見聞烙印在腦海中，終生難以抹滅。儘管我只聽他空口敘述，他勾勒的影像也令我至今無法忘懷。

一直到現在，我仍能依他所言，想像穿越皇宮島上的殿堂中庭，想像著他敘述的那份肅穆，體會著宮廟圓頂那份無與倫比的權威。來此地後，我見過那座宮廟的相片，卻看不出胡笙描述的那份美感。

在曼谷，雷札低價從柬埔寨買進一批最上等的沉香粉，同船運回巴林。月亮木一詞是「高棉」變體字的說法正是出自雷札。回巴林不久，中日爆發激戰，沉香木的貿易中斷七、八年之久，雷札靠手上這批沉香穩穩賺了幾年。

「我還留有一些。」胡笙微笑說。他欣然見我喜歡聽曼谷和沉香的往事，聽得如癡如醉。就在這當下，我恍然明瞭，油滑的胡笙仍想為那張黑檀木桌殺價。他朝木桌的方向瞄一眼，對我表露心照不宣的友好神態。

「你身上還有一些嗎？」我問。

因此，他再上門時，隨身帶來一只桃花心木小盒子，裡面裝著我萬幸才嗅得到最芬芳的沉香。本店對面有一家咖啡商行，老闆貢獻幾塊火紅的木炭，胡笙用來焚香，把我們呼吸的空氣薰得香噴噴，路人也止步，坐進店來，沾一沾悶燒中的沉香。對面的咖啡商站在門階上說，「託真主之福，託真主之福（mashaalah），香味好美啊，阿拉寬宏大量。我可以請你喝點咖啡嗎，大人？」他答謝的對象不是我，因為我曾經整垮他。人人都知道，吃哈爾瓦酥糖一定要配咖啡，因此我收掉哈爾瓦店後，他說我對他施展割喉術，暗算他。但現在，連他也忍不住進我店來，坐著和其他人一同享受沉香。浸淫在濃郁的沉香之中，我似乎隱約嗅到一股遙遠夢幻國度的氣息，追究其原因，我其實是聽胡笙的故事受了影響，把沉香和遠東聯想成一氣。而對於這兩者，我已全然臣服。

最後，我當然讓胡笙買走那張黑檀木桌。

在討價還價過程中，我微笑對他說，「告訴我一件事。」我語氣儘量輕鬆，方便他把這句話視為玩笑。「你為什麼非要這張桌子不可？想送什麼特定對象嗎？」

他不置可否笑一笑，故作姿態地垂下眼皮，一副調皮鬼的模樣。「事關敏感問題。」他說。

我知道，大家都知道，他正在追求公共工程部員工拉賈布的美少年兒子。上次他乘季風而來，曾借宿在拉賈布家，這一趟仍去他家拜訪。儘管如此敘事不無缺點，我仍照這方式講下去，因為我再也不知道有誰想聽。總之，當時謠傳指出，胡笙想追拉賈布・夏邦・馬哈穆德家的美少年。我猜美少年八成已被他玷污了，但我無法想像對方會喜歡這張黑檀木桌。謠言也指稱，他也撒錢買絲布送對方，這兩種禮物應該較能投合美少年的虛榮心。年輕人被激情沖昏頭，面對**物品**豈有辨別美醜的能力？也許，黑檀木桌的致贈對象是拉賈布本人，算是聊表心意說，有意勾引貴公子並不表示對您失敬。算是賄賂。或者，狡猾的波斯商人胡笙搞的是更加複雜的把戲——真正覬覦的目標是拉賈布的美人妻艾霞（Asha），接近他們的兒子其實是聲東擊西。她的確是個美人胚子。我和她僅有短暫接觸，對她的印象是她待人有禮，自尊自重。然而，她不會平白無故被扯進胡笙風波。有傳言指出，她以前不排斥紅杏出牆一、兩次，現在仍有這方面的興致。這些祕辛不足為外人道，聊起來也傷感情，在小鎮裡卻如同日常商業活動通用的貨幣，避而不談反而顯得造作。儘管如此，談這家人的八卦令我渾身彆扭。行筆至此，再三反對八卦卻也搞得我自覺愚蠢虛偽。也許，胡笙提前做完了生意，等待回程的季風再起，枯等的期間悶慌了，沒事找事做，起先大概只是調戲對方一下吧？這事不干己，只不過在本鎮這麼小的地方，這些閒事不知道也難。

胡笙和我談成了，黑檀木桌的半價以現金支付，餘款以一包二十磅重的沉香抵銷。若不是他為人慷慨，就是我的討價還價功力超乎自己的預期。小木盒是附贈品。那盒子在機場被凱文·埃德曼奪走了，雷札父子在中日八年戰爭前一年於曼谷購入的最後一包沉香也隨木盒而去。沉香木盒是我從前世帶來的，行李是我來生的精神食糧。

凱文·埃德曼代表歐洲的門房，是家族果園的守門人。這道門曾經洞開，歐洲人成群奪門而出，啃噬全世界，如今我們匍匐前來門口，乞求歐洲人准許進門。難民。尋求庇護。慈悲。

我和胡笙的互動並未隨黑檀木桌交手而終結。那一年，回程的季風遲遲不來，起先也時起時落。結果，也許是胡笙閒得發慌或想尋尋開心，做了幾筆不自量力的生意。我對他多了一份認識之後，發現他許多言行是鬧著玩，存心搗蛋，等到鬧劇難以收拾、惹人不開心時，他的笑聲便飽含幸災樂禍的調調。在這些情況下，我依稀能瞥見他殘酷的底子，全被溫文的表象蒙蔽。嬉皮笑臉底下有著一份純粹而自信的嚴厲或憤世嫉俗。我隱約能想像，在不得不捍衛寶物的情境下，他不無可能對人下重手，甚至殺人。天下有這麼寶貴的東西嗎？我實難想像。總之，我能想像他窮極無聊，做做生意解悶，結果步步接近破產邊緣。怎麼聽也不像是一個懂生意經的人。然而，他畢竟是個買賣淨香粉和香水的波斯商人，儒雅知禮，常高談個人遊歷，我們這些庸人對他的見識是可望而不可及。對他而言，做生意要耍個人風格，可能比每天有乳羊咖喱可飽腹來得實在，庸人如我怎能明瞭？

他低估了個人風格的代價。耍風格也不是明智的經商之道。於是，他來找我周轉資金，金額不小，幸好我有餘力借他。那陣子，我生意興隆，換言之顧客傻到願接受我訂的價碼，木匠也沒想到可向我要求加薪，或者，我效率靈通，懂得審慎開源節流，所以有閒錢借他。不管原因為何，見胡笙有求，我借錢給他解圍，內心洋洋自得。商人之間借來借去，本來是家常便飯，特別是渡海來去的貿易商族群，只不過近來這行為是癡人夢話，因為現在大家掙錢不容易，一分錢也守得老緊。想當年……以我這歲數，這三個字說來多悲情，在我歷盡滄桑後更覺得這三個字是廢話。從前，某人在本地向你借錢，轉赴外地做生意，在外地還錢給你友人代收，然後，你託友人採購商品運回給你，人人都有油水可撈，商人之間以榮譽心和互信為重，嫁娶條件談妥，拉近家族間的距離，事業蒸蒸日上。世事難免出狀況，難免有風波和勾心鬥角，醜聞如山雨欲來，所幸各人身負義務，自尊自重，大家才躲過滿城風暴。如果事態惡化到失控，只好請法律學者和宗教學者（也有可能是一人身兼兩者）出面仲裁。只不過，即使爆發糾紛，英國統治的幾十年間，排解的方式也變了。如今，事態難以收拾時，人們比較可能找一名古吉拉特（Gujarati）[3]的律師，不外乎是像名為「沙赫與沙赫」（Shah & Shah）或「帕帖爾父子」（Patel & Sons）等律師事務所，而不是找一位穆斯林法官（qadhi）。在當時，穆斯林法官是溫順的好人，不是後來取而代之的那些專事謾罵的判官。

總之，我在這一行是新手，從未和以上專業人士交手過，也沒人有義務捍衛我的財產。能誓言護產的人若非親屬，就是長年合作的夥伴，全經過栽培然後代代相傳，承擔起一項又一項的義務，無法解脫，也不可能斷絕。因此，我只好要求胡笙為貸款擔保。

「沒問題。」他說著鬆了一口氣笑笑。我不禁懷疑，他是否另有更大的難題瞞著我。「以前在孟買，我自己也犯過同樣的錯誤。幸好那筆錢微不足道，不過對方最後連一文錢也不還。」

「孟買，」我說。「你的足跡還不夠遠嗎？你為什麼去過孟買？」

「我去孟買上學，是姑媽接我過去住的。你記得吧，我有位姑姑名叫賢娜，她把我接過去上學，」胡笙說，淡淡冷笑一陣，挑挑眉毛，笑看姑媽求好心切的態度。「孟買是個萬惡之都，我在那裡學到很多東西。我也學會了殖民國的語言，願神賜予他們力量。」

最後這句我置若罔聞，就當作是他又以驚人之語諷喻世事。言歸正傳，胡笙帶來一份出人意表的借據，一直說可用來擔保貸款。這份借據顯示，去年他借錢給房東拉賈布·夏邦·馬哈穆德，數目等同於他想向我借的錢。借據上，拉賈布同意在十二個月內清償貸款，逾期則以拉賈布住家與全部傢俱抵債償還，借據由一位穆斯林法官公證簽署。

「你直接叫他還錢，比較省事吧？」我問，但我大致知道原因。拉賈布是公共工程部職員，有貪杯的惡習，沉溺魔鬼黃湯中，從借據看得出他是個徹頭徹尾的傻漢。前一年，姑媽莎拉（Bi Sara）[4]剛把房子留給他，不然他名下的財產少之又少。為什麼同意抵讓房子呢？為什麼要犧牲遮風避雨的屏障？那棟房子沒什麼了不起，但至少能遮家醜，為家人提供安身的庇蔭。他向胡笙借錢，又能憑什麼償債？想必胡笙早有盤算，貸款給他是基於某種原因，想以債壓得他身不由己。此外，如果胡笙勾引他兒子的謠言有幾分真實性，胡笙貸款給他可能是為了滿足惡作劇的欲望。

我後悔當時未能否決胡笙提出的借貸方案，因為那年季風貿易近尾聲時，拉賈布．夏邦．馬哈穆德家被他整得七葷八素，我料想他不太可能回來了。然而，一個自大又不顧後果的波斯商人能出什麼狠招，請得出什麼魑魅魍魎，厚顏做得出什麼有損他人尊嚴的醜事，我也不太能確定。離季風再起仍有八個月，能讓我慢慢思索對應之道，靜觀其變。果不其然，季風又吹起，胡笙不再來。他託一名商人帶信給我，問候我並向我連聲道歉，推說他在外地另有急事，願神保佑我的事業，隨阿拉旨意，期待來年能再相見。他也送我一件禮物——一張南亞航海圖，看似少有人使用過。胡笙在信件裡說，這張地圖的原主是祖父賈法爾，被他從父親雷札

3 編注：來自印度古吉拉特邦的傳統族群，講古吉拉特語。
4 編注：「Bi」為斯瓦希里語對已婚女性的尊稱用語。

的文件裡挖出來，想到我可能懂得欣賞。收這份禮物，我不禁微笑。胡笙還記得我迷戀地圖。如此精美的地圖，錢可以等明年再還，反正我仍握有以房抵債的借據。我的生意興隆，讚頌真主。我如此安慰自己，卻無法平息此事在心海引爆的焦慮。

我習慣對地圖講話，有時候，地圖會回應我。這其實沒什麼奇怪，也不是什麼從沒聽過的事。在地圖出現之前，這世界無邊無際。有了地圖，世界才具體有形，被畫成領土的模樣，化為供人占有的物件，不只是閒閒擺著、任人掠奪的土石。有了地圖，想像中的海角天涯顯得浩瀚而伸手可及。後來，到了有必要的時候，地理學演變成生物學，以便構築等級制度，把邊緣人和蠻荒民劃入地圖的其他部分。

我認真細看的第一張地圖，是在我們七歲那一年的課堂上。同班同學幾歲我不清楚，**我**自己是七歲無誤。總之大家差不多七歲。不知何故，政府規定**未滿**幾歲的兒童才能入學。以前我從未好好思考這規定，現在回想之下才覺得奇怪。照這限制，超齡就表示你已經跳脫可以受教育的限度，上學也學不到東西，好比椰子熟透之後果汁難以入口，或者丁香果實過熟不落地，直接在樹上壯大成種籽。現在我回想，也想不出為何有這項嚴苛的學齡限制。學校隨英國而來，英國也引進學制來規範學校。如果規定不許六歲以上兒童入學，六歲以上的兒童就不能註冊。學校不該如此為所欲為，因為家長為了送孩子入學會想盡辦法符合入學資格。出生證明書？窮苦的文盲之家，哪有閒工夫去辦出生證明。急著送小孩入學的原因正是如此，以免孩子未來和父母一樣是化外之民。

以我們而言，我們世世代代所有人都上學。我們進小學認識阿拉伯字母，以便研習《古蘭經》，聽老師傳授先知畢生體驗到的奇蹟，願阿拉賜福。每當課業出現空檔，每當溽暑難耐，學生心神渙散，頁面上的字母全變成曲折的蠕蟲，老師會講壞人下地獄受盡折磨的慘狀，嚇得我們毛髮直豎。學校裡沒人在意你幾歲。幼童一旦能控制大小便，就差不多可以上學了，可一直待到能讀透整本《古蘭經》為止，或待到你敢壯膽逃學，或待到老師再也受不了你，或待到父母拒繳微薄的教師費。多數學生在十三歲左右逃出學校。但在校的學生從六歲起，年復一年，盡可能做到學業進步，與同年齡的同學一起用功。同學裡總有人吊車尾，每班都有一、兩個留級生，在學期間總抱著恥辱過日子。理論上，其他同學都是同年齡，但彼此無法確定別人幾歲。過了幾年後，有些同學年紀輕輕就長出小鬍子，有些同學無故消失幾天，回來時神采奕奕，眼露玄機之光，隨之而起的是竊竊私語，指稱他剛在鄉下偷偷成親。在當年，我們確實有早婚的傾向。女校的情況如何，我不得而知，現在的我但願當時知道內幕。也許，待嫁的女生某天就不再來學校，從此憑空消失，大家都猜她結婚了，被娶走了，嫁掉了，被綁死了。我努力想像那份心境。我想像自己是個女人，被莫須有的理由壓得虛脫無言。我想像自己被擊敗的感覺。

我想談的是我細看的第一幅地圖。那年，縱使我說不清同學的年紀，我知道自己是七歲大，在課堂上見到那張地圖。七是一個吉祥的數字，而我剛進小學七個月，但我在談第一幅地圖時強調「七」，不是因為開學幾個月的緣故。我之所以知道當時七歲，是因為那年我上二年級，這有大英帝國的鐵規為證，畢竟我入學那年是六歲。第一堂課，老師以戲劇化的手法介紹課程。他用食指和拇指掐著一顆雞蛋，舉高問：「誰能讓這雞蛋立起來？」他以這方式介紹哥倫布給全班認識。那一刻不可思議，僅此一次，彷彿我也在偶然間發現一座意想不到的新大陸。故事由那一刻展開。老師一面教歷史，一面用粉筆在黑板上畫地圖：西歐和北歐海岸、伊比利半島、南歐、沙姆地區（the land of Shams）、敘利亞、巴勒斯坦、凸出凹進的北非海岸向下延展至南非好望角。他邊講邊畫，朗讀著地名，有時候詳細說明，有時隨口帶過。從南非，扭曲的海岸線北上，在魯伏馬河（Ruvuma）三角洲微凸，接著來到代表本地的尖岬，再向上是非洲之角，深入紅海來到蘇伊士運河、阿拉伯半島、波斯灣、印度、馬來半島，然後一路畫到中國才停筆微笑。老師已用粉筆不間斷地勾勒出已知世界的一半。他在非洲東岸不上不下之處補個小圓點說：「我們就在這裡，離中國好遠。」

接著，老師在地中海北邊再畫一圓點，說：「哥倫布從這地方啟程，想去中國，方向卻完全相反。」老師提到貪心的哥倫布途中有什麼境遇，但我印象朦朧，因為我的腦筋一直繞著最初的那一刻打轉，只記得老師說，在哥倫布啟航的同一年，也發生了格拉納達（Granada）淪陷、穆斯林被逐出安達魯斯（Andalus）。這些專有名詞和其他許多名詞是我頭一次聽見，但老師語帶敬意和憧憬，我至今仍記憶猶新，現在腦海浮現身材矮胖的他穿著坎祖袍，頭戴庫菲帽（kofia），外加一件褪色的褐色外套，天花在臉上留下坑坑洞洞的疤痕，卻能擺出容忍自制的表情。我也記得他大手一揮，為我們在黑板上畫出世界地圖，我的第一幅地圖，筆法多麼流暢。

提雞蛋做什麼？雞蛋才是故事的重點。哥倫布船隊上的船員從未向西航進大西洋。這條航線也從未有人嘗試過。古人以為，船一出地中海，就航至汪洋終點，汪洋就此傾瀉進巨大的深淵，沖刷地表以下的洞窟和峽谷，灌入無限深的海池，裡面潛伏著無數怪獸和妖魔。結果，哥倫布船隊航出地中海，路途遙遠艱辛，海面上一望無際，瞭望員的千里眼也望不見契丹國。因此這群雜牌軍開始發牢騷、動著歪腦筋。我們想回家。最後，哥倫布拿著一顆雞蛋去面對眾船員，以食指和拇指掐著雞蛋高舉，對他們說，誰能把這顆雞蛋立起來？當然沒人具備這本事。大家都是區區小船員，註定在大時代的戲劇裡扮演迷信的小角色，只會發發牢騷，謀略一些天馬行空的詭計。老師以手中的雞蛋表演哥倫布敲碎蛋尾，把蛋立在後甲板的欄杆上。這故事的寓意何在，現在的我不太能確定。想吃蛋就要先敲破蛋殼，同理，想找到契丹國就得先吃苦，是這寓意嗎？或者寓意只是，哥倫布比船員聰明百倍，因此處事加倍明智？無論寓意是哪一個，當時船員見到雞蛋站起來了，立即打消海上喋血的歪念，埋頭繼續航行，追尋偉大的可汗。換成七歲的我，我也會乖乖地航行。老師小心將水煮蛋放在桌上，等著下課後享用。

那位老師是本校正式師資，但他從此不再教我們這一班了。那天本班導師上午曠職，他只是過來代課而已。上午課結束後，我們魚貫走回自己的教室，事後我回去探頭看他畫的世界地圖，發現黑板已經被擦乾淨。

胡笙無從得知這段往事，不知道我和地圖結緣的起點在何時何地，但他明白我愛看地圖、愛收集地圖，欠我錢的他才送一張爺爺的老地圖來討饒。這禮物入手，我開心哈哈笑一笑，但我幾乎敢保證這輩子不會再和胡笙相逢了。天下何其大，他大可進出仰光、夕拉玆這些天邊的城市做生意，何必回來這裡買賣白檀木和玫瑰香水？天邊的城市可望而不可及，所以才更美，不是嗎？

2

她沒來。就算她說好了要來，有時她還是會食言。看樣子是，順她心意的時候，她才會來找我，只是我未必喜歡看天行事。她告訴我，不然你裝個電話嘛，但我不要。我從來沒裝過電話，現在也拒絕自找這種累贅。她果真上門來的時候，態度總像她每天忙昏了頭，急於趕赴各地辦事，忙完一半又趕著離開。最合她心意的是忙亂。忙亂之中，定不下心的她散發一股飛揚的神采，在遲到的場合之間穿梭。忙亂之中，她的目光才多一分捉摸不定的深邃，彷彿明眸能分泌出一個隱而不宣的匯合點，隱藏著她真正著眼的某時間或地點，總之不在此時此地。人生的好戲正在別處閃亮奔騰中。她名叫瑞袞。第一天她來拘留所面訪我就說：「我是難民組織的法律顧問，瑞袞·霍華德（Rachel Howard），負責處理你的案子。」她伸出一手，微笑說，幸會。

而我名叫拉賈布·夏邦。不是我的真名，是我為進行這趟保命之旅而借用的假名。這姓名的原主是我長年認識的人。夏邦也是伊斯蘭教曆的八月，意思為「分配月」，天意在這個月劃定來年的運勢，真心懺悔的信徒能在這月獲赦。九月是「熱月」，是齋戒月（Ramadhan）。拉賈布（Rajab）是七月，「問候月」。伊斯蘭教的登霄之夜（the night of Miraj）[5]就是在這個月發生。據說先知穆罕默德在這一夜直上七重天見神。年幼的我們多麼喜歡這故事啊。在七月二十七日的夜裡，先知被天使加百利（Jibreel）喚醒，坐上飛天神獸布拉克（Burakh），奔向聖城（al-Quds），也就是耶路撒冷。在聖城的聖殿山（Temple Mount）廢墟中，先知向亞伯拉罕、摩西、耶穌禱告，隨即跟隨他們登上極境的酸棗樹（the Lote Tree of the Uttermost Limit），另稱無極惜德樹（sidrat al-muntaha），亦即最接近萬能真主的地點。先知獲得真主訓諭，穆斯林必須每天祈禱五十次。回程中，摩西勸他回去向真主協調減少次數。在這方面，摩西的資歷遠比先知更深厚，猜真主可能願意稍讓步。真主降到每天五次。聽到這裡，信眾無不大嘆一口氣。想想看，每天祈禱五十次啊。接著，先知返回耶路撒冷，再騎上神獸布拉克，在天亮前飛回麥加，然後面對鎮上愚民必有的質疑和抱怨。但對於信徒而言，登霄之夜是一件奇蹟，是值得歡慶的事件。問候月在分配月之前，分配月之後是齋戒月，三個聖月接連而來。雖然真主只命令九月是齋戒月，虔誠信徒卻連續三個月齋戒。這名字的原主，他的父母親對他開了一個神聖的玩笑，父親名叫八月，竟把兒子取名七月，想必取名的時候嘿嘿笑得好開心，小孩卻被這名字害慘了。假使我父母也幫我取這怪名，我必定慘兮兮[6]。

瑞袞．霍華德來拘留所找我時，我不向她說明這些事。我不發一語。那地方號稱拘留所是言過其實了，因為那裡既無深鎖的大門，也不見荷槍警衛，甚至完全看不到軍警制服，只是鄉間的一處營地，由民間公司經營。拘留所共有三大棟建築物，模樣像工寮或倉庫，供我們吃住。裡面很冷。風在牆外嗚咽呼嘯，偶有強風吹襲，簡直像整棟房子會被颳走似的。我冷到血液凍結，紅白血球全結成一顆顆尖銳的冰晶，刺進骨肉裡。我靜止不動時，四肢變得麻木。我們分睡兩棟，一間十二人，另一間十人，各人床位以隔板分開，沒有門。每一棟附設一套浴廁，另設一個註明「飲用水」的水龍頭，令我納悶著，難道這表示淋浴時要特別當心嗎？我們在第三棟房子裡用餐。伙食裝在方形的大金屬缸裡，由廂型車運來，一名英國中年男子負責打菜。他神情陰鬱，體態乾皺，當時我頭一次遇到這種人，後來見多了便習以為常。事實上，在英國的頭幾個月，我遇見許多人的外表都令我心頭一驚。早年我見過的英國人都腰桿挺直，不苟言笑，這些人都有別於印象中的英國人。負責打菜的這一位名叫哈洛德（Harold），他也負責照自己的意思打掃浴室和廁所。另有一男子守在小屋的辦公室，裡面附設公用電話、醫務室、商談室。這男子晚上通常會下班回家，哈洛德則在我們的飯廳裡睡覺，似乎整天待著不

5 譯注：登霄節，伊斯蘭教紀念日之一。阿拉伯語「米爾拉吉」的意譯，原意為「梯子」，亦稱「登霄」或「登霄之夜」。穆斯林於此節日夜誦經、禮拜、宣講教義，並在當日齋戒，以示紀念。

6 譯注：伊斯蘭教曆。賴哲蔔月 رجب Rajab，伊斯蘭教曆七月，意思為「問候月」。舍爾邦月 شعبان Sha'ban，伊斯蘭教曆八月，意思為「分配月」。賴買丹月 رمضان Ramadan，伊斯蘭教曆九月，意思為「熱月」（齋戒月）。

走。在哈洛德休假一兩夜的日子，另有一名男子前來代班，但在我住拘留所期間，他只出現一次，平常躲得我們遠遠的。難民們常逗弄哈洛德，尋他開心，他一概以悲哀的態度視而不見，默默辦完每日例行公事，在腦裡的代辦事項表上逐一打勾。像我們這樣的難民，來來去去，想必他見得太多了，但他卻是我們朝夕相處的第一個英國人。

收容我們的這些建築原本極可能是倉庫，保存著一袋袋的早餐穀片、水泥等需要防水的貴重物資。如今，倉庫保存著我們這些暫住的奴才，防止我們亂跑。辦公室男子拿走我們身上的錢和證件，告訴我們，想運動的話可以出去散散步，呼吸鄉野氣息，只准走到看得見營區的範圍，以免走太遠迷路。「迷路的話，沒人會去救你回來，」他說，「而且夜裡氣溫很低，你們有些人恐怕受不了。」我從小就知道，歐洲的低溫不只這麼低。拿破崙從莫斯科撤退是二、三月的事，到處天寒地凍。在「凜冬將軍」率領下，俄軍勢如破竹。我在十一月抵達英國，再過三個月才到二月，隆冬尚未上場卻已冷到我吃不消。低溫還會再下探。

拘留所裡共有二十二名男子。我這一棟有十二人，其中有四個阿爾及利亞人、三個衣索比亞人、一個蘇丹人。有一對二十出頭的伊朗兄弟擠同一張床，夜裡常彼此依偎著啜泣低語。也有一個安哥拉人，是我們的班寶，精力充沛，高見講不完，愛說笑，喜歡談政治，談交易，高談安哥拉獨立聯盟（Unita）[7]在戰爭期間的正義理念。安哥拉人告訴我們，這裡沒有奈及利亞人。拘留所裡的奈及利亞人太多了，太喜歡鬧事，所以被帶去酷寒的北方，鎖進古堡裡，遠離適合人居之地。世上有太多奈及利亞人了。他名叫阿爾馮索（Alfonso），對奈及利亞人深惡痛絕，卻也不解釋為何痛恨他們，只是每天罵得精神抖擻。他已在拘留所住了好幾星期。他說這裡是「軍營」。他拒絕被安排到其他地方，因為他自稱需要靜僻的環境和鄉下的新鮮空氣，以便完成他正在寫的一本書。要是被送去市區，和英國民眾攪和，晚上泡在酒館裡看足球轉播，他怕因此破壞回憶的鮮明度，再寫也是白寫。他喜歡這座軍營，喜歡和無根的弟兄一起生活，不想走，謝謝你們的好意。另一棟全是南亞人，來自印度和斯里蘭卡，或許也有其他國家的印度裔。我不清楚。他們平日不和我們互動，用餐時也坐一起，似乎全講著其他人不懂的語言。

在附設醫務室、辦公室、商談室的這棟小屋，我被叫去會客，這才認識瑞裘・霍華德。

「我明白你完全不通英語。」她邊翻資料邊說，然後對著我微笑，善意滿懷，明知我聽不懂，卻仍熱切要我理解。那時候，我剛到英國不久，尚未有被問話被登錄的準備，或許也還不想被轉到其他地方。我剛在拘留所住兩天，儘管雙腿有麻痹的感覺，我還是喜歡住這裡。我喜歡青蔥蓊鬱的鄉村景象，軟乎乎的，彷彿一按就會凹陷似的。水氣飽足的空氣流動時悶悶撞擊著騷動著，我也喜歡，起初有點擔心，以為聽見遠方的浪濤聲，後來才猜到是附近有條大馬路傳來車水馬龍的噪音。我欣賞阿爾馮索那副唯恐天下不亂的喜悅，喜歡衣索比亞人那副吹彈即

7 編注：安哥拉第二大政黨。

破的悶葫蘆神態，看他們自我約束著彼此之間的默契。我也喜歡阿爾及利亞人，欣賞他們謙恭有禮、彼此咯咯笑揶揄著、不停竊竊私語。嚴肅而膽怯的蘇丹人，苦海無邊的伊朗小兄弟，我也和他們有緣。在這裡我能窺見他們人生的一隅，我還不準備被人救走。

這些同伴忙著騰空位給我坐，以各自的語言尊稱我大叔、老師、先生。是什麼風把你吹來這裡，遠離真主和親人啊，親愛的？氣候這麼潮濕，氣溫這麼低，脆弱的老骨頭會被搞壞啊，你難道不知道嗎？這是情境對話，因為除了阿爾馮索之外，我們彼此不講英語，而阿爾馮索似乎不在乎有沒有人聽他或瞭解他，只顧著揮舞雙臂，演他的搞笑劇，無視於他人的奚落，尤其是瞧不起他的阿爾及利亞人。在我看來，他們自認比這長舌黑人高尚。阿爾馮索言行充滿自信，不顧他人眼光繼續滔滔不絕，彷彿再嚴厲的挑釁也傷不了他，彷彿自己管不住內心那群逼他絮叨不休的可惡小妖魔。

至於我，我仍不明白人蛇為何教我佯裝不通英語，我也不知何時揭穿假象才算明智。此外，營區裡的室友不懂英語，該不會也和我採取同一策略吧？我無法確定他們是否也聽從家鄉人蛇的高招。整個拘留所的難民唯獨一人肆無忌憚講英語，也許，大家唯恐這一個是內奸。我也曾這麼猜想過。或許大家靜靜坐著（sitting skut sakit）[8]，只盼危機趕快解除。大家逃離的全是警政單位威權統治的地方，當權者想嚇得人民卑躬屈膝，但若不天天實施當眾鞭笞或斬首等狠招，公僕、軍警和情治單位就必須略施陰險的小計，且不惜一做再做，以嚇阻不計後果揭竿而起的民眾。我對這地方不熟，從何臆測什麼樣的過失能惹火守門人？我可不願只因忘了和無形對手鬥智就被識破，而被押到酷寒的北方古堡吃牢飯，更糟的後果是被送上飛機遣返。時機尚未成熟，我不能太早摘下假面具，只不過，假如瑞裘發現我懂英語，她那副熱切笑臉會不會被嚇得花容失色，我倒很想看看。想到這裡，我只能甩甩頭，慢慢聳一聳肩膀，全無咄咄逼人的意思，對她展現一副無助異鄉客的微笑。

瑞裘的頭髮黑而捲，髮型刻意整得紊亂無序，散發一股青春和輕快，也能讓皮膚少一分白皙，略顯外國風情，這無疑全在她的造型規劃之中。她皺眉看著桌上的資料，傾身向前，我則靜靜坐在她對面。接著，她抬頭微笑看我，我以為今天到此為止，下次她會帶口譯員過來。她使勁點點頭，安我的心，然後雙手抓頭髮撥向一旁，說：「接下來呢？」她雙手握住頭髮，定睛看我，久久不移視線。不懂英語會不會是她早已看慣的老招？說不定她想勸我別再裝蒜了。我也無法確定的是，那副狡猾的神色會不會表示她有興趣進一步爾虞我詐。她站起來離桌，然後回頭望著我。我這時發現，她並非真正在看我，那副狡猾的表情象徵她在內心翻找適合她運用的伎倆。她個頭不高，體格也不健壯，但舉止柔軟有自信，暗示著體力充足。肩膀結實，很可能平日有游泳的習慣。「我們會安排你去別的地方，上上課。最起碼要安排你離開這間拘留所。這應該不難辦到，以你的年齡來看。我們的當務之急是安排你接受地方政府照顧。」

8 譯注：skut sakit 並非英語，去信詢問作者，作者回信表示為 sitting silently。

她皺眉，不看我，也許是不確定下一步該怎麼走，無法明講她對我的計畫，只注重傳達她的心意：她關心我，也重視效率。但她依然不看我，而是在心裡算計著。我猜她年紀跟我女兒相仿，三十五、六歲吧。我女兒如果還在世，差不多就這年紀。以「女兒」稱呼顯得荒謬。她已經死了，並沒有活多久。瑞衮・霍華德回到桌前，在我對面坐下。我抬頭平視她，讓她知道我還在，她見我注視她並不因而心慌，反而靜靜審視著我。然後，她伸出一手，放在我手臂上。「六十五，這年齡還逃家，了不起，」她微笑說。「心懷什麼大計嗎？」

她勾起我對女兒的回憶，我很欣慰。這段往事回流上心頭，並未觸發苦痛或責難，只在異國異景的包圍之下捎來微微的甜蜜。我叫她瑞亞（Raiiya），意思是「公民」，本土的國民。妻子覺得這名字很嗆，小孩長大會尷尬，所以她引用先知女兒的名字，叫她茹奇雅（Ruqiya）。這名字出自先知的元配和恩人哈蒂嘉（Khadija）。可惜瑞亞／茹奇雅在世時間不長，願真主憐憫她的靈魂。

「我們還要再找個口譯員。」瑞衮・霍華德說著點頭表示鼓勵，因為我默默講的最後三個字被她聽見，盼神疼惜我女兒在天之靈。女兒還來不及成為公民，就被真主和天使帶走，後來老天爺也帶走她的母親，盼神也疼惜她在天之靈。我無緣陪她們走完最後一程，甚至多年後才知道她們已故的事實。

「你真的完全不懂英文嗎？沒關係，等你離開這裡，我會安排你上語言班。人到了某個歲數，學東西應該會很難吧，」她說著，提到我的年齡再度微笑。「沒關係，先幫助你脫離這裡再說吧。我安排你去住的地方，你一定會喜歡的。在海邊的一座小鎮。再等幾天就去。我們可以幫你找一間民宿，幫你去社會安全局（Social Security）申請補助之類的，然後找個口譯員。你在英國有沒有親戚或朋友？唉，有就好了。情況已經夠艱難了，你如今都這把年紀了。」

海邊小鎮。好，我喜歡，我心想著。再等幾天。

瑞袞和一位名叫傑夫（Jeff）的男人開車過來，先接我去住民宿。傑夫比瑞袞年輕好幾歲，身材高䠷，骨架子大，髮色偏紅，語調是誇張過度的嚴肅。我猜，平日無須扮演特定角色時，他可能是笑聲宏亮、大口嚼肉的那一型。我坐後座，小行李包擺身邊。這行李被凱文・埃德曼搜查過，原有的沉香盒被他搶走了，但臨走前阿爾馮索強塞給我的毛巾仍在。「你要隨時隨地保持身體潔淨，」阿爾馮索說，目光透露出一份無助。「老爹（Babu）[9]，聽見沒？不管他們怎麼對待你，身體一定要保持潔淨。」這條營區用的毛巾被硬塞進行李，害我緊張半天，深怕出發前遭搜身。像肥皂或可樂空瓶這類沒啥價值的東西，有人剽竊後慘遭毒打一頓，我在祖國親眼見過。在我的前世，不在這裡，在我的前半生。幸好沒人搜我的行李。拘留所辦公室裡的男子護送我上車，耐心等我跟大家微笑握手道別。大家說，祝你平安。我用斯瓦希里語說再見，

---

9 編注：印度語，為紳士、先生之意。

願福氣降臨你身上。成功救走我了，瑞袞和傑夫顯得喜洋洋，不停討論著戰勝了什麼法律規章，智取了某某官員和部長秉持疑心的權宜裁決，以我獲釋的案例對比尚待裁決的案子。也許沒人告訴過他們，英國政策關切我國政治犯的人權問題。也許，單憑這困境無法獲准入境。也許，忿然打著道德大旗收容難民已不夠看，有人開始細數英國收容老難民的代價：老到無法進醫院勞動，老到無法為英國生下板球明日之星，老到只能坐領社會保障金、住居救濟金、火葬補助款。所幸，瑞袞和傑夫辦到了，讓我順利入境。有車可搭的我，見這兩人喜孜孜地自我喝采，竟想嘲弄他們一番，我不禁覺得自己好卑鄙。我也難過的是，自己不得不繼續假裝聽不懂英語，無法用顫抖的嗓門向他們致謝。

民宿位於大馬路旁僻靜的街道，是一棟老房子，陰沉沉的，主人名叫希里雅。抵達前，瑞袞說著，希里雅同意收他，今天應該趕得上她招待的茶餐，我才不吃呢，她是個怪婆婆，不是嗎？不過她真的很和藹可親。我們來到民宿敞開的門前，按門鈴，希里雅喊著叫我們上樓。玄關狹小晦暗，地板鋪著破舊的地毯，泰半已被踩成灰色，僅剩零星幾小片紅色。樓梯只有幾階，銳角右轉，緊接著再銳角右轉，很適合抵禦外侮。入侵者絕大多數慣用右手，上樓時缺乏舉刀槍的空間，屋主卻能輕易以棍棒抽打壞人，或提一桶熱油潑灑驅敵。希里雅坐在客廳裡讀雜誌，電視開靜音。我的第一印象是撲鼻而來的氣息，既新又熟悉，如今的我憑經驗，便能描述出所以然。但當時我一上樓，這氣味只令我聯想到密閉空間裡雞屎未乾的臭氣。在這類型民宅裡，在這種樓梯設有銳角的房子，有些人准許雞隻棲息在樓梯間或牆沿。兒時我摸黑上樓，有時會驚擾到雞隻，咯咯怒叫的雞嘴嚇得我魂飛魄散。如今，我知道那氣味並非雞屎臭，而是蒙塵老房子通風不良的氣息：布面傢俱殘留陳年液漬、褪色破舊地毯沾纏人獸毛髮、碎屑、種籽，陳年爐火和煤灰，堆置角落的布料和袋子散發酸腐味。房間的一側有三個鳥籠，放在銅架上，裡面有幾隻生物，從籠子周圍的飼料渣來看，應該勉強還活著。

希里雅身材不錯，高個子，長髮稀薄，染成棕紅色。見我們進來，她起身迎接，催促著我們。「坐下喝杯茶吧，」她帶著笑意說，但音量大而粗暴。「外面很冷吧？壺子裡有些茶，湊近壁爐坐，那邊桌子上有幾個茶杯。坐下吧。哈囉，歡迎你住進來。這一位是麥可，叫他米克（Mick）就好。跟新客人打聲招呼吧，米克。」

她指向一位看似七旬的老翁，看起來比她年長，坐在客廳另一側的椅子上。他親切瞄我一眼，隨即繼續瞪著自己的雙手。日後我發現，除了瞪自己雙手、逢人親切微笑之外，米克幾乎沒有其他反應。叫他看電視，他會茫然看電視，叫他喝茶，他會喝他的茶，別人問他意見時，他甚至簡短講幾句，說著是或不是，或說好得不得了，然後回房和希里雅睡同一張床。「這位叫易卜拉欣（Ibrahim），那位是喬喬（Georgy）。」希里雅指向坐在客廳深處那張大餐桌前的兩名青年。易卜拉欣穿藍綠相間的襯衫，裡面一件黑T恤，喬喬膚色較深，穿著褐色皮夾克，兩人隨意揮揮手。我從他們眼裡看見不同於希里雅或米克的神態，帶有一絲警覺，略顯霸氣，凶光一閃而逝。用不著別人說，我一眼知道他們不是英國人。他們喊得出瑞裘和傑夫的名字，向兩人打招呼，晶亮的眼光顯露調皮的奸笑，能視時機插科打諢幾句。我提高警覺，或許比警覺更嚴重。這兩個是汲汲營營的年輕人，貪得無厭，飢渴太明顯，一副山窮水盡的樣貌，或許也心狠手辣吧，我不清楚，總之我提高警覺。那兩撇小鬍子，修整得未免太仔細了。

「易卜拉欣是科索沃人（Kosovo），逃過塞爾維亞人（Serbs）的毒手。他們嗜血成性啊，太可怕太可怕了，」希里雅瞥我一眼說。「將來你應該會平平安安吧，對不對，易卜拉欣？當然會啊。他的家人被拆散了，以前他被人在街上追殺，幸好沒被子彈射中。好恐怖。這一位是親愛的喬喬。喬喬是捷克共和國來的羅姆人（Roma）[10]。他在這裡住好久了。政府一直想遣返他，不過，他腦袋有點不對勁，」希里雅敲一敲右太陽穴說。「被醫生講得好嚴重，所以移民局暫時不動他。在家鄉啊，他差點被打死了。傷勢很嚴重。被幾個人用球棒打傷臉，差不多是。令人齒冷的惡行啊，就因為他是羅姆人。那些塞爾維亞人……」

「捷克人。」瑞裘糾正。

「好吧，捷克人，」希里雅悻悻然認錯。「我一直不明白人類為什麼不能互相容忍，我是真心不懂。大戰期間，我們出兵加持捷克，又沒歧視他們，又沒細分誰是捷克人、誰是羅姆人的，又沒說只救這不救那的。我們那時候是人人都救。到目前為止，內政部都狠不下心逼喬喬回國。他們一直想逼他說傷得不重，甚至逼他說根本沒挨打。不過，我猜他最後還是會被遣返，可憐的喬喬親親。」

「不會的，他還有機會，」瑞裘反駁。「我們正在想盡辦法留他。我們真的很努力為他打拼。課上得怎樣啊，喬喬？」

喬喬點一點頭，熱切的目光似岩漿，聆聽著對話，外表落魄，自尊自重不失謙遜，頂著一副悲劇軀殼，性命之維繫端賴別人為他辯護的熱忱多寡。

「這三隻鸚哥叫安緹岡妮（Antigone）、卡珊卓（Cassandra）、海倫（Helen），」[11]希里雅瞄我一眼說。她一手揮向鳥籠，一個接一個指著。「哪一隻叫什麼名字，我已經分不清楚了，牠們也不在乎吧。好了好了，介紹完所有人了，過來這邊坐下，離爐火近一點，喝點茶。你一定被凍慘了。」

「夏邦先生完全不懂英語，希里雅。」瑞袞語帶歉意說。

希里雅瞥向我，我看出她不信的神態，目光有一份震驚，我覺得可能被她看穿了。她甚至微微搖一搖頭，嘴角往下彎，正眼瞧著我，因事態橫生枝節而略顯不悅。打從踏進擁擠的客廳那一刻起，我的心就不斷徐徐下沉，一想到今晚過夜的床鋪多麼骯髒，心情也焦躁起來。希里雅起了疑心，令我的心情再往下跌一層。像希里雅和米克這樣的英國人，我從未認識過。希里雅囉哩囉嗦，動不動展現母愛，舉止波動著情慾暗潮，露骨到難以視若無睹。米克則是一副老殘友善的表象。在英國，我遇過生性陰鬱、外形乾皺的哈洛德，拘留所辦公室的寡言男，當然

10 譯注：舊稱為吉普賽人。

11 譯注：三者皆為希臘神話人物。

也遇過移民局的凱文．埃德曼，但在老家，我接觸的英國人多數是傢俱行的顧客或觀光客，更早在我服務公家單位時，和我略有接觸的還有金融理事會的高級長官，全顯得優越、事業有成，令人動輒得咎，一舉一動即使無禮，也仍以自我為尊，自我膨脹，彷彿無時無刻提醒自己擺臭臉，要記得表露嚴苛的一面。這些英國同胞相處時如何彼此對待，我實難想像，但我也無法想像他們平日舉止和我所見有何差別。我之所以說他們多數如此，是因為我在馬凱雷雷大學遇到兩位老師，他們包辦以上所有特點，有時卻也表現得儒雅知禮而積極。自從我抵達英國後，我遇到的全是官員和公僕，這些人無一看得見我的心。他們全是工作繁忙的人，聽多了我這種乞丐的故事和描述。感覺上，希里雅看穿我了。她那副神態是陡然知情，是我不願見到的神色。為什麼呢？我一時想不透。

「好吧，那我們只好比比手語，多吭一些聲音囉，」希里雅煩躁地說。「別擔心了，瑞裘親親，我們這裡早就習慣了，對不對啊，米克？他以前會講外國話喔，告訴你。米克，你以前會講哪一國話？馬來文，對吧？馬來文。米克，是不是馬來文？這位先生，呃……怎麼稱呼？」

「夏邦，」瑞裘微微皺眉說，臉皮仍儘量掛著淺笑，兩手碎動不休，一度伸向長褲正面抹了一下。見她這麼急著走，我加倍憂心。

「夏邦、夏邦、夏邦，」希里雅演練著。「夏邦先生會講馬來語嗎？不會吧，我想。」希里雅走向客廳門口，喊兩聲**蘇珊**，然後回座位。「我們請蘇珊端茶來。夏邦、夏邦。」

蘇珊來了。她年齡和希里雅相當，臉型圓，身材矮小，神色慌忙，易受驚嚇的模樣。這不難理解，因為她的老闆是希里雅這種自信滿滿、大呼小叫的霸凌者。蘇珊負責下廚、打掃，希里雅則自稱她負責辦公室業務。希里雅喊蘇珊沒幾分鐘，瑞裘和傑夫婉謝茶餐告辭了。蘇珊端來一盤烤麵包、一碟焗豆、一盤罐頭火腿薄片，無怪乎留不住瑞裘和傑夫。我們圍著大餐桌坐下吃喝。我指著火腿薄片，對著希里雅搖搖頭。

「豬，」易卜拉欣咧嘴笑說，同時轉頭，逗一逗喬喬。「穆斯林他不吃豬，他不尿酒，潔淨潔淨潔淨，刷洗刷洗刷洗。黑人。」

聽見「黑人」，喬喬爆笑起來。他覺得好笑的究竟是「黑皮膚」穆斯林，或是黑皮膚的人忙著「**刷洗刷洗刷洗，潔淨潔淨潔淨**」很滑稽，或是這一對另有心照不宣的玩笑話，我不得而知。事後我才明瞭，無論易卜拉欣講什麼，都能逗得他哈哈笑。這兩個年輕人盯著我奸笑，奚落我，我一時無法理解他們對我有何惡意。也許，在客觀環境和焦慮心的交互作用之下，他們態度變得尖酸，喜歡對人冷嘲熱諷，而且為了強化當初捏造的受害經歷，不惜再扯謊編藉口，兩人進而懷疑人生，難以面對個人身受的苦難到底多慘痛，對處境相同的其他人也難以接受。這兩人怎麼知道我不曾見證過惡行，怎麼知道我不曾遭受羞辱和暴力？起碼也該對我默哀以示同情吧。但他們怎麼知道，沒有人對準我的臉揮棒過？又如何知道，我不曾見過更慘的情景？無論他們經歷過什麼樣的慘事，但當同樣的慘事也可能發生在別人身上時，他們怎能不再關心？

米克拿著湯匙，舀著焗豆吃，希里雅喝著茶，不疾不徐講著話，絲毫不擔心被人插嘴。她聊著鸚哥的事，談到借住後變成好友的房客，談到救助難民組織——他們的心地多善良啊——

談到鎮民曾幾度走上街頭反對接納難民，談到報紙誇大不實的報導，談到她對萬變的世事理解甚少。易卜拉欣吃了幾口吐司，開始抽菸，把滿溢的菸灰缸拉過去，和盤子對齊，把菸灰缸當成一碟個人專屬的小菜，視為吐司、焗豆和火腿的佐料。

「這附近有個教堂，叫聖彼得，和我們同一條街，我們以前常去。那裡以前是我們的教堂，」希里雅說，隨手趕走煙霧。「現在改成俱樂部或咖啡廳之類的。夜店。我們不算太虔誠，不過以前重要節日我們都上教堂。現在改成俱樂部或咖啡廳了。基督教國家應該要在乎有沒有教堂這件事。我敢打賭，在納夏（Naashab）先生的祖國，廟不會被改成酒吧之類的。那家夜店，我從來不去，不過這兩個男孩子都去吧，對不對？不然他們還能玩什麼？被困在這小鎮，沒工作權，也不能搬出去自己住。可憐的易卜拉欣，他不得不把老婆和女兒送去倫敦哥哥家，因為鎮民不准他女兒在這裡上學。學校的家長抗議啊。不想讓難民入學。太可怕了。總之，這兩個男孩有時會去那家酒吧，我從來不去。那裡本來是教堂，做禮拜或祈禱的，我去過一百次了，現在再去那裡，感覺怪怪的，所以不去也罷。這條街尾本來住著一個畫畫的，是拿畫筆作畫的那種，不是拿油漆刷塗牆壁的那種。我母親向我提過，不過不用她講，我也能想像。他的房子前半部的樓下有個很大的房間，用來當作畫室，大家路過就能看見他穿著工作服，面對畫架站著。他留著大鬍子，挺著大肚腩，現在好像成名了吧。我小的時候，外國人一個也沒有，偶爾會來一兩個法國遊客，不算真正老外。就算有，我們也沒碰到過，對不對啊，米克？戰後，義大利戰犯被押進來才有。你到那一年才回國吧，米克，對不對啊？我忘了。總之，在那之前，根本沒機會碰過外國人，對不對？米克在馬來亞待過。現在啊，外國人到處都是，因為他們的祖國發生好多恐怖的事。以前不像這樣。是對是錯，我不清楚，不過總不能直接趕他們回去吧？總不能說我們自己的生活都忙不過來了，叫他們滾回恐怖國家去活受罪吧。要是能幫他們忙，我們就應該幫忙吧。寬容一點。走上街頭的那些人亂罵難民，我真搞不懂他們。他們搞了好幾次『民族前線』（National Front）大遊行，我實在受不了那群法西斯。以前國內沒這麼多難民，但我們又能怎麼辦才好呢？總不能趕他們回老家受難吧？我不曉得我們能怎麼辦。」

我垂頭聆聽著，其他人也默默在聽。口若懸河的希里雅講得從容不迫，令我漸漸擔心她會講個不停，一直講到嘴痠了、半夜三更了，她才肯罷休。我比手勢表示，我想就寢了，希里雅挑一挑眉毛，不太高興，好像我在刁難她。這時才六點幾分，但我想跳脫這間壓得我喘不過氣的客廳，想擺脫這裡面的奸計、虛偽、臭味，想逃出那份殘酷、被冷落、瑣碎無價值的氛圍。我想獨自坐在黑暗中，悶悶在腦子裡挑骨頭。希里雅帶我上樓，先右轉，再右轉，來到一個狹隘的小房間，角落有一張床，上面鋪著看似舊地毯的醬紫色物體。

「這棟房子我住了將近六十年，巴夏（Bashat）先生。」她杵在門口微笑說，一手按著門框，很滿意自己的成就。接著，她想對我訴說這房子的往事，說她從前為聖彼得教堂擺設插花藝術的母親偷偷愛上一名藝術工作者，有天夜裡，她不肯跟他從事不正當行為，衝動的他憤而冒著風雨離開，卻又回來敲窗戶求愛。不。不。「六十幾年了，心智依然靈光，身手矯健，俗話都是這麼說的。不像可憐的老米克。只不過，米克他還懂得享受人生。他是被日軍害的。以這副德性回國，是我收留他的。這裡面的東西，你看得到的，對我而言全都有意義，每一件都是。請小心別弄壞了。浴室在你隔壁。大家共用的，所以請保持乾淨。你差不多見到所有人了。要是你能講英文就好了，我們能好好聊一聊。喔對了，易卜拉欣和喬喬親親睡樓上。」

她轉身離去，面帶不悅，眼露晶光顯示她按捺著煩躁心。又怎麼了？得罪到她了嗎？「早餐時間是八點到十點，」她的語氣有點高姿態，半轉身回來。「盼望你能準時，感激不盡。我晚上十點鎖正門，所以如果你十點以後出門的話，回來要按電鈴，才有人開門讓你進來。晚安了，肖尼（Showness）先生。」

我掀開床上的小地毯時，激起灰塵形成一縷薄雲。從外觀和氣味判斷，這床單曾被久睡不洗。枕頭套上有斑斑血漬。床鋪和樓下的布面傢俱有相同的臭味：陳年的嘔吐穢物加精液加不慎傾倒的茶水。我甚至不敢坐在床上，因為不理智的我認定這床髒透了。我怕的不只染病上身，更怕內心遭受玷污。沙發看起來雅緻，線條和形狀還可以，我能試試看。可惜布面之髒臭直逼床上那張小地毯。浴室滿是污垢，洗手台沾著看似蔬菜的斑點，浴缸像是生了一身黑黝黝的皮膚，馬桶則有一個深不可測的黑洞。我乾嘔了一下，沒辦法，只能將就坐下去。我忍不住一直想，某種生物體盤踞黑洞中，有牙齒，見到沉甸甸的雄性生殖器晃呀晃，可能會禁不住誘惑。到了某個歲數，那副小皮囊子確實會散發貴氣。明天，當瑞袞前來接我去「聽簡報」時，保證我會被迫說英語。遠渡重洋終於來到英國，怎能因為一時大意而陣亡呢？

晚間，我抱著舊有的興味和同樣古遠的憾恨，逐一審視希里雅的寶貴紀念品，評判著，估估價，當成是搬家大拍賣時被我整批得標的東西。桌上的紀念品不怎麼樣：一支瓶中船、幾件俗氣首飾、幾張夾進陋框的相片、一個裝餅乾用的錫盒。這盒子印著一名身穿海軍艦長制服的男子，四周堆滿大英帝國版圖內盛產的果物，盒裡散置著鈕扣、徽章、羽毛。事後我想到，看這些紀念品時，我絲毫不感興趣，連思考也懶得去思考，甚至懶得揣測它們對希里雅有什麼價值，甚至懶得去遐想它們在希里雅的人生扮演過什麼角色。

牆上掛著一面鍍金框大鏡子，在昏暗的小房間裡顯得太龐大，但鍍金的狀況不錯，鏡子也只須稍事修繕。應該能賣一兩分錢吧。在昏沉沉的燈火中，鏡中人看似一隻懸浮在裊裊上升的雲霧裡的生物，燈罩的影子落在我肩頭，近似絞刑繩圈套住我。我在桌子旁席地而睡，以阿爾馮索硬塞給我的毛巾墊頭。老舊的地毯已被踩得硬邦邦，空腹不停對我嘮叨，我知道這一晚八成沒覺可睡了。深夜時分，我聽見節奏清晰的砰砰砰，無疑是做愛聲，猜想是不是希里雅正在騎米克，或者是兩個年輕人正在興高采烈惡作劇。

翌晨不見瑞袞上門。我閉眼上廁所，以指尖摸索著不得不碰的物品。然後，我打開窗簾，坐在房間地上，用阿爾馮索的毛巾墊臀。這房間面朝後院，向外可俯瞰一座疏於整理的花園，大小樹的枝葉錯綜蔓生，院子更顯陰沉。雨水順著窗玻璃撲簌簌往下流。豆類食品常造成我腹瀉。狂瀉一陣後，我未能好好洗身。完事後我用衛生紙盡可能擦乾淨了，但現在一坐地上，竟感覺污漬從下面擴散開來。屋子裡靜悄悄，大家都仍未起床。過了一陣子，我聽見樓梯傳來腳步聲，也聽見杯盤叮噹響，卻想起昨晚希里雅那份嫌惡的表情，因而不敢下樓。等瑞裘和傑夫乘坐魔毯而來，我再下樓吧，比較不會受人鄙夷。然而，瑞裘遲遲不登門。在布滿灰塵的超小房間裡，坐在地上的我除了責怪自己一無是處之外，無法再想其他的事，志氣愈來愈消沉，無力到只想下樓。

米克坐在老地方，面對著靜音的電視機，大腿上擺著用過的餐盤和餐刀。希里雅在餐桌閱報，見我進客廳，視線轉向我，然後上身靠向椅背，呲牙笑笑。她仍穿著睡袍，束得不太緊，我遠遠就能看見底下一絲不掛。「早安，騷包（Showboat）先生。你睡飽了吧？」她說著，愉悅地招手邀我一起坐坐。「相信你睡飽了精神好。希望你昨晚夠暖和。去幫自己倒杯茶吧。唉，忘了。茶，吸喝吸喝。去，倒，茶。」她比劃著喝茶倒茶的動作，然後再對我呲牙笑。「不然，你要媽咪幫你倒茶茶嗎？」

我幫自己倒一杯茶，走去坐在米克旁邊，陪他一起看靜音節目，我的眼角——說來可恥——頻頻瞄著正在餐桌前閱報的希里雅。睡袍只能大致遮到膝蓋。由於她一面看報紙，一面微微左右搖晃身子，睡袍不時開縫，暴露胯下風光。有意無意間，她甚至一度伸手揉一揉大腿內側。我聽見身旁的米克嘿嘿笑著，轉頭看他時，他的視線卻固定在電視上。我移動坐姿，以免被愚弄。就這樣，我們坐了半天，米克和我盯著靜音電視看，等著瑞袞上門，不敢動，不知能去哪兒，能做什麼，希里雅則在我背後颼颼翻報紙，偶爾嘆息一兩聲。閱畢，希里雅摺好報紙，說：「你們兩個嘛，看樣子很合得來。那兩個大男孩又錯過早餐了。他們白天睡整天啊，騷包先生。跟小孩子沒兩樣。他們兩個，可憐啊。找不到事情可做呀，對不對？乾脆睡到下午茶時間才下床。省了午餐。我們不提供午餐，騷包先生。每天只供應早餐，今天禮拜四，有訂才有下午茶可吃。蘇珊禮拜四休假。喔，希望不介意我喊你騷包先生。比較容易記嘛。希望沒得罪你。米克，米克，我這就去換一套像樣的衣服。有客人的時候，米克不喜歡我睡袍穿整個早上。他會吃醋。騷包先生，你慢慢就會適應我們的作息。你大概會在這裡待一陣子吧，多數難民都會。我們交了不少世界各國的好朋友。只不過，你得先學點英文，騷包先生。被你這樣一直看，我很受不了，甚至不曉得你在想什麼。」

我奔向阿爾馮索的毛巾。一碰觸到毛巾，感覺像進入祕境，從頭到腳隱形。整個下午，我壓在毛巾上，暗罵人蛇剝奪我發聲抗議的能力，暗罵瑞袞和傑夫逼我離開拘留所。在那裡，我和同伴漸漸混熟了，現在我卻被帶來這座地牢，樓梯這麼曲折，人物如此怪異，讓我意識到危機和冷落。從早到現在，我一口食物也沒吃到，以我的年紀而言，這沒什麼大不了，讓我嚥不下這口氣的是居然無人關心。沒人關心我有無進食、有無病痛、心情是歡喜或哀傷。我聽見那兩個大男孩起床了，衝下樓去，吼叫著，活像兩隻狒狒。希里雅以狂笑聲迎接他們，以打情罵俏的口吻訓誡他們。瑞裘和傑夫這兩個替天行道的人權鬥士，竟把我送來這座動物園，然後自己去向朋友和同事炫耀說他們智勝了多少部長，因此從低級拘留所成功救走一個老人，讓他免受國家霸權宰制，如今能在善心的希里雅和她的玩伴照顧下過著幸福快樂的日子。瑞裘，我以萬能真主之名召喚妳。

近傍晚時分，我漸感身體不適，意識不清，認定對真主祈禱的時刻到了。喔，柔善的真主啊。在監獄的那段時候，在生病和焦慮的時刻，我們曾一同如此祈禱過。這種禱告最好集結眾人一起做，以便針對身心不適的牢友祝禱。無奈的是，此地無人能為我祝禱，自我祝禱會不會觸怒真主呢？但願不會。

我進浴室淨身，為祈禱做準備，手腳和胳臂和臉全洗乾淨，然後回到阿爾馮索的毛巾上，首先宣示禱告的用意何在，然後求真主保佑防止該死的撒旦侵害。然後說「以慈悲的真主之名」。接下來，覆誦純善經（al-Ikhlas）三次：**說真主是唯一，是永恆。真主無子無父，無人可匹敵**。隨後是頌揚真主德澤（latifun）：**真主柔善對待僕人，對他們施捨。真主萬能而無敵**。接著以阿拉伯語，對先知唸一段柔美的祈禱文。

喔，真主之摯愛，祝福祢安康。

喔，真主之先知，祝福祢安康。

喔，真主之信使，祝福祢安康。

接著不急不緩覆誦**喔，柔善的真主**，頭轉向右邊，然後轉向左邊，重複一千遍。

禱告完畢時，天色已全黑，心情也已大為寬慰，我開始考慮要不要下樓去乞討一點吸喝，有什麼殘渣都可以。或者，我可以外出，往前一直走，不轉彎，走半小時再折返。想到這裡，我聽見希里雅步步上樓梯。直覺告訴我，她衝著我而來，於是我從毛巾起身，不想被她撞見我坐在地上。她大聲敲門，要求進門，不等我回應就逕自進來。房門無法上鎖。「你很愛睡覺嘛，騷包先生，」她以愉悅的口吻說，摸索著電燈開關。「瑞袞託人傳話給你。易卜拉欣剛去辦公室找她，瑞袞託他回來轉告你——哎呀，轉告個鬼啦。她一定是忘記你不通英文。唉，算了吧。你不知道她託人傳話，所以沒接到也無所謂。哇，看來你在這住得挺舒服的嘛。」

「瑞袞。」我說。聽在自己耳朵裡，我覺得嗓音沙啞可悲，像個低聲下氣的乞丐。沉聲祈禱太久，嗓子都啞了。

「是的，瑞袞託人傳話給你，親愛的。沒事沒事，完全不必操心，騷包先生。不如你下樓看看電視吧，陪陪你朋友米克。今天早上，你們兩個相處滿融洽的嘛。來吧，你已經躲一整天了。這樣對身體不好。來吧，下樓來聚一聚。」她說著伸展右臂，微微擺臀一下。

我跟隨她下樓梯，多麼想伸手抓住她，把瑞裘託人帶來的口信從她嘴裡搖出來。她如常渾然不覺，頻頻回頭自言自語，一度半轉身偷瞄我一眼。來到客廳，她對著猴群宣布：「他來了。」米克對我溫吞一笑，喬喬咧嘴笑著揮揮手，易卜拉欣揶揄似地向我行禮。他們兩個正在打牌。「去啊，坐你的椅子。」希里雅說，指向米克旁邊的指定位置。瑞裘，看在真主的面上，火速趕來吧。

「瑞裘。」我看著易卜拉欣說。

「瑞秀（Raschel），」英文欠佳的他語帶揶揄，對著我傻笑。「她說你是太老的。沒用。黑人。」兩個大男孩相視狂笑起來，被調皮的字眼逗得目光閃現笑意。「她要年輕人。」

「不會吧，」希里雅學嬰兒腔咕咕說著。「騷包先生看起來還滿有活力的。」兩個大男孩聽了再度爆笑。黑人，騷包先生，刷洗刷洗刷洗，潔淨潔淨潔淨。我反省著，自己應該先去瞭解易卜拉欣和喬喬的心聲，多聽聽他們，對他們展現同情心，聽他們遭遇過什麼慘事，聽他們有什麼志向，為何踏上這條難民之路，但我仍沒有動作。他們才不想告訴我。我猜他們瞧不起我，用不著對我訴說他們遭遇到什麼悲劇。我不禁聯想起阿爾馮索，他具有亡命之徒的自信，態度被阿爾及利亞人視為放肆，因為在阿爾及利亞人眼中，阿爾馮索不過是個黑人，同是亞當後裔卻不如他們，只能以卑屈的姿態發發怒火，只有一份不懂反省的韌性。

牌局結束，大男孩起身離開之際，易卜拉欣不知為何，對我動了同情心，站在客廳門口說：「瑞秀，她稍後是會來的。」語畢，他環視客廳，向眾人投以微笑禮，為自己的義舉自鳴得意。和喬喬一同走到正門口，易卜拉欣回頭喊著希里雅，她帶著笑臉起身過去。門口傳來歡笑和一陣拉扯聲，隨即歸於平靜。米克和我默默坐著，凝望著靜音螢幕。過了幾分鐘，正門砰然關上，希里雅回來了，眼神多了一分光彩。她在米克對面的椅子坐下，拿起雜誌。瑞秀，她稍後是會來的。她終究還是沒來。

我留在客廳，待到再也無法忍受為止，指望著一片吐司或一杯吸喝吸喝能登場，但我希望落空。今天是蘇珊的休假日。最後，我既餓又悶，瀕臨昏迷，這才拖著身子上樓，向右急轉彎，再向右急轉彎。我累到顧不得床鋪太髒，況且晚上愈來愈冷。我懶得換裝，直接上床。剛才，我把阿爾馮索的毛巾摺好，掛在椅背上，一方面是向他那份自救救人的本能表達敬意，另一方面是自責無法恪遵他的指令保住個人尊嚴。不管他們怎麼對待你，身體一定要保持潔淨。言猶在耳。個人尊嚴失守了。我躺進髒床，身上的衣物也因身體未能維持乾淨而倍覺玷污。重獲自由的第一天接近尾聲，我片刻不宜遲沉沉入睡。

上午十點左右，她來了。本來，我考慮出門直線散步半小時，以免迷路節外生枝，但又唯恐這次錯過她來訪，可能要再等好幾天。我覺得全身癱瘓。她穿著醬紫色套裝，風情萬種，微笑中帶有一分忙得開心的意味，暗示著不能久留。我坐在米克旁邊，看著靜音電視，希里雅則在房裡某處斥責蘇珊分不清什麼是浪費，什麼是節約。

「夏邦先生，看樣子你住得很習慣嘛。」瑞裘說。我嘟噥一聲，以不回應代替回應，反正沒差。她已經轉頭對米克講話，米克時時維持著那副慈祥寬容的笑臉。希里雅進來主導狀況，說我在這裡住得多麼舒服，說我已經和兩個大男孩成為朋友，已經和米克相處融洽，能整天一起坐著看電視，好像鵝兩好、一對豹（two Sams in a milk-pond）。她是這樣比喻嗎？可能是我聽錯了。我不太懂這俗語。「他有時候有點無精打采的，」希里雅說。「不過，可能是因為他聽不懂我們在講什麼吧。對不對啊，騷包先生？我都這樣稱呼他，是我們給他的綽號。他不在意，我問過他。」

好一會兒，大家才明白，瑞裘的來意是帶我去她的辦公室，進行她承諾的「聽簡報」。她說我不必帶行李去，因為我會暫時住在希里雅和米克家，步行就能到辦公室。瑞裘邁大步出門，我儘量跟進。沒多久，她放慢步伐，向我道歉，說辦公室不太遠。這是我頭一次走在英國街道上。原本我以為，英國街道人車熱鬧，來去匆忙，一切顯得嶄新而明亮。但沿途我見到的街道簡陋、狹隘、光彩退盡，卻只令我想起希里雅家的景象。路上許多上了年紀的長者慢慢走，年輕人則提高嗓門躋身而過。然而，另有一份小小的喜感提振著我的心神，腳步隨之輕盈，彷彿掙脫了人生枷鎖，如今重獲新生，來去自如。這份心情在胸懷裡萌生，日後可望茁壯，前世已終結，我正在開拓新人生，前生已經永遠落幕。我能如此譬喻：為了來這裡，我鑽進小洞裡，每前進一步，退路立刻封死。或許是童年讀了太多《天方夜譚》系列故事。這只是一種象徵，然而，即使我明知前世仍在我懷裡律動著，人生盡頭的想法仍鑽回我腦海。

辦公室位於蔬菜店和小酒館（pub）之間，只不過當時的我有所不知，這是本地人對「酒肆」（tavern）的稱呼。長知識了。最令我稱奇的是，小酒館掛著古代軍人的圖樣，軍裝豔麗，軍帽上插著羽毛，在門上方隨風搖擺。皇家龍騎兵。來到辦公室，瑞袞帶我進入旁邊的訪談室，已有兩名同事坐在桌前，其中一人是傑夫，見我走過他身邊，以機械式的笑臉迎接我，頭壓得低低的，彷彿怕我止步找他講話，耽誤了他手邊的要務。我猜我不再是那個被他們從政府大鋼牙底下搶救出來的重點難民。現在的我只是一個尋常的案主。瑞袞脫下套裝的外套，掛上椅背，然後在桌上攤開文件坐下，面對門口。她向我微笑一下，一副志得意滿的模樣，我一時間摸不著頭緒，只能猜她大概是熱愛工作，享受人生。我坐她對面，正對著窗戶，窗景是一堵磚牆。

「夏邦先生，很抱歉，我沒能早點去接你過來……因為我們最近實在忙不過來。巴黎外港（Le Havre）有艘渡輪昨天進港，從羅馬尼亞帶來一百一十個羅姆人，全想尋求庇護。移民局想全數遣返，我們爭取說，裡面有些人應該獲准入境。告訴你結果好了，他們全部被遣返了，只不過，我懷疑過幾天他們會再試試看另一個港口。切入正題吧。我本來覺得，假如找個口譯員來，進展應該比較順利，」她擺出滑稽的臉說。「但是……也不算完全絕望，我聯絡的一位口譯員今早回我電話了，好像願意幫忙，等我確認後再通知你。總之你進辦公室了，我不知道今天能不能完成哪些事項，只覺得你可能很擔心，或是覺得被我們拋棄了。」

「我不認為我需要口譯員。」我用英語說，當然暗暗竊喜著。縱使活到我這歲數，再小的喜悅也難以抗拒。在我跌破眾人眼鏡的一瞬間，無論是在童年或在長大之後，雀躍的心境都沒兩樣。人蛇靠這奸計究竟是想保護我免受什麼傷害，我再也管不著那麼多。此外，我也愈來愈覺得，建議我裝傻是小民的疑心病在作祟。我在希里雅家有苦難言，忍辱委屈了一天一夜，再也顧不了後果，想藉這一場小勝仗的凱旋心情帶我擺脫桎梏。再不奮起，新生活再任人掌舵，我勢必受制於卑鄙的希里雅和米克和兩個大男孩，和他們一起邋遢下去。瑞裘和傑夫安安穩穩鎮守碉堡中，打仗打得焦頭爛額，忙到無暇他顧，可見我即將落入一隻接一隻的魔手，被當成足球踢，任人拉扯，忍辱不敢言，永無翻身之日，成為他人拿出來炫耀的功績。更何況，我快餓死了。瑞裘傻眼瞪著我，滿臉寫滿厭惡。

「原來如此，」她笑臉不再。「這是什麼意思？一開始，你幹嘛說你不懂英文？」

「我沒有這麼說。」我說。

她愣了愣才說：「好。這些日子以來你聽到英語，為什麼一直不回應？」她換個面面俱到的方式問，凸顯律師的話術，氣急敗壞之下的語調稍嫌尖銳。

「我寧願不要。」我說，視線瞥向窗外的那堵磚牆。

「什麼話！」她驚呼，顧不了情面，動了肝火。

由此，我得知她沒聽過美國作家梅爾維爾（Herman Melville）百年前發表的短篇小說《抄寫員巴托比》（*Bartleby the Scrivener*）[12]。我一進訪談室，見這堵磚牆，霎然想起巴托比。在我自曝懂英語的一剎那，我也篤定能設法引用巴托比這句口頭禪，看看磚牆能否幫助她聯想抄寫員消極抵抗律師老闆的故事。很雋永的一則故事。

「幫你找口譯員有多麻煩，你知不知道？」瑞裘問，再次以厭惡的態度冷笑。「我們甚至不清楚你懂什麼語言。我們在倫敦大學找到一位願意幫你的學者，他是懂你那地區的專家。他願意貢獻自己的時間南下，只為了幫你。現在你卻告訴我，你從一開始就懂英語，不是害我們白忙了半死嗎？你能不能至少對我解釋……？」她從臉龐撥開幾縷不乖的捲髮，臉色變臭，煩爆了。她把筆記本拿過來，準備記下我講的話，以作為對我不利的證據。

「對不起。」我說。

懂我那地區的專家，無疑曾出書介紹我，對我瞭若指掌，比我更能摸清我的底細。以這樣的專家來說，他的行腳勢必遍及我那地區的所有關鍵地點，明白我絕對沒見過的當地歷史文化背景和略有所聞的神話和民間故事。他勢必在我那**地區**進進出出長達數十年，研究著我，記錄

12 編注：梅爾維爾於一八五三年發表的作品，被譽為美國小說最偉大的作品之一，故事中的抄寫員巴托比拒絕與外界溝通，總以一句「我寧願不要」回應一切。

我的言行，闡釋我，概論我，我卻全然不覺他那忙碌的身影。

「賣我機票的那人建議，到了英國不能承認自己懂英語，」我說。「我不懂理由，只知道要靜觀其變。我到現在還不清楚他的理由何在，只覺得最好停止做戲，因為希里雅家的情況越來越複雜，我越住越不舒服，所以覺得最好還是開口，以免情況惡化到不可收拾的地步。只不過，我還是寧願不要。」

我忍不住再引用巴托比的口頭禪，因為說不定她剛才沒聽見。但這次她仍無反應。我看得出她正在天人交戰，也許最想做的是暴怒之下奪門而出，去向傑夫告狀訴苦。然而她坐在原位不動。儘管她目光仍有怨懟，我看得出怒燄正逐漸退燒。對她隱瞞語言能力，照理說只是一個無傷大雅的小謊言、小把戲，她卻如此大驚小怪，令我為她擔心。她不像我，不必默默聽別人議論她，只需為一名語言不通的客戶打電話請教兩三個單位。都怪她自己無知，不懂文化地理學，無從推測。這甚至不是無知的問題，而是她自信過滿，自認為我講什麼語言並不重要，反正她能推敲我的心之所向，只寄望我遲早也能學會一點英語以闡明心意。或者是，她遲早能找到專家代我闡明心意。然而，我為她擔憂，於是向她供出騙局的來龍去脈，說明它帶來的一點小麻煩，敘事方式是自我揶揄，盼笑容能重返她臉龐。如今我能發聲了，她準備聽我說明尋求庇護的原因。我坦白告訴她，我曾聽說，難民如果聲稱受祖國政府迫害、生命有危險，就能獲得庇護，所以我才決定成為難民。她點點頭。這一點，她已從難民組織的協調單位得知。接著，她重新加入我陣線，仗著機智和效率告訴我說，申請庇護需要更多細節。她也告訴我，她已代我向社會保障局約妥了時日，也聯絡了住居機構，不久就有機會申請到一間小公寓，只不過仍有一些制式程序待處理。顧及我的年齡，她已為我找到一名家醫，安排我領取緊急用衣物，因為以本地氣候來說，我帶來的服裝相當於破布。她也代我向本地一間學院的難民救助專線報名英語班。「不過，現在用不著了。」她目光炯亮微笑說，語帶寬恕。

「我不能忘記通知大學專家，說不用麻煩他跑一趟了。」她說著擺出哀怨的臉孔。

「為妳帶來這麼多麻煩，對不起，」我說。「害妳特別從倫敦大學找來一位專精我家鄉的學者。請代我向他致歉。」

她揮手趕走我的歉意，看著筆記。「他名叫拉提夫．馬哈穆德（Latif Mahmud）。我待會兒撥電話給他，說不用麻煩他了。」瑞裘稍事整理文件，訪談進入尾聲。那專家的姓名，我如雷貫耳。我回憶著這姓名背後的人，我認識他。我非常熟悉他的背景，對他太熟悉了，但我對他的所知僅限於他的童年，知道他是某人的兒子，當時他的名字不是這個。至於長大後的他，出社會的他，我的認識僅止於耳聞。他一進入我的思緒，我便無法壓抑內心的焦慮和擔憂。我煩惱的是，千里迢迢來到英國的我，居然如此接近他。原來他專精的領域是我們的家鄉啊！託真主之福，這很特別，不是一個前來概論我們的外來人士，而是家鄉的子弟。我不禁後悔太早打破沉默。

「拉提夫．馬哈穆德，真棒啊。」我說。

「你認識他。」瑞衮高興地說。

「不深，」我說。「在他年紀很小的時候認識。」

「我在他的答錄機留言時，好像有提到你的姓名，」瑞衮興沖沖說。「我差不多敢確定。所以說，如果你們彼此認識，他大概會跟你聯絡。哇，那太不可思議了。我本來以為你來英國舉目無親，語言也不通，今天才發現原來你只是……躲在悶葫蘆裡面偷笑。我能諒解啦，你不是針對我耍詐。不過，你還是要告訴我，你為什麼決定成為難民？告訴我。在祖國，你的生命其實沒受到威脅，有嗎？從你剛才的敘述看來，你只想離開……」

「我的生命受威脅已經有好幾年了，」我說。「不同的是，英國女王陛下的政府最近才正視這危機，才開始提供庇護。老命一條，現在沒什麼價值了，不過保命對我來說仍很重要。也許我這條命從小到大都沒價值，但目前對我來說，保命比以前更加重要。」

「你從事哪一行，夏邦先生？」瑞衮問，無疑聽出我語氣裡的沉重。我盡可能說得心平氣和，甚至輕聲細語，不願給人一種心懷宿怨的印象，然而在這間亮晃晃的訪談室裡，話一脫口，我就能察覺兩人之間的空氣多了一份沉重。

「最近這幾年，我做的生意不多，賣賣香蕉、番茄、砂糖包而已。再更久以前，我是貿易商，是商場上的人。在這兩段事業的空檔，我在牢裡度過許多年，是個政治犯。」可憐的瑞衮，她在我面前聽得發愣，被我話裡透露的慘事嚇呆了。「不過，未來能一帆風順了，」我繼續說，但也快講不下去了。「在海邊，這裡。住在小公寓裡。」

「我非走不可了，」她回頭對我說，神態平靜，我心想，也許是我誤判她被嚇呆了。「有空我想再聽聽你的背景。呃……以後我是聽定了。」一抹友善的微笑飄上她臉龐，哭笑不得卻無挖苦的意思，不禁令我後悔剛才顧影自憐之餘口出狂言。

拉提夫・馬哈穆德。如果瑞袞對他報了我的姓名，我認為他會聯絡我。我認為，他會來找我，向我訴說多年前那次互動之後的發展。

現在，我坐在瑞袞和難民理事會幫我安排的房子裡。這裡的語言和雜音感覺陌生，但我覺得安全。有些時候是。也有些時候，我覺得時不我予，當前的情勢已變成一場鬧劇。在這時候，光陰偷偷流逝，令我恐懼，彷彿我始終佇立不動，在原地蹉跎，世事卻全和我錯身而過，有時不理我，有時暗笑著我，奚落我，笑看我這一型麻木不仁、被打入冷宮的物種。產生這想法的時候，我想說的言語本身早已飽含韻意，重到我討饒，彷彿我還未開口，言語早已有所定位，早已被賦予定義。感覺上，我是個傀儡，是他人敘事裡的一個角色，不是我本人。「我」這字為自己發言時，可以不把自己吹捧為英雄嗎？可以不把自己描述為腹背受敵、勇於向威權嗆聲、不惜與惡勢力結仇的人嗎？

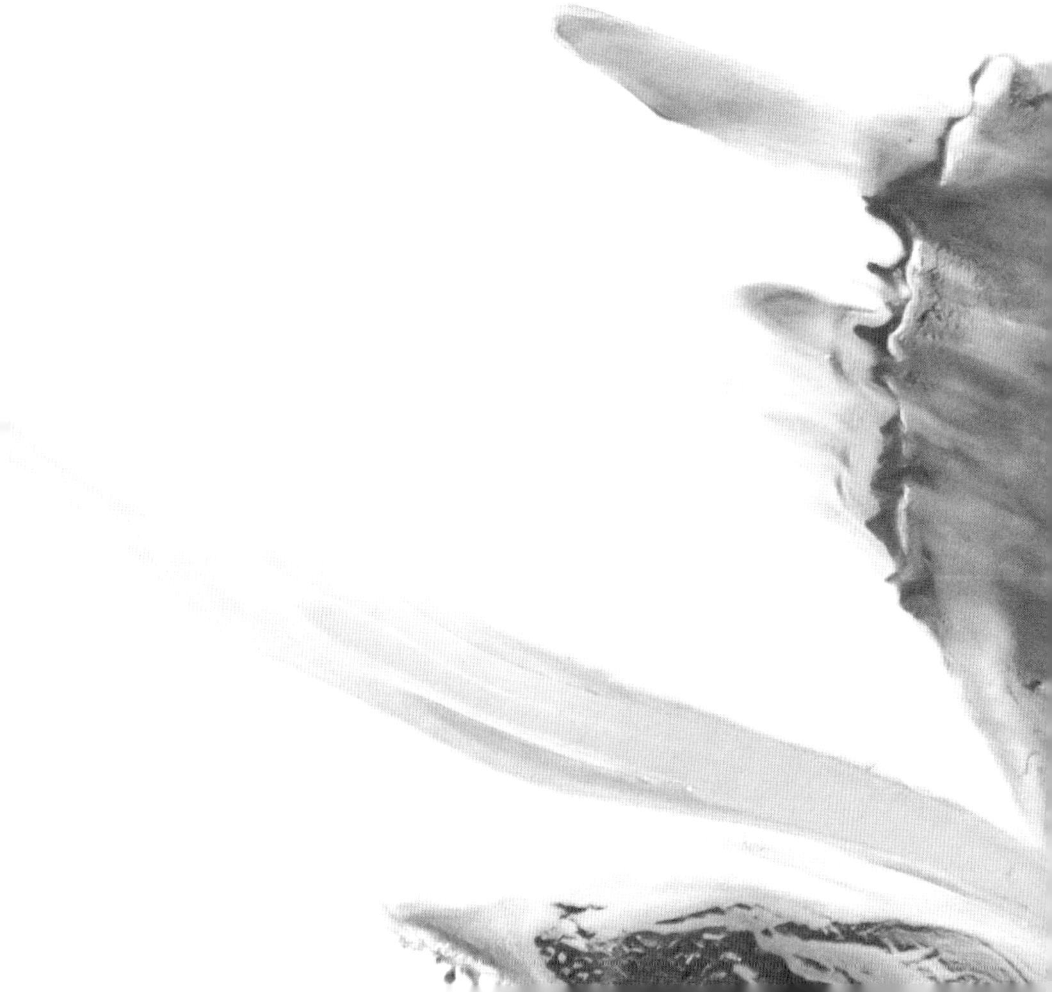

拉提夫

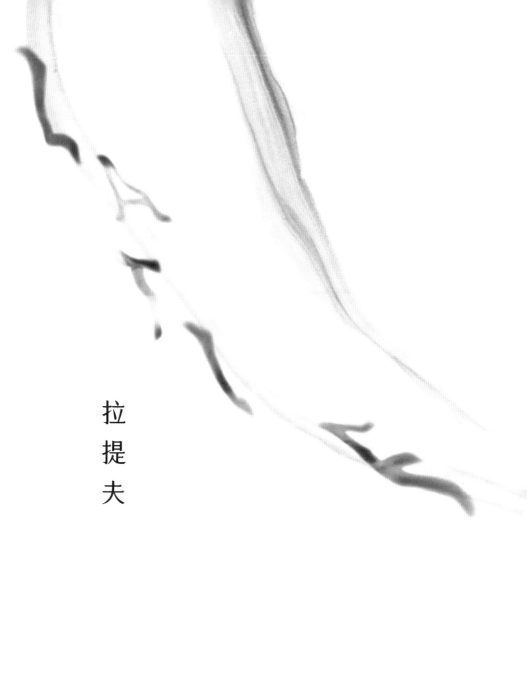

那天在街上挨人罵「呲牙黑摩爾」（grinning blackamoor），頓時產生古今錯置的違和。呲牙黑摩爾。設想一下我當時的處境。那天我離開地鐵站，邁開大步去上班，步伐有點急。強制規定的終點帶有果決、定向的涵義，劇力萬鈞，我喜歡照這氣勢向前走。快步走的另一原因是，我慣性擔心遲到。我常看錶，但那天早晨我沒戴錶，因為幾個月前錶帶壞了，我一直沒空去換新，結果是我比戴錶的時候更擔心，明明能準時，卻想像自己一定會遲到。感覺上有害身心健康。話說回來，我有窮著急的本性，也討厭遲到，不喜歡急忙奔跑，不喜歡讓人失望，不喜歡為遲到道歉。

所以，那天我邁大步去上班，有點擔心卻非過度擔心，心思圍繞在尋常的雜事、工作、隱而不宣的悔恨、怠忽的職責，走在貝德福廣場（Bedford Square）的北邊，從圖騰漢廳路（Tottenham Court）走向馬雷特（Malet）街。人行道上有人朝著我走來，我稍微讓開，給他一點路過的空間。我只隱約察覺他走來，下意識站到一旁，他卻絲毫不肯讓步，走在人行道中間，我的身子只好再傾斜幾度，動作略顯多此一舉的誇大，加油添料一番。我聳高肩膀，側縮一小步，類似青少年期在家鄉照書本學國標舞那種搞笑的動作。兩人眼看即將擦身而過之際，我聽見他咬牙發出嘶聲——嘶嘶嘶嘶嘶嘶——一種我沒聽過的張牙舞爪、中世紀怪聲音。你大概也沒聽過。我不轉頭看，只是餘光瞥向這位我沒仔細看的男子，隨後才正眼看他，發現他上了年紀，穿著一件厚重的名牌黑大衣，個子不高，背略駝。他咬牙擠出的嘶聲不像現代人。他緊接著說：「你這個呲牙黑摩爾。」

我剛有對他呲牙嗎？我甚至不知道。不過，我一聽他講出這句自作聰明的話，轉頭看他，的確是對他呲牙了。他看起來像一九五〇年代英國片裡的英國男士，裹得緊緊的，像那年代大銀幕裡的銀行從業人員或公務員，深深為道德難題困擾，嚴峻的臉孔掛著雙下巴，兀自往前走。他走過我身邊後，鞋跟刻意踩得叩叩響，一副英雄不得志的寫照。你這個吱牙（gwinnin）黑摩爾。反過來看，他並非在嘲弄我，可能只是置身重重危機當中，正在苦思如何自我解脫，咬牙發出嘶聲只是厭世之餘以嘶聲代替求救，以書卷氣遮掩怒罵。多麼奇怪的古字啊，黑摩爾。在黑（black）和摩爾人（moor）[13]之間為何多一個 a ？我乍聽之下感到困惑。基於老習慣或學術訓練，我開始思索這古字的起源，想瞭解這字是不是古人的日常用語，是不是走在街

13 譯注：北非摩爾人，是歐洲人通稱穆斯林的用語，在現代具貶意。

上常用這字搭訕路過的黑佬，或者是文人借用古字而新創的用語。一進辦公室，我立刻翻開《簡明牛津字典》（*Concise Oxford Dictionary*），所獲甚少。我查到的定義是「黑人」，字源black+moor。簡而不明。因此，我再查「black」的衍生字，再度洩氣：黑心的、黑眉（陰鬱）（blackbrowed）、黑名單、黑衛兵（惡棍）（blackguard）、黑函勒索、黑色瑪利亞（囚車）（Black Maria）、黑市、黑綿羊，諸如此類不勝枚舉，查完後覺得面目可憎又沮喪，宛如被謾罵的潮浪淹沒。當然，我知道「黑」的衍生字代表異類，代表邪惡、野獸，意味著最白最文明的歐洲人內心最深處也有的黑暗邪念，但令我錯愕的是見到字典上通篇黑黑黑。毫無心理準備就查黑字，心靈震撼更勝於被老片走出來的怒漢罵吱牙黑摩爾，令我覺得被仇恨、被如此劃上等號而突然惶恐到虛弱。我心想，如果以房子象徵語言，在我住的這一棟裡，每三個角落就有一個藐視我，常對我吠叫。

至此，我不敢再查「摩爾人」。然而，到了傍晚，到了我教完今天第三堂課、度過我每週最忙碌的一天之後，我去圖書館，找《牛津英語大辭典》（OED），查閱大魔王blackamoor的本尊。有了，這字最早躍上紙面是在一五〇一年，寫過這字的英國文人包括關懷人性的十六世紀作家菲利普・西尼（Philip Sidney）[14]、無與倫比的莎士比亞、行筆審慎的塞繆爾・皮普斯（Samuel Pepys）[15]，以及其他較不知名的作者。我心頭為之振奮，覺得代表我的這位黑摩爾在艱苦的古代並未被遺忘，不是在叢林沼澤裡像野豬似地呼呼覓食，不是光著屁股在大樹之間吊來吊去，而是活在文學巨著中，幾世紀以來不停呲牙。

我重回辦公室，回電給難民理事會。是不是同一天的事，我不清楚。前不久，有人在我辦公室答錄機留言，問我能否幫忙為一名老人翻譯。老人剛從尚吉巴島過來，尋求庇護，完全不通英文。來電者說，她打聽到我能理解當地語言。每次我被要求去和家鄉來的人認識時，我心裡總有一份畏懼，這次也是，被我壓抑著。這位老鄉會不會當面嫌我或在心裡嘀咕，說我太英國化了，變得跟家鄉人差太多了，對家鄉變得太生疏了？彷彿我不是在英國就是在家鄉，彷彿差別只在有沒有被英國化，彷彿能證明舉目無親不是一件複雜的事，活像我已不再是我，而是一個用來自我背叛的冒牌貨，一個被我假造出的傀儡。此外，留言者言下之意是，**那地方**的語言不明，或者是蠻荒語，我聽了也怒火難遏。其實，希臘語或丹麥語或瑞典語或荷語，每一種語言的人口都少於斯瓦希里語的人口，全部加起來也可能比不過講斯瓦希里語的人數。也許。

我並非從未幫難民組織做過翻譯，也很樂意再貢獻專長，然而，答錄機裡又來一則留言，這次是取消上次的請求。我還是記下對方的號碼，釘在辦公桌前的板子上，和其他紙條釘在一起，因為這些資訊日後可能用得上。板子上，有的是靈感，有的是一首詩，能代表信諾，顯示我有得忙。在我這一行，辛苦賣力才能顯得誠實正直。過了幾星期——過了幾個月才對——進入下

14 譯注：一五五四年～一五八六年。菲利普·西尼是英國詩人、宮廷官員、政治家、學者、軍人，伊莉莎白時代最重要的人物之一。

15 譯注：一六三三年～一七〇三年。塞繆爾·皮普斯是英國托利黨政治家、歷任海軍部首席秘書、下議院議員和皇家學會會長，但他最為後人熟知的身分是日記作家。

學期之後……在我被一九五〇年代不得志的英國片主角罵呲牙黑摩爾那一天，或者是之前之後的哪一天，總之是晚春的某一天，我總算回電關心老難民的近況。也許因為在街頭挨罵，我想找人凝聚向心力吧。這事的源頭就從這天開始。

我恨詩。我讀詩，教詩，恨詩。我甚至也寫寫詩。我教學生讀詩（當然不是讀我自己寫的雜碎詩，那還得了），盡力從詩裡面搾汁，滿是贅字、強說愁的詩被我解析成簡潔易懂，文思無章法的拙詩被我詮釋為洞燭機先的佳作。我教的詩，意境沒那麼豐富，不能啟發什麼，對人生也不會發生什麼作用，比壁紙更糟，比系辦外的告示更爛。詩寫得再高段，也比不過言簡意賅的散文。

聽到答錄機的第二則留言，我如釋重負，慶幸自己不必為負心離鄉背井的惡行苦修贖罪。我抄電話號碼是因為我不相信第二則留言。我心想，對方還是會回頭找我，所以把號碼釘在板子上提醒自己，讓自己提高警覺，準備迎接當頭棒喝，不至於在昏睡、軟爛、鬆懈的狀況中被突然要求而焦急。最後，拖了數星期、數月，我終於回電，為的是確定自己是否已經脫險。接電話的男子語氣粗率，說他不認識我，也不知道誰曾打電話給我。我在通話開頭自我介紹以示禮貌，並非指望對方認得我。什麼！你是說，你從沒聽過我？我也用粗率的語氣回敬，意思是，我跟你是同一族的人，如果不是，起碼也熟悉陌生人講電話的奇特禮俗。之後，我們才和和善善聊起天來。「喔，對了，那個老人。都好久以前的事了，不過我記得他。打電話給你的一定是瑞裘。老人的案子是她承辦的。老人現在沒事了，我想是。他是個怪人，會講英文卻一直裝蒜，最後才說他寧願不講。」聽他說到「寧願」時加重語氣，想必是在引用什麼。

「寧願。就像巴托比的口頭禪。」我說。我一向急著想炫耀文學底子，以證實在大學教文學的經歷紮實。

「我可以請瑞裘回你電話，」他說，所以我猜他不明白當事人狀況。

「喔，那倒不用了。我只是有興趣瞭解一下。」

「舉手之勞而已。」他說，語氣爽朗友善隨意，與我同屬一個陣營，隨著同一首恰恰恰舞曲共舞，披著同樣的聖袍拯救難民。

「那就太好了，」我說。「我想明白一下他的近況。她有我辦公室的號碼，不過我可以再給你。」我不想接到她的電話。去電的真正用意是確定我已無事一身輕。「我有答錄機，所以歡迎隨時來電。」

不消幾分鐘，或許是隔天，她就回電了。

「我是瑞裘．霍華德。」她說著，口氣忙碌，心不在焉，或許邊講電話邊讀著什麼東西。我從這嗓音想像她是妙齡女子，努力維持苗條的身材，不勝沉重的壓力，累得腋下微微滲汗。

「妳前陣子打電話找我，是好一陣子以前的事了。妳在我的答錄機留言說，有個尚吉巴島來的老人需要翻譯。我想知道事情是不是解決了，他近況怎樣。」

「對，謝謝你回電，」她說。「他沒事，已經有公寓住了，自己能好好照顧自己。他沒事了，相當能自給自足，真的。我有沒有告訴你，他六十五歲了？現在才逃離祖國，年紀有點太大，不過他還是成功了。他倒不認為自己年紀太大。謝謝你來電關心他。我可以轉告他。」

「感謝妳的好意。」我說著準備掛電話，轉移著手肘重心，正想放下話筒，口齒做好「再見、謝謝妳」的唇形。

「他會很高興知道你來電關心的，」她愉悅地說。「他告訴我，你們兩個彼此認識。」

「我們認識嗎？」我問。口無遮攔的我心情往下掉。「他叫什麼名字？」

「我留言的時候好像提過吧。對不起，」她說。「我向他提起你的姓名，他說他認識你，我那時就想，你們兩個說不定想聯絡聯絡。我確定我留言時有提到他的姓名。」言下之意是，你下午有空的話，不妨去老難民家讀故事書給他聽，唱唱聖曲（qasida）給他聽，好讓他重溫上半輩子的悲歌。「他姓夏邦。拉賈布．夏邦先生，」她微微提高嗓門，可能是興奮，也可能是專心以免發錯音。她把齒擦音j唸得太輕了，「夏邦」的頭一個母音是長音才對。「你認得這姓名嗎？有沒有印象？」

「不認得。」我說。

「那太可惜了。完了，他一定會很失望。不管了，我還是會轉告他。」

我嘛，的確是個呲牙黑摩爾。**你**是個呲牙黑摩爾。**他**是個呲牙黑摩爾。**她**是個呲牙黑摩爾。**我們**都是呲牙黑摩爾。**他們**都是呲牙黑摩爾。「黑」的複合字都省略掉字母a，為何黑摩爾中間的a流傳至今?《牛津英語大辭典》累積千古的智慧,都難以破解這道難到極點的難題。一件模糊的往事幽幽飄回我腦海。十幾歲的時候,我看過一部電影,主題是維京海盜船航進地中海,遇到北非某王國的黑人蘇丹,這位蘇丹以右肘支撐赤條條的上身,慵懶斜躺著,皮膚黑亮晶瑩,呲牙笑著。海盜如何抹掉蘇丹那副奸笑呢?拔大刀劈他嗎?扮演蘇丹的演員,我想是舉世無雙的薛尼・鮑迪(Sidney Poitier)[16]吧。斜倚姿的定格照還登上《黑檀木》(*Ebony*)雜誌封面。記憶回流了,絕對是,片名是《霸海奪金鐘》(*The Long Ships*),海盜確實罵:你這個呲牙黑摩爾。與現實之落差,一如太陽與黑摩爾人之別(As far below the reality as a blackamoor is unlike the sun.)[17]。那雙珍珠原本是他的明眸(Those are pearls that were his eyes.)[18]。拉賈布・夏邦是我父親的名字。有人冒用他名字,讓他還魂。或許是,有人和我父親同名。我父親的名字並非神聖不可侵。

我父親比我更擔心遲到,常煩惱到人見人厭。而他也同樣擔心別人遲到。他教我體認人生有多少時間耗在等待,等別人、等著去見人、等著宣禮員(muadhin)宣布禱告時間到、等著齋戒月起始的新月出現,等著齋戒月結束的新月再出現,等著船進港,等著辦公室開門。對我父

---

16 編注:一九二七年~二〇二二年,生於美國邁阿密,美國演員,導演,全世界第一位黑人奧斯卡影帝。

17 譯注:出自十九世紀英國作家羅伯特・阿爾弗雷德・禾根(Robert Alfred Vaughan)的《與神秘主義者的時光》(*Hours with the Mystics*)

18 譯注:出自莎士比亞戲劇《暴風雨》(*The Tempest*),文中提及「黑摩爾」。

親而言，以上種種的等待全是苦，全不可能漠視，苦等難耐的他因此教導我也跟著討厭別人遲到。反觀守時以外的人間百事，他一切隨緣，幾近怠忽職守的程度。世事對他太殘酷，我不忍嚴詞批判他，但他絕對是怠忽職守。所以他才留不住我兄長哈珊，所以不明事理的他才保不住我們的房屋，之後再大的好事也無法給他滿足感。至於他是怎麼守不住我母親，我不太清楚。

許久以後，我才明瞭母親鄙視我父親。「明瞭」應該是更久以後的事吧，我想。一直到我二十多歲，遠離家鄉，我才懂得用「明瞭」來描述父母親的感情。但在小時候，我從旁聽到的話語，從她對他講話的語調，從她度日的方式，我能概略知道父母的關係。導致鄙視的原始事件是什麼，我從沒聽過，因為他們從未對我提起。成家後子女遭逢家變之前，我猜父母不會和小孩談這種事，而且只在父母自認已克服難關時才肯提。

我哥哈珊也從未提起父母失和的事，但在其他方面，他幾乎是百科全書，智慧和祕辛源源不絕，講起話來頭頭是道，是顛撲不破的法典。哈珊無所不知，總提得出複雜而詳細的理論，解釋或描述時看似絲毫不費力，只偶爾停頓幾秒，然後開始瞎掰詳述。記得有一次，他對我朗讀著他背好的台詞，表演布魯特斯（Brutus）面對凱撒大帝（Julius Caesar）屍首的講詞。不知為何，英文老師規定他們背這一幕台詞。這位英文老師跟我們一樣，不是英國人，在學校教英文，穿著坎祖袍、戴著庫菲帽，是個虔誠的穆斯林，熱愛英國文化，不覺得兩者有何牴觸，沒有焦慮感。他喜歡規定學生背誦經典文學，日復一日背誦，背熟一篇再背下一篇，每堂課都背。當老師多麼清閒啊。老師自己坐在教室最後面閉目微笑，聽著學生背誦《凱撒大帝》（*Julius Caesar*）、吉卜林（Rudyard Kipling）名著、濟慈的詩《冷血妖女》（*La Belle Dame Sans Merci*）。哈珊覺得，背文章是浪費時間，相當於參加越野賽、出席週六校際辯論會（「本派主張女人的定位是在家中」），但老師口袋裡有一條短皮鞭，用來伺候不用功背台詞的學生。我認為，哈珊真的很喜歡學習這些劇力萬鈞的台詞。

那天，我們兩兄弟坐在房子外面的緩階樓梯上，哈珊慷慨激昂唸著台詞，來到這一幕的高潮點，一手橫貼胸前，宛如古羅馬的元老院議員，抬高下巴，擺出賢明的姿勢。

> 羅馬人，同胞們，朋友們！且聽我闡述理念，求各位噤口，聽我所言：信我榮譽心至上，敬我者恆信我：請憑個人智慧評判我，善用理智以明辨是非。

雖然哈珊說明過凱撒是誰，有什麼境遇，安東尼（Mark Antony）和布魯特斯是誰，羅馬人是誰，莎士比亞是誰，這番演說對當時九或十歲的我衝擊並不大。我感觸最深的是開場白，令我聯想到政治人物在造勢活動上的問候語。那些年，每一星期都有兩三場造勢活動。除此之外還有「同一匕首正等著伺候我」這一段，因為我喜歡「匕首」的發音。

> 臨行之際，我想說，我謀害至交乃為了羅馬著想，若國人願我以死謝罪，同一匕首正等

著伺候我。

什麼是匕首?我問哈珊。不知為什麼,他結結巴巴一陣,說是一杯威士忌,語氣不太確定。我不太清楚什麼是威士忌,只曉得是一種禁忌飲料。接著,哈珊大發靈感,教我認識羅馬文化中的威士忌有什麼涵義,群眾不喜歡布魯特斯的演說時,他為什麼說他想要威士忌。如果你不喜歡我講的東西,我自己也可以來一杯匕首。這是哈珊出洋相的例子之一,他另外也出過許多洋相,但他有時也掰得振奮人心。他提到精靈和古王國的故事,提到科學怪人悲哀的一生,提到北極的午夜太陽,提到科學怪人在浮冰上絕望漂流,提到西班牙的光輝穆斯林時代,提到納粹德國冷峻懾人,滔滔不絕,清清楚楚,講得毫不費力,閃亮的目光透露著自信,令聽者確信他字字屬實。然而,我從不記得他是否解釋過母親為何蔑視爸爸,也不說明多等幾分鐘就發飆的爸爸為何從不向她抗議。

哈珊比我大六歲,年幼的我追求什麼,他全都能提供。他知道我需要親情和寬慰,以他的方式提供我,有時以打罵的方式給我。我遇到不懂的事物,心情焦慮或無所適從時,他能向我解釋原因。只要他准我,我就像寵物似地跟著他到處跑,看著他板著正經的臉即興瞎掰,大家都知道他愛搗蛋也伶牙俐齒。他愛解釋原因,往往純粹是為了一圖唯我獨尊的樂趣,駁斥著象徵末日將至的接二連三意外,拒絕在世界上扮演緘默的角色,不斷臆測著,虛張聲勢著,深怕被沉默淹沒似的,聒噪不休,燦笑著,口出溫和的穢言,一年比一年髒。他是我的生死鬥士,我的亡命之徒，我把他當成父兄來敬愛，當成至親來敬愛。有些人見他青春風采過人，對他動以覬覦的色眼。我知道他們有邪念。最後，沒過幾年，他踩著叛逆的步伐，滿不在乎走向天邊，和我失聯至今。

母親也是，所有人都是。我們的母親姿色美豔。她名叫艾霞，取名照六歲時許配給先知的第三任妻子。下午，我母親打扮好了，準備出門，塗著「妝墨」（kohl）的明眸亮麗，朱唇水紅如鮮血，我看著她，心情是光榮又帶些許恐懼。我並非怕她，不是很怕，不是常常怕，只在她為了我犯的一點小錯而發脾氣的時候，我只是看到她的時候會害怕。那年我才九歲，不會想**那麼**遠。我只是在看她的時候心生恐懼，覺得光榮是因為她是我母親，笑容那麼亮麗深邃，那麼複雜。看她站在門口，籠罩在濃厚的香水味裡，焚香把她的衣裳薰得芬芳，我只感覺到恐懼。然後，她出去找朋友和鄰居，直到晚上九點左右才回家。有時下午她出門去跟男人幽會。我母親交了幾個情夫。她跟野男人上床。不是賺皮肉錢，情夫也不多。也許只有一兩個。我不清楚。是她貪玩吧，或許另有其他因素。跟那個出軌一次，跟另一個出軌一次吧，我猜。只不過，後來她累積了一些貴重禮品，絕口不提來自何方。大幾歲後，我懂了，事件逐漸明朗化，我開始能理解眼前事物的意義，同時也是因為被同學嘲笑，有時街上的女孩子也會含沙射影對我大聲嘲諷。但我在那之前已經知道了，只是仍無法確定我知道的是什麼。此外，她搽的香水總令我聯想到臥房和心機，和丟臉的憾事。事隔多年，我國獨立後的那幾年裡，她行事變得不再隱密，我想睜一眼閉一眼也難。街頭的揶揄消歇了，因為她公然過著犯戒的生活，或許也因為哈珊的遭遇，或許也因為全家人遭遇到的其他事。或者，因為她的一個情夫升級為權貴。原因無論是哪一個，基於我無法確定的理由，後來再也沒人在我面前議論她。

在我九歲那一年，哥哥哈珊十五歲，母親每天午後出門去找朋友和鄰居。父親拉賈布・夏邦・馬哈穆德在公共工程部擔任職員，有些人稱呼我父親「馬哈穆德大人」，這是他祖父的大名。我曾祖父有一項優點廣受眾人緬懷，我忘記是什麼優點了。不對，我其實記得非常清楚：信教虔誠，極為聖潔。這優點本身沒啥用途，對他本人大概也沒用，卻給他和所有人多一份身為人類的自信。我父親信教原本不虔誠，那一年過後就不一樣了。原本他貪杯，不符合生活準則，是個可恥的窩囊廢。儘管他不聲張自己酗酒，但這種事遮也遮不住。有時候，我睡到半夜醒來，知道他回家了，因為家裡瀰漫著酒臭。我們家有四個房間。哈珊和我睡一間，就寢時鎖門，酒味照樣薰得我醒過來，街上的路人必定也嗅得到。有一兩次，就我印象是不超過兩次，他醉過頭了，被人攙扶回家，不吭聲，淚流滿面。我猜是羞恥心在作祟。那兩次之後，他好幾天不講話，視線釘在地板上，來去無聲，腳步輕到不能再輕。

我父親是公共工程部的職員，我不清楚工作內容是什麼。每天早晨，他七點離家，穿著乾淨的白襯衫、淺棕色長褲、皮涼鞋，步行幾分鐘就到工程部的車庫。我不認為他上班遲到過。十二點五十五分午休鈴響，他回家吃午餐，總顯得疲憊不悅，彷彿上班洩盡了他的氣，彷彿回家的路上被驕陽曬累了，彷彿氣血全被什麼怪物吸乾。每次他進家門，總不忘找我和哈珊，不見人影一定喊我們名字。一見我們，他會拍拍我們的頭，臉上有一抹傷感而得意的淺笑，接著去沖涼，然後吃午餐。我不介意他這習慣動作，我想哈珊也不介意，不過哈珊再大幾歲後，被爸摸頭會忍不住一臉輕蔑，見爸作勢想摸臉時趕緊把頭轉開。我儘量忍著不轉頭，但有時我實在忍俊不住以淺笑回敬。

那年穆希姆季風來了，我九歲，哈珊十五歲，一名男子前來我們家借住。爸要我們喊他胡笙叔叔。父親有天在咖啡廳和他認識，兩人聊得起勁，相處愉快，隨即變成興致勃勃的摯友。這是我童年的印象，但兩人也可能見過幾次面、聊過幾次才成為好友。有個星期五，他來我們家吃飯，這在我們家是罕見的事，因為家裡的客人全是母親的女性朋友和家人。母親的親友群以親暱的稱呼喊我，把我當成親骨肉，當成自己的小孩來寵來罵。那天下午胡笙叔叔來吃飯時，對我的英文稱呼依然是「我的好朋友」。那也是我父親對他的稱呼。我父親能讀通整本《古蘭經》，但無法以阿拉伯語交談，而胡笙叔叔只懂幾個斯瓦希里單字，於是兩人用英語溝通。直到胡笙搬進來住，他才從「我的好朋友」晉級為叔叔。高個子的他穿著淡茶色的坎祖袍，上面有象徵波斯灣商人的銀絲繡花。他跪在地毯上的動作流暢不費力，臉上的呲牙淺笑近似光滑的瑪瑙貝。且讓我描述一下我們呲牙黑摩爾的住家環境。回憶胡笙叔叔帶給我不少壓力，離題能讓我心情舒服些。

我們家分兩樓，樓上有三個房間，一間給我和哈珊同睡，一間給我父母，最後一間用來接待客人，有收音機可聽，算是客廳。二樓也有一座小陽台，遮蔽的一半供母親烹飪，露天的另一半可曬衣服。一家四口都在時，樓上顯得好小，感覺熟悉親切，現在回想起來覺得好溫馨。樓下正門旁邊有一大房間，後面有一小座封閉式中庭，開放式樓梯可直達。從樓上陽台可俯瞰這座露天的中庭。中庭總是安靜涼爽，水泥地板遇雨蓄積成淺水塘，供我們戲水用。樓下的大房間用來招待非親戚的男客人，適用場合是開齋節或聖紀節（Maulid Nabi）[19]或辦喪葬喜事時，所以才設在正門附近，以防止男人色眼直擊家庭日常私密作息。這一間通常空著，因為父親不常邀請男性外人前來，每逢開齋節和聖紀節也不隨俗開放。我祖母過世時，這間可能用來為女性親友辦守靈會、誦誦經，但我那時只三歲大，對那事件全無印象。

樓下這房間通常上鎖，窗戶緊閉，作為臨時儲藏室，但我們堆放的物品不多，父親不知何故勤打掃，清走不該有的東西，彷彿隨時可能依計畫開放給外人借宿。牆上掛著一張小地毯，以遮蔽窗簾縫透入微光，房間的盡頭有一張木板條床，上面鋪著草墊。這房間裝潢簡樸，卻有一股刺鼻的氣息，令我聯想起穆希姆季風和搖曳港口裡的帆船，聯想起渾身海沫、散發魚乾味、皮膚被曬黑的船員。我也想起乾旱多岩石的地方，想起水手身上的污漬和拭汗用的抹布。

地毯被我父親稱為博卡拉（Bokharra），他很重視。每逢齋戒月，我們把地毯扛進中庭，棒打灰塵，然後捲好，以帆布覆蓋。平常這房間鎖著，大致空著，只有幾袋幾箱東西，還有一口精雕木箱，上面有個銅製的掛鎖。有一次，家裡只有我一個人，我急著找那房間的鑰匙，為此搜索了母親的衣櫥，找了她喜歡藏貴重物品或藏私的地方，藥罐子後面翻找，拉開櫥子的珠寶抽屜找，掀開門前的踏腳墊去找，爬上窗戶摸索窗沿去找，伸手進空花瓶、長褲口袋去找，深信自己最後一定找得到鑰匙。那房間裡又沒有寶藏，也沒關著什麼危險物品。

終於找到鑰匙了。鑰匙藏在門框上方的一處小裂縫。正門旁邊的牆腳連著一張長椅，我搬椅子墊在長椅上，爬上椅子踮腳尖才勉強看到鑰匙。和往常一樣，房間裡陰暗涼爽，但這天房裡多了兩個大陶甕。陶甕令我聯想到精靈的故事，有的是精靈從裡面蹦出來，有的是年輕女子被綁架塞進裡面，有的是小王侯躲進裡面偷渡進香閨。我知道很多這類型的故事。有個漁夫迫切想滿載而歸卻運氣太背，這天收網竟發現網裡有個甕。拖網出水之際，起先他樂不可支，以為運勢終於好轉，總算撈中一條活跳跳的大馬林魚，不再是垃圾。收網的同時，他發現網子沉甸甸，缺乏生命力，懷疑這次充其量只網到腐臭的屍首，不脫死驢或死狗。拉上來一看，原來是一個大陶甕，尺寸和身材乾癟的他差不多，甕口以厚實的銀塞子封死。他自言自語著，嗯，讚頌全歸真主。之所以這麼說，是擔心真主正在觀察他如何看待這個不正經的天賜小禮。運氣不好的時候，對天發脾氣絕非上策，因為命運大判官可能正坐著觀察你的信仰多堅貞，如果你因運氣太背，憤而望天，神可能會給你一個教訓，讓你惡運連連。所以這天漁夫才說讚頌全歸真主之類謝神的話，以為銀塞子能賣點小錢，陶甕也可能賣得出去，只要裡面不是太髒。想到這裡，他伸手拔塞子，好不容易才拔開，瞬間黑、黃、紅煙滾滾冒出甕口，摻雜著火味、地牢味和龍蛇雜處的氣息。漁夫當然被嚇到腿軟，掙扎起身拔腿就跑，結果沒跑遠，巨大的煙柱已

---

19 編注：聖紀節是伊斯蘭教的重要節日，為紀念先知穆罕默德的誕辰。

往下擴展，遮蔽太陽，凝聚成一個布滿銀鱗的精靈，手裡拿著一把長長的彎刀。漁夫肯定是嚇呆了，等著精靈彎腰，對著他吐出遠古的硫磺臭氣。「自古以來，我被拘禁在這甕裡，」精靈以雄渾的語調說。「真主睿智，賦予偉大的所羅門王權威，由他管制包括我在內的精靈與禽獸。所羅門王對塞子施一個強大的魔咒，我想盡辦法也無法破解。在屆滿一百年的時候，我發誓，恩人只要放我自由，我一定賜予他王國、財富、知識、智慧，讓他永生不死。屆滿兩百年，我發誓只給恩人王國和財富。屆滿三百年，我發誓要對開封者賜死，為我被囚禁三百年謝罪。之後每一百年，我下的毒誓愈來愈重，讓開封者死得難看。結果你來了，你這個噁心的無名小卒，你中獎了。你是我的人，你唯有慘死一途。」

漁夫心想，反正死定了，不如放手一搏，虛張聲勢一下。腦筋靈活的他構思一套對策。「我不相信你真的是從甕子裡鑽出來的，也不信你真的被偉大的所羅門王囚禁。大人啊，你這麼雄偉，這麼尊貴，連一根大腳趾都塞不進甕裡吧。」精靈一聽，喜孜孜說，「不信我鑽給你看。」他化為剛才那陣煙霧，徐徐飄回陶甕裡，乾癟漁夫急忙躍向前，銀塞子回歸甕口塞緊，然後小心翼翼將古甕滾回海裡，說著讚頌全歸真主，並朝天上微微瞄一眼，謝了。

在樓下這房間裡，我把其中一個陶甕推向床邊，然後爬上床，站進甕裡，甕口和九歲的我高度相當，但我發現，蹲著可以整個人躲進去。甕裡清涼黑暗，有一種宜人的濕涼感，如同我想像中燠熱午後掉進枯井裡的感受。蹲進甕裡的我開口試著說讚頌全歸真主，語音在長隧道裡迴盪著，有著一份難以辨識的單調，彷彿甕中世界正猛壓著我的頭，壓進喉頭。我再試其他字，想像著天外的世界，沒多久便睡著了（我當然沒睡著，阿里巴巴倒是呼呼大睡，一覺醒來發現自己置身四十大盜的洞窟）。總之，在那個星期五，胡笙叔叔來我們家吃飯，用的正是這間房間。再下一週，他就住進來了。

我想前瞻，卻總發現自己頻頻回顧，在被壞事埋沒的長遠年代裡左摸右探。早年的壞事盤踞我心頭，主宰著我的日常言行。每當我回首，會發現有些物件仍亮著惡狠狠的強光，每次回憶內心都淌血。往事之邦是個枯燥的地方，是一座晦暗的廢棄倉庫，滿地是腐朽的木板和鏽蝕的梯子，有時進去只為翻找被棄置的商品。那天黃昏時分，涼意初起，街上已亮起溫煦的路燈，伴隨著低沉的車水馬龍噪音，聲響猶如昆蟲窩中嗡嗡不息的磨蹭躁動。我常回溯的另一地方氣氛平靜，講話的人只有嘴唇嚅嚅動著，講不出聲音，幾乎沒人有任何動作，日落後更是靜悄悄。我總能在此處找到我可憐的父親。他身形矮小，生性沉默拘謹，每天穿乾淨的白襯衫走路去上班，頭微微偏一邊，視線朝地面。他回家吃午餐時，會摸摸兩個兒子的臉，沖沖涼，睡個午覺。傍晚，他會外出，有時深夜才回家，精疲力盡，因酗酒而自慚形穢。有時候，我想像著，父親的父親如果在世，會如何看待這兒子。他的父親見他落得這副德性，不知做何感想。我不曾聽過他提起祖父，他甚至也絕口不提父親的存在。我猜，他走路抬不起頭是因為自知會被父親罵不肖子，或者因為怕被兒子看扁所以始終不敢提起自己的父親，或者因為他自知妻子已經不愛他。後來，到了事件多到不去想也難的階段，到了凡事不再神聖的階段，我才去思考這方面的事。到了那一階段，我得知父親的父親令人失望，生性狂野貪杯，是妓院的恩客，年紀輕輕就撒手人寰。

在我年紀那麼小的時候，我不會嫌父親是個可憐的矮子，甚至不會以為我母親姿色美豔，不會以為她刻意不愛丈夫。但他的身材確實矮小，絕對完全比不上胡笙叔叔。對我們所有人來說，胡笙叔叔是個巨無霸。他胃口大，重視品味，是個不折不扣的呲牙黑摩爾，住進我們家的那陣子令我父親快快樂樂，活力充沛。而我父親怕黑。

父親是怎麼和胡笙談好條件的，我完全不記得了，只知有個下午，全家忙著打掃樓下房間，把陶甕移進中庭去，宛如迎接齋戒月似地拍打地毯，然後鋪在房間裡，突然為室內增添深琥珀色的光彩。打掃過程中，父親和我們有說有笑，調侃著哈珊說，這下子你的英文有機會進步了，因為他能找胡笙叔叔練英語。母親嘟噥著，不看好這項安排，父親也不生氣。他說，住一個月而已，到季風結束。胡笙叔叔搬進來後，我每天早餐前向父母問安，上學前去胡笙叔叔敞開的門口向他問候。每天早晨，他會默默塞給我一先令，給哈珊兩先令，用一指封唇表示不准聲張他的好意。有時候，父親會和他一起吃午餐，然後兩人坐著閒聊一兩個鐘頭，他才回房去睡他必睡的午覺。然後，他們結伴去咖啡廳或去散散步，最後回來收聽英語電台節目。胡笙叔叔自己買了一台收音機。有時候，有朋友會來串門子，和他倆坐著邊聽邊聊。我根本不知父親有這些朋友。大夥大聲講著話，混用英語、阿拉伯語、斯瓦希里語，心情好得很，歡笑聲和雜音充溢整棟房子。即使是視我父親為仇敵的咖啡行老闆，他也開始定期過來串門子，每夜來看看兩位紳士是否願意來一杯，然後噤聲片刻，欣賞兩人嘴巴發出「否—否—否」的聲響。對於不懂英語的他而言，英文是一連串的「否—否—否」音。天主教大教堂的陰影裡，果阿人（Goan）開了一間不入流的酒吧，以前父親常去，胡笙叔叔住進之後，他就不去了。他是不是去那裡，我並不清楚，但我只知道那一間酒吧的存在，所以我認為他常去。有好幾年的時間，我一直以為酒吧全像那一間，全裝著鏽鐵窗。晚上，我母親回家後，走過樓下房間也不進去看，只在外面問候一聲，如果我們也在裡面，她會叫我們一起上樓。

胡笙叔叔從不上樓。他沒必要。中庭的後面有一間浴廁，設有一座沖水馬桶、一座小水塔、一個鋁桶、以及一個藍帶牌人造奶油（Blue Band Margarine）錫罐做的水瓢，全都管用，全乾淨得很，比許多人家的浴廁乾淨。裡面是有點暗，半夜要壯起膽子才敢進去，唯有樓上浴廁被占用，我們狗急跳牆才會下樓。胡笙叔叔見過世面，遠渡重洋而來，盥洗時才不理會跑來跑去的小動物。總之，他不會上樓。如果有事，他會站在樓梯尾，對著樓上喊我爸的名字。如果我父親外出或午覺中，由我母親回應，她不會露臉，而是從樓梯頭後幾步對他講話。如果是我或哈珊回應，我們會站到樓梯頭，表示尊重，或者匆匆下樓去領胡笙叔叔帶回來的禮物。無論樓上如何回應，他會低著頭陳述需求，這是避免萬一我母親出面，樓下的人無意間抬頭可能會令她尷尬。通常，他每天都帶東西回來，有時是晚餐吃的魚，有時是他看上眼的高級蔬果，有時是咖啡豆和甜棗乾。有一次他帶回一罐索馬里船員賣的蜂蜜，罐身以粗麻布緊緊包裹。另外一次，他帶來香樹脂和沒藥。有時候他不多說，給我們一些新奇古怪的東西，有一次是送了一本中文常用詞的書給我，有一次是送了哈珊一串念珠。

午禱後，他通常在我父親回家前幾分鐘到家，坐在樓下房間的小地毯上，門開一道縫，戴老花眼鏡翻閱筆記或讀《古蘭經》。他戴眼鏡總像戴著玩的，彷彿根本用不著，彷彿他不是真的在算帳或閱讀，只是面帶笑容鬧著玩。我們經過他的房間門前，常對門內呼喚一聲問候語。如果我們默默通過，他會叫我們回來，口氣並非兇巴巴，也不是喝令。若有女客人經過，向他打招呼，他回禮時不抬頭，以示敬意。父親回家會在他的門前駐足，閒聊幾句，較常見的情形是閒聊個沒完沒了，猛用我們聽不懂的英文，談笑過度，有時忘了喚我和哈珊過來摸摸臉，以解消他臉上特有的愁苦。有的時候，他會指定在胡笙叔叔房間一起吃午餐，兩人邊吃邊聊長達一小時。

胡笙叔叔的午餐擺在托盤上，由哈珊負責端下樓給他。母親通常先送飯菜給他，然後全家在樓上用餐。午餐後，哈珊下樓去端托盤回樓上，然後再下樓去請胡笙叔叔教英文。英文課是胡笙叔叔出的主意，因為父親曾叫哈珊朗誦布魯特斯的演講，胡笙叔叔聽了驚嘆不已，提議讓哈珊每天下午學習英文。他說哈珊具有語言天份——父親向我們如此吹噓。從此，每天下午，哈珊急急吃完午餐，等候胡笙叔叔呼喚他去上課。如果父親在樓下聊天，哈珊會坐立難安，不停踱著步，迫不及待接受叔叔召喚。每天午餐完畢，我要上《古蘭經》學校，晴雨不計，風狂雨暴也一樣，所以我從未目睹過哈珊的英文課，而哈珊基於不明原因，也沒興趣提他上課的情形。那一陣子，他開口閉口都是胡笙叔叔這、胡笙叔叔那的。知道他做過什麼、見過什麼、去過哪裡嗎？看他今天送我什麼東西？手錶、鋼筆、筆記簿、高價品。我熱切聽著哈珊講述叔叔的故事，但總覺得不如洋商與窮人的故事那麼刺激，也不如母親說的公主中邪、精靈暴怒的故事，而且我羨慕叔叔送他的禮物，但也不至於羨慕到眼紅，反正哈珊很慷慨。我最企盼的是胡笙叔叔也看得上我，像寵哈珊那樣寵我。我企盼他下午喚我進他房間陪他坐，聽他講故事、送我一些無價之寶。

痛失房產的那場交易想必是在那段期間議定的。當時我年紀太小，不會去理會也無法理解成年人的複雜交易，他們也可能不願在我面前談論，以免童言童語對外說溜嘴。等我聽到父親與胡笙叔叔的協議時，交易已釀成危機一樁，提這件事的口氣只有苦情，認定遭對方背叛。胡笙叔叔住進我們家的那一個月，我記得父親變得好快樂，交到新朋友好滿足，父親味也比以前濃，變得有自信有主見，父愛給得斷然，對兒子的要求變得專橫，正事忙不過來，急著把兒子推開，在世故的男性友人陪伴下，雄赳赳地自視甚高。在那之前，他走在街上，頭抬不起來，有時連續幾天不吭聲，那時則像市井豪邁男滿口髒字，哇哈哈狂笑喧鬧，不顧他人眼光，我則是看得驚奇。據我推測，他是被喜悅沖昏頭，被那份自信蒙蔽理智，所以才魯莽投資胡笙叔叔的生意。我曾看到他和叔叔坐在博卡拉地毯上，用手肘撐上半身，翹起一膝，彼此微微湊近，在焚香輕拂床緣之際沉聲對話，討論的可能就是投資。他們講著英語，進我耳朵的聲音全是「否—否—否」，所以根本沒必要壓低嗓門，不過，他們確實是低聲交談著，語帶誘惑，唯恐被閒人聽見。事後據我瞭解，協商內容是我父親貸款給胡笙叔叔，兩人合夥做生意。父親錢從哪裡來?拿我們住的房子去抵押。後來，胡笙叔叔說生意失敗了，父親無力償還貸款，只得放棄房產。簡言之是如此。我只能假設，胡笙叔叔藉雙方私下協議以提高我父親身價，讓他誤以為自己明事理、勇於冒險、是個好男人。

某天下午，我從《古蘭經》學校回家，比平常早幾分鐘，因為我腹瀉。八成是吃路邊攤惹的禍。我肚子痛得彎腰，顧不得面子放聲呻吟，老師一看就知道我不舒服。我不等老師准許，站起來就直衝廁所，回教室後，老師特准我回家。到家時，我又急著跑廁所，不料樓上的浴廁裡有人。我飛奔下樓，進那間陰森森的浴廁，裡面同樣有人。我回樓上，在浴廁門外急如熱鍋螞蟻，狂催裡面的人趕快出來。浴室裡的蓮蓬頭全開，嘩嘩水聲有時能淹沒門外的聲響，水龍頭很難關掉。但我當時是走投無路了，對著門猛敲，用即將憋不住的九歲小孩可憐兮兮的嗓音哀嚎著。結果，哈珊開門了，渾身濕淋淋站在門口，視線向下，從我身邊走過。我衝進去解內急，事後腹痛消退、洗完澡，我內心才興起一小陣恐懼。

打開浴廁門時，哈珊眼珠子圓滾滾，充滿悲戚，或者可能只是尷尬或歉疚。接著，他視線往下墜，不發一語，心事重重離去。這些全不像他的作風。我從小沒看過他在下午這時段沖涼。他全身赤裸站在門口，水光晶瑩，然後光著屁股走掉，而平日他一定穿好衣褲才肯離開臥房。要是爸媽在家，打赤膊會被視為無可忍受的失禮。哈珊體格不錯，青春洋溢，很在意身體的發育，即使房間裡只有我，他也不忘遮掩生殖器，以前他是興致一來就大剌剌裸體晃來晃去。另外是他在浴室門口那副大難臨頭的表情，宛如被人虧待，目不轉睛狠狠瞪，眼神既帶輕蔑調皮更帶惡意。我洗完澡回到臥房，他已經走了，後來肚子太痛，懶得管或忘了那天哈珊的異常舉止。那場腹瀉不是單純的吃壞肚子，病況嚴重到我高燒譫妄，腹痛狂瀉好幾天。

我清醒後，恢復意識了，重返人間，這才發現臥房裡只有我，哈珊的床具全撤走，剩下一張空床。原來我昏迷了三天——為什麼老是三天？在那期間，有人一度認為我沒救了。這聽來像父母用來消遣小孩的言語，其實他們是真的擔心我失去寶貴的生命。他們不確定我生什麼病，醫師也診斷不出來。以這些醫師而言，亂治一通是常有的事。一般來說，醫病必打一針，因為能藉此小撈一筆錢。醫師也從自己的藥房開藥丸或藥水給病患服用，好讓病人一再上門取藥。由於醫師的診斷不明不白，父母擔心哈珊被傳染，所以哈珊才搬出臥房，畢竟他是長子，是這座空氣王國的王儲。父母叫他去客廳，打地鋪睡草蓆。胡笙叔叔一聽馬上為他叫屈。打地鋪睡不好，而且會妨礙別人走動。胡笙叔叔說自己可以搬走，好讓哈珊睡樓下那間。父親聽不進去。於是，他們把哈珊的床墊扛下樓進胡笙叔叔房間。我能想像父親當時對哈珊說，這下子你能多上幾堂英文課了。

我恢復意識後，晚上哈珊回到我們房間，一臉不高興。他側躺在床上，面朝牆壁，對我這個小殘廢愛理不理。白天，母親建議他搬回臥房睡，他不從，母子起了爭執，被我聽見，後來我更看見她板著臉堅持，幾乎氣瘋了。她說，誰管你喜不喜歡，你給我回臥房睡，你這個孽子。她的語氣充滿罕有的盛怒，哈珊見狀無話可說。我納悶著，她為何氣成那樣，到底是在氣哈珊，還是在氣胡笙叔叔。在那之前，我早就懷疑她為了胡笙借住一事有意見。我從未聽見她數落胡笙叔叔，不過有時她的沉默似能訴盡千言萬語。每當父親在樓上興高采烈大談胡笙叔叔說了什麼、做過什麼，希望我們共享他的歡樂，甚至要求我們和他一樣樂在其中，我母親就會坐著不吭一聲，兩眼無神，無動於衷。我以為她嫌父親興沖沖的嘴臉難看，所以用輕慢的態度反制他，因為在很多方面她也常以同樣方式制衡，因此我難以判斷她是不是反對胡笙叔叔住進來。也有些時候，例如她站在樓梯頭回應他或是午餐可以端下樓了，她便顯得很焦慮，希望一切都能做得盡善盡美，期盼他能感受到我們的敬意。

接下來幾天，我身體虛脫無法上學，一直待在家裡，幸好已能下床走動。哈珊仍在氣我，總之不太愛跟我講話。每天下午，他照例迫切等著上英文課，回臥房時顯得興奮又苦悶。由於我下午也有課要上，所以不常看到他上完英文課的模樣。看見他既興奮又苦悶，我納悶著，是胡笙叔叔教的英文太難嗎？就在那陣子，我看見母親的眼神，心知胡笙叔叔令她膽寒。我在家的日子裡，整個早上是母親的小跟班，在家亦步亦趨，她下廚時坐在廚房陪她。當時她對我講的話，給我看的笑臉，幫我打氣，對我調侃，我想這全和身為人母對待病童的態度沒兩樣。但我記得其中一幕。一聽見有人拿鑰匙開正門，她便坐成木頭人般，只見她雙目圓睜，斜眼全神聆聽，接著乾嚥一口，眨眨眼，我只覺得莫名其妙，以為她遇到危險或身體不適。也許她那時只是對我瞄一眼，微笑一下。也許，斜眼凝神、乾嚥、眨眼是我無中生有。也許那天胡笙叔叔回家的時候，我不在廚房裡，只是日後想像母親聽見有人用鑰匙開門的反應。也許不是同一天的事，我也曾看見她跟胡笙叔叔交談，跟隨他進入樓下房間。

他們一定以為我出去玩了。那陣子我康復得差不多，獲准出門，他們大概認定我去鄰居家玩。但那時候我已經玩夠了，回到家裡，見到從房間搬進中庭的大陶甕，調皮躲進去，沉浸在肅靜的甕底世界，仰望二樓陽台上方的天空。我聽見母親的聲音時，不禁嘿嘿偷笑，想站起來嚇她一大跳。接著，我聽見她講著悄悄話，像在堅持著什麼，所以我猶豫一下。我慢慢探頭偷窺，看見母親和胡笙叔叔站在樓下房間門外，門開著，兩人之間的距離不到一步。這時我聽她用斯瓦希里語說：「Unataka niingie ndani?」要不要我進去？她從胡笙叔叔身邊進門去，叔叔進房間後帶上了門。除此之外，我什麼也沒看見，也完全不懂那代表什麼，只覺得有點不安，也大大慶幸自己沒被發現。

那事件不久後，穆希姆季風轉向，吹起回程風，胡笙叔叔大概回國了，因為我不記得那年胡笙叔叔之後做了什麼事。他走後，衝著他而來的客人持續一陣子就不再上門了。之後，父親仍不時追憶他的善心或功績，但一陣子之後，次數也愈來愈少，整個家再度回歸沉寂，他也恢復寡言的習性。然而，不同的是，他的態度有時會轉為前所未有的苛刻，特別是針對我母親。以前，面對母親的輕蔑，他會迴避她的目光，彷彿不願苟同，像他心靈受了傷。如今，他卻口沫橫飛對她咆哮，嘴角往下彎，滿臉是我從未見過的怨氣。話說回來，假如說胡笙叔叔回國令父親悵然若失，對哈珊而言又是截然不同的一回事。胡笙叔叔一走，哈珊簡直像被拋棄了，像在服喪。無論在誰面前，他幾乎如同啞巴，在家的時候不是面壁躺在床上，就是坐著用叔叔送他的筆記簿寫東西，不然就是寫航空信。他常出去散步，走得很遠，單獨騎單車遠行，似乎對以前的死黨失去興趣。謠言來得非常快，我常被學校同學捉弄。同學說，哈珊被我們家的客人吃了，蜂蜜被吃掉了，這是委婉語，露骨的說法他們也講給我聽過。哈珊的一名初中同學和他本來是好友，見我走在街上正要去上學，追過來問我是不是真的換了一個新爸爸。總有幾個大人老是成天沒事做似的，成群聚在街角，我路過時總覺得他們在背後竊笑，我擔心被他們笑。

從此，老鷹糾纏哈珊不休。我指的是愛抓小鮮肉的鷹群。他們的言行或意圖絲毫沒有同性戀的意味。他們覬覦哈珊的風姿，垂涎他渾然天成的柔美，在他路過時喃喃動著嘴唇，想送他錢，送他禮物，對他投以明顯的猛禽笑容。曾有一個男人給我一張紙條，託我帶回家給他，紙條是從學校筆記本撕下來的，隨便摺一摺，像記帳表或購物清單似的。我回到家，打開來看，裡面全是英文，我看不懂。哈珊讀完撕爛，塞進一個舊信封裡，收進口袋，等著帶去遠方扔棄。鷹群始終縈繞著他，眼神、評語、隨手一摸，全具有暗示性，輕則戲耍，重則處心積慮糾纏。哈珊苦惱不休。他學乖了，不再正視他們無情的示愛，儘量迴避那些只為他帶來痛苦的誘人花招。我認為，哈珊的抵抗力遲早會被他們耗盡。

後來，有一天，來了一封航空信，收件人是哈珊，帶信來的是回家吃午餐的父親。有一次父親回家想摸哈珊的臉，手被他粗暴推開，那次之後父親回家就不再呼喚我們了。那次，手被推開的父親上前賞他耳光，從此父親再也不摸我們的臉。他帶信回家的那天，上樓後呼喚哈珊，親手交信給他。航空信已被拆封，交到哈珊手中之際，父子對視良久。寄件人是胡笙叔叔。哈珊只對我說了這些，其餘不多說。想必哈珊請他把信寄到別家去了，因為後來哈珊告訴我，再過幾個月，胡笙叔叔將乘著穆希姆季風回來。

叔叔還沒回來，我們家已瀕臨家庭革命邊緣，小小的戰火四起。爸媽快把對方逼瘋了，哈珊交了一些新朋友，年齡都比他大許多。平日午後，母親多半出門，混到晚上九點左右才回家，然後父親才回來，渾身酒臭味。哈珊跟新朋友做了什麼，我不清楚，也不知道那些人是不是真的折磨他。我從來沒問過他。胡笙叔叔終於回來了，這次他不借住我們家，只來我們家報告壞消息：合夥做的生意情況不理想，貸款仍須依約償還。在償清貸款之前，由於貸款擔保人是胡笙叔叔，他將保留著抵押房屋的借據，說不定日後雙方合作的事業仍有發達的一天。事情不太可能如此單純，但我聽說的確實是這樣。我們的房產被胡笙叔叔搶走了，因為父親絕對籌不出錢清償貸款。胡笙叔叔是個刺客。如今我回憶那一年，總覺得幾乎不可思議，因為胡笙叔叔那年一如往常，帶著禮物送我們，例如魚、水果、香樹脂、沉香、布匹，有一次更送一張晶亮的黑檀木桌給哈珊。父親揚言要砸爛那張小桌子，最後卻把桌子擺進樓下房間。

那段期間，家裡很少見哈珊人影。在家時，他似乎總和母親爭論不休，僵持不下。我問他去哪裡，他說是去找朋友或去看胡笙叔叔。他變得完全不理我。我沒有挨他罵，只覺得他活在遙遠的天邊，住在一個我不認識的國度，而他嫌我去那裡累贅。後來，穆希姆季風逆轉，胡笙叔叔回國去，哈珊下落不明。簡而言之如此。在胡笙叔叔陪伴下，他大搖大擺走向天際，從此音訊杳然。三十四年前的事了。當時，我覺得他的行為好厲害，現在更覺得他不得了，居然能鼓起勇氣跟隨一個男人而去，把自己當成小新娘似的。

我們家這樁醜事落幕前高潮迭起，哈珊失蹤只是第一波。胡笙叔叔轉手出讓借據，用來清償貸款。借據轉讓給一名傢俱行老闆，名叫薩雷・歐瑪爾（Saleh Omar），是我們互不相往來的遠房親戚。我們住的房子被轉到他名下。兩年後，薩雷・歐瑪爾接管我們的房屋和傢俱，我們被迫遷出。到了那一階段，我父親拉賈布・夏邦・馬哈穆德戒酒了，多了一份虔誠心，信仰忠貞到鎮民開始拿他和他祖父馬哈穆德相比。他對母親不理不睬。當時，我國再過幾年獨立才成功，她勾搭上新的對象，生命裡有個值得雀躍的方向。

然後，失去房產三十二年後，一個名叫拉賈布・夏邦的男人抵達英國尋求庇護，需要口譯員。我父親早已過世，不可能是他。就算他還活著，我也無法想像他移民。那人可能湊巧和我父親同名，也可能是圖謀不軌而冒用，也可能是護照造假或想開玩笑。或者，都是憤怒、悔恨、疑心病在作祟，全是我憑空想像出來的。也許只是個不祥的預感。然而，我深信，一定是有人想開玩笑，冒用我父親的姓名俏皮一番。而我猜想這人正是薩雷・歐瑪爾，因為他總搞不清楚玩笑的界線，有時鬧到只有他自己覺得有趣，被自己鬼靈精怪的想法逗得竊笑。我沒有絕對的理由認定那難民就是薩雷・歐瑪爾。我只有一份預感，只暗暗擔心薩雷・歐瑪爾仍不願放過我們。但願我能釋懷就好了，但願我能忽視這一切，把無盡的故事拋諸腦後，但我自知沒這份能耐，會繼續被可能復出的他搞得心神不寧，會被自己的懦弱和吹毛求疵搞得無地自容。於是，我致電難民組織辦公室，請瑞裘・霍華德安排我近日去拜訪拉賈布・夏邦先生。

4

多年前，我曾去拜訪過薩雷·歐瑪爾一次。他接待我的方式令我吃驚。我以為他會發脾氣，瞧不起人，準備趕我走。那天我來到他門口，門開著，我避免正面看向昏暗的屋內，朝裡面語氣小心地呼喚，不希望冒犯到屋主。我以為有人會從昏暗的屋內冒出來冷眼瞪我，無言蔑視我這無助的小孩，礙於禮教只好讓我進門。如果有人出來，我會說我來找傢俱行老闆薩雷·歐瑪爾。然後，我會走進惡人的勢力範圍，代母親向他要求一件事，然後，走人。走走走，逃避所有人。

黑暗的屋內來了一個高大的肌肉男，不慌不忙，一見來人是我，表情化為驚喜。他是薩雷·歐瑪爾的**手下**。他照主子的意思行事，在主子開的傢俱行裡幫忙，有商人或陌生人來家裡時請他們入內，掃掃門階，上街採買，能為主子做的事不計其數，無疑唯有主子知道他能做什麼。

大家稱呼他法魯（Faru），是斯瓦希里語裡的「犀牛」，原因究竟是什麼？我忘了，也早已不在乎。我忘了應門的人會是法魯。出門前，我怕被歐瑪爾嫌棄，怕被瞧不起，所以細心挑選衣褲，但守門人法魯的視線片刻不離我臉孔，眼神興味盎然而機警，彷彿早已料到我將來訪，而且拭目以待。我以為他會微笑，但他的表情隨即轉為禮貌式的淡然冷漠。

「我來見他。」我說。

「歡迎，」他毫不遲疑說，以動作邀我踏進昏暗的屋內。「家裡一切都安好吧，希望是。」

前腳一進暗室，我立刻嗅到一股香味——深沉馥郁的氣息直滲牆壁和地毯，薰得我呼吸急促。再向前幾步後，法魯打開一道門，裡面是一條明亮通風的走廊，有一小座天井，四壁全貼著和成年人一般高的瓷磚。這些瓷磚是精緻的藍色，色調年久變深。我們在海邊有時會撿到一種古陶瓷碎片，這瓷磚表面的釉彩也屬於同一型。兩株矮棕櫚的叢欄分別種在兩個大陶甕裡，貼靠在一面牆，和我童年曾躲進的阿里巴巴陶甕材質同樣是灰白色。樓上好像有女人在沉聲交談，我下意識舉頭望，看見格柵圍欄拱著樓上一整座陽台，能俯瞰樓下走廊。

「Tuna mgeni，」法魯以斯瓦希里語高聲說，語音既溫和，又刻意能傳向遠處，是有教養、懂得分寸、受過訓練的嗓子，與他的外表和名聲具有驚人的反差。他那句話的意思是「我們有一位客人」。交談中的女人歇口片刻，隨即再續。

法魯帶我進入左邊第一個房間，在門邊站妥，以姿勢表示歡迎我入內。他的視線壓低，以示謙恭，但我依稀又能看見他眼裡有笑意。有什麼好笑？我懷疑原因是在他身邊的我顯得好可笑，也可能他在嘲笑他自己舉止像一個對主子百依百順的宦官，活像《天方夜譚》裡的角色。我認得法魯，曾在街頭見過他的眼神，見過多年前他看待哈珊的目光，甚至幫他送過信給哈珊。如果我那時不是幫法魯送信，那麼那人也必定與他的長相非常相似。如果這雙眼睛不是多年前那一雙，彼此也非常酷似。他臉上的竊笑令我打一陣哆嗦。

我踏進的這間呈正方形，很寬廣，牆上掛著兩面鍍金框大鏡子。我不可能漏看這兩面鏡子，也無法假裝沒看見鏡子裡的我。鏡子並肩正對著門口，我一進門，忽然看見自己的倒影，想必是被屋主用來恫嚇來人，讓來人洩氣。來人還未及偏移視線，鏡子就對來人說，你來了。這副可悲的容顏就是你。薩雷．歐瑪爾坐在靠窗的椅子上，窗外有海景。我認為他正在閱讀。見我進來，他轉頭望我一眼，接著轉回海景片刻，這才起身等候我前來。

經過多年的紛爭和羞辱，這歹徒從我父親手裡奪走房產，如今正在眼前。數不盡的傳聞指稱，他是個冷酷無情的騙子，貪得無厭，心態墮落。自從人類文明史之初，禮教告訴我們，在街上偶遇認識的人，務必向對方打招呼，但在人口稠密的住宅區，我必須調整禮教觀念，在路上遠遠分辨出他的身影時，要避免和他打照面，不能透露我在路上看見他的事實。如果我和他打招呼，等於是背叛親生父母。

如今，站在他面前，我見到他的臉孔精瘦，神態果決，以堅定嚴峻的目光凝視我，彷彿能找我碴似的。彷彿他像老師或家長，認定我會讓他失望似的。彷彿我是一坨糞土，他能盤旋在我上空，能與髒臭隔絕，更能訕笑我們這群人在糞土堆中跌跌撞撞。彷彿他是伊斯蘭教光明大師宣教長（dai）[20]，能除惡揚善。彷彿他不是拍英國馬屁拍出名的，彷彿不是專為英國人扒找別人的家產，從中挑選幾個小玩意帶回家當戰利品。彷彿……彷彿他不是我兩年前見到的同一人。兩年前，他手腳靈活，扮相優雅，矗立在我們殘破的家園中，講話不疾不徐，快眼游目東張西望，想把周遭一切盡收眼底。

那年，他派手下推著手推車，把我們的傢俱全送來這棟氣派的房子，我尾隨手推車過來，在這裡見到他。父親曾警告我不能跟去，我照跟不誤。家裡所有物品分三車：傢俱、包括那張博卡拉在內的地毯、銀面老爺壁鐘、母親的縫紉機、父親繼承的彩色玻璃銅高腳杯，連原本裱框掛在牆上的《古蘭經》詩篇也被運走。我們獲准留下自身衣物、禱告蓆子、烹飪鍋具。經年累月被我們翻來覆去睡得髒臭的床墊甚至也被運去歐瑪爾家。對方大概想掏出棉絮曬太陽一兩天，把床蝨烤死，烘淨所有的體液和汗臭，然後把棉絮填塞回一套新床墊罩裡。跟蹤到他家後，我繼續觀察卸貨過程，這才看見薩雷·歐瑪爾在我們家的碎瓦之間走動，從中挑出幾件，然後下令拍賣其他東西，彷彿這些雜物能換來幾分錢就偷笑了。

如今，我進了他家，他見我不再向前靠近，於是卸除剛硬的氣勢，姿態變得含糊，半晌才指向附近一張椅子，動作很隨便，我假裝沒看見，以失禮的態度環視裝潢奢華的這一廳：地毯、幾張舒適的椅子、一座銅鏤刻的黑櫥子、兩面鍍金框大鏡子，各個擺飾都兼具美觀和實用性，可惜件件擺進這一廳皆像難民，都仗著骨氣站著，紋風不動，全像曾在他處活過輝煌的一生。這些擺飾像藝廊或博物館裡的展示品，燈光打得透亮，以圍繩擋駕，用來彰顯屋主的財富，讚美這位屋主腦筋動得快。全像是強取豪奪而來。

「令尊令堂都好嗎？」他語氣溫和地問。這時他臉上掛著笑容，像是對我的沉默和無禮推論感到啼笑皆非，但至少他已卸掉那副嚴峻失望的表情。為了挑釁他，我煽動內心怒焰，激昂到嘴唇不住顫抖著。顫音並非我怕他。

「伊斯梅爾（Ismail），」他喊我名字。被這麼一喊，我想起自己今天過來傳達的口信。他大致知道我的來意。「令尊令堂都好嗎？我能為他們效勞嗎？」我今天直搗他的巢穴，所以不可能是為了談生意。他一定以為我是來求人施捨，來領救濟金，來向他乞討。而我認為，我的來意差不多是這樣。

「是家母派我來的。」我說著，嗓音略略顫抖。來之前，我求母親不要把這件苦差事交給我，但她反過來求我非去不可，我拗不過她的堅持，只好前來晉見俗稱山中老人的刺客頭目（shaykh al-jabal）[21]。

他及時收掉臉上正要泛起的一抹愜意微笑。「既然這麼說，你想找的應該是內人吧。」他說著，提步走向廳門。

20　譯注：即 Da'i al-Mutlaq，達伊，伊斯蘭教宣教長。

21　譯注：源於《馬可波羅遊記》（*Le livre des merveilles*）。

「她叫我來找你，」我說。正事起了頭，語調也穩重了一些。「為了一張黑檀木小桌子。」

他就近找張椅子坐下，不是剛才他坐著望海的那一張。他將右肘撐在膝蓋上，彎著腰，以手掌托下巴。現在回首當時情景，延燒多年的那股怒燄再起，記得那天我多想箭步上前，一腳踹掉他膝蓋上的那隻手肘，賞那副嘴臉一拳。我的拳頭小，不常揍人，甚至也不太習慣握成拳形，一拳打下去的話，我自己的手可能更痛，那豈不是傻上加傻嗎？我只記得，我看著他一臉高傲，看他等著我針對黑檀木桌想鬼扯什麼訴求，當時簡直氣到無力。「她託我說，那張桌子是哈珊的，不是你們的。是哈珊收到的禮物。所以她希望你能交還給她。桌子還給她，等哈珊回家再給哈珊。她想要回那桌子。桌子是哈珊的。是別人送他的一件禮物。她託我告訴你，那桌子不是他們的。所以，你不應該帶走。它屬於哈珊。」

他任我反覆講個沒完沒了，直到我講不下去，然後全廳靜音二十秒，好讓我聽聽自己絮叨的迴音，最後才回應：「恕我不曾接受法律教育，所以不懂你的論點有什麼法律效力。房子歸我名下，沒被清走的內含物也全歸我所有。內含物已經被我變賣了，得款交給令尊，被令尊拒收。後來我將得款轉交給令堂，她也拒收。我只好捐獻給週五清真寺（the Juma'a mosque），讓寺內人員自行善用。我留下其中一張小桌，也就是令堂想要的那一張，但我很遺憾，小桌已經賣掉了。這件事請轉告令堂，並代我向令尊令堂致上誠摯的問候。」

黑檀木桌在他的傢俱行裡待價而沽。曾有人在我們家看過那張小桌子，後來卻在傢俱行又看見同一張，因而通知我母親，她這才想起桌子是哈珊的，所以才有意討回來。可憐的哈珊，他走後，我們幾乎不再提起他。我們一討論起黑檀木桌，他不告而別一事死灰復燃，鬧得全家悲楚，相互指責。一眨眼的工夫，母親任性起來，非爭取那張桌子不可。我說機率渺茫吧，但母親求我去索討看看。看在哈珊的分上，看在她分上，看在養育之恩的分上。結果，我前來訴求，像個小呆瓜在他面前罰站，看著他得意洋洋地竊笑。薩雷．歐瑪爾進行完告別儀式，喚來法魯，帶我離開。左轉右轉，左轉右轉，代我向令尊令堂致意。當時我也正要離開，正要出國留學，彷彿即將從歐瑪爾府上直接步出國門。這些年來，我一直尋尋覓覓，步步走向他在異國海邊的另一棟房子。這純粹是個人的遐想，全是多年來無端心痛導致的暫時性鬱悶，最後卻只回歸到地圖的原點。

離開，出走。這些年來，我不停反芻著離與抵，思索到這兩者形成硬殼，節瘤鼓鼓，幻化出另一番尊貴樣貌。十七歲那年，我離境抵達東德深造。以目前的時空來看，「東德深造」顯得牽強，原因之一是在影視描摹之下，東德瞬間被變造為奇幻世界中的惡土，政府頑強腐敗，如今失業率飆升，新法西斯主義者怨聲載道，頂著大光頭的身影，背景是陷入火海的移民家園。然而，在我留學的那個年代並非如此。對於當年的我們而言，東德象徵光明的新秩序，積極進取，自信不饒人。我國獨立後，最初幾年的變局令人目不暇給，不及備載，一如學者懶得詳述浩繁論理過程時的用語。

起先，美利堅合眾國以及甘迺迪總統對我們感興趣，邀請我國總統赴華府訪問，行程錄製成影片，片中我國總統站在白宮大草坪上微笑，一旁是好萊塢和搖滾國的皇帝。這新聞成為當年電影院裡的暖場片，播映數週之久。在大使館旁邊，美國新聞處增闢一間圖書館和閱覽室，裡面備有空調設施、軟墊座椅、光淨書桌、線條冷峻的耐撞玻璃、懸臂式鋼腳桌上陳列著叢書和眾多雜誌。英國在我國殖民六〇年，連想也沒想過要為我們成立圖書館，倒是有一棟「英倫俱樂部圖書館」（English Club Library），嚴禁非會員進入，裝設鐵窗，門口有守門人管制進出。殖民政府被推翻後，號稱「日不落國」的英國撤離，該圖書館關閉，大門深鎖，外觀近似廢棄倉庫或商店，藏書是被棄置或運走或變賣，我不清楚。有些書被偷走，在市面上流通，但我在藏書下場明朗化前已經出國了。次於英國圖書館的是我們學校的圖書館，是學校行政人員的最愛，積累了數十年來他們臨行前的捐書。或許是多數教師是歐洲人的緣故吧，多半來自英格蘭、蘇格蘭、羅德西亞（Rhodesian）、南非，他們把這些書視為歐洲智識的果實，所以臨去之前捐書，交給後人好好看管。裡面的藏書有好有壞，全靠運氣。我們都知道，這些書全被篩選過，不適合我們閱讀的讀物全被剔除，有些時候我們讀得暢快。圖書館有一區禁止擅入，但我曾偷瞄一眼，沒見到什麼特別的印刷品，只有地圖和拉丁散文，筆調不親民。現在的我推測，那一區是紳士鑑閱區，藏書曖昧，包含十九世紀理查·博頓（Richard Francis Burton）[22]版的《天方夜譚》譯本之類的書籍，情色用語特別有學問，本地青少年讀了也是白讀。那些書的外觀和氣味很特殊，書背不是褪色就是因閱歷無數而發黑，內頁有留名和贈書對象，空白處留有隨筆，有時似乎能把書籍的所有權歸回原主。有時候，我們讀得爽快，但也有時候我們坐著讀到惡言和輕蔑語，因為是頭一次遇到，所以殺傷力特別強。

美國新聞處圖書館截然不同。在這間圖書館裡，你能看雜誌報紙，舒舒服服吹著冷氣，也可以進隔音間戴上附有軟墊的耳機聽唱片（爵士樂到底是啥鬼音樂啊？），也可以借書。這裡的藏書漂亮：規格大，夠分量，印刷紙厚而光滑，精裝，有金邊有銀邊，作者和書名以打凸呈現在書背，好醒目，更有許多殖民地教育從不提起的作家：愛默生（Ralph Waldo Emerson）、霍桑（Nathaniel Hawthorne）、梅爾維爾、艾倫坡（Edgar Allan Poe）、廢奴主義者道格拉斯（Frederick Douglass），能勾起一份高尚的好奇心，因為這些文學家的大作顯得精純，未受課堂和霸權的論述污染。能借這些書回家真不可思議。我把貨物箱上下倒置，充當展示桌，把書擺上去，看它們能把我房間裡的小東西襯托得多麼卑微。

不多久，我國總統不再心向美國，原因之一是當時非洲各地反美的聲浪愈來愈高。剛果獨立領袖帕特里斯．盧蒙巴（Patrice Lumumba）[23]遇害，美方攤牌的姿態過於坦率，中情局忍不住在無法證實功過的事件上搶功勞。在美國境內，黑人走上街頭，只為了爭取投票權和平等民權，非洲民眾都能認同他們的心願，認為美國黑人民意能映照歐裔以外的全球民眾對被欺壓的不滿。面對黑人示威群眾，美國警察放警犬咬人，相片躍登新聞版面，併列在一旁的是南非警

22 編注：於十九世紀時，將《天方夜譚》翻譯成英文的作家暨翻譯家。

23 編注：為剛果共和國獨立運動主要領導人，並於一九六〇年出任其首位總理。

犬咬人的圖片。照這情況看，美國政府和中情局凡事都想參一腳，雷達幕上的大小事務都想操控。壓垮駱駝背的最後一根稻草是，經過漫長的協商，美國政府拒絕資助我國總統倡議的幾大建設。中華人民共和國同意金援。蘇聯提供軍武信貸。東德願意代為培訓科學和管理這兩領域人才。

因此，殖民政府被推翻五年後，我國因和敵營眉來眼去而遭美國甩棄。在此同時，我國總統改信社會主義，後來獨自開發出一套社會主義理論，蔚為模範。他發表演說，發布政令，然後出書解釋他的政策終將提振民生。不重要。那陣子，人民有機會閱讀蕭洛霍夫（Mikhail Sholokov）的《靜靜的頓河》（*Quiet Flows the Don*）和契訶夫（Anton Chekov）的《短篇小說精選集》（*Selected Stories*），大家買得到這些書的平價版，也可以在東德資訊研究院（Information Institute）閱覽德國哲學家席勒（Schiller）盒裝全集（恕不供外借）。當然，民眾開口要，就能領到《小紅書》（*The Little Red Book*）和毛主席徽章。

我通過甄選，赴東德接受牙醫教育。這是教育部官員親口通知我的。那一天，包括我在內的十幾人被叫去開會。東德大使館某官員也到場，滿頭銀絲，噘著紅唇，會前表情輕蔑，擺著臭臉，有點不耐煩，甚至顯得急躁，然而會議一展開，他變得神采煥發，笑容可掬。官員告訴我們，申請東德獎學金的人多達數百人，教育部長從中挑選出我們這一群，有些將攻讀醫學，有些攻讀工程學，我則被指定攻讀牙醫。宣布到我的時候，我和大家都嘿嘿笑了。東德官員皺一皺眉，隨即以堅定的態度對我點頭，以示鼓勵。當牙醫沒什麼不好。申請書上並無規定要表明志願，所以到場時，大家都急著聽長官指定什麼科系給我們，分配的道理何在也沒人知道。我聽到自己被指定攻讀牙醫系的當下，心頭受到小小的打擊，但後來大家以未來職業互相逗弄，習慣之後就釋懷了。接著，大使館官員上台，向我們說明留學事宜：簽證、行程、語言學校一年、然後分系攻讀專業學位。他也教我們幾句德國招呼語，表示德國人對兩國情誼甚感榮耀與喜悅。

知道我即將讀牙醫系，母親不太高興。我看得出來。她一聽，不自覺流露嫌棄的神態。我勸她，當牙醫沒什麼不好，但我是白勸了。她無力笑一笑，表情有點怪。幾天後，教育部再度找我過去一趟，這次只有我被召回。同一位官員通知我，甄選作業出了一個離奇的差錯。部長阿布達拉・喀爾凡（Abdalla Khalfan）本來指定我攻讀醫學系，結果被人錯置到牙醫系去。這位官員一面解釋，一面故作困惑狀，甚至略顯疑慮，像在臆測幕後是否有人在惡意操作。我和他，雙方都不覺得哪一點離奇。這位官員畢恭畢敬演戲給我看，我感念在心。我母親是教育部長的情婦。據我猜想，部長的後宮有兩三個女人，甚至更多。他是政府裡的明日之星，必定樂於藉後宮佳麗人數展示雄風。不行，這樣議論她太不厚道了，而且我不太明白她紅杏出牆的緣由。總之，部長派公家車來我們新家，停在巷尾，等著接她。家產被父親敗掉後，我們搬來這棟小房子。從家中，母親終於從容走出來，毫無懼色，特別拒絕偷偷摸摸，看起來就像即將投奔情夫懷抱的艷婦。

毫無疑問的是，申請獎學金成功全靠這一層脂粉關係，能從牙醫系轉醫學系更是託母親之福。我向這位教育部官員聳聳肩說，我的志願是牙醫啊。他苦笑著說，這是部長的決策，走運的人不應該得了便宜還賣乖。我強調，我的志願真的是牙醫啊，曾執教鞭許多年、最近才轉戰教育部的這位官員看著我，久久不語，我猜他強忍著一句話不敢講：就怕你母親會不高興。她的確不高興，幸好她也只是聳聳肩說出她的個人淺見：醫身體的醫師地位高於治牙齒的醫師，畢竟牙醫的手指成天泡在唾液裡攪和，跟黑牙齒和臭嘴巴周旋。你要是固執己見，那我就不想再管了。

我告訴父親我快要去東德學牙醫了，他聽了慢慢點一下頭，繼續埋頭讀他的書。他聽不太進去。在房屋爭奪戰期間，我父親發現真主了。他拒絕再去果阿人開的那間酒吧，全心懺悔、祈禱、研習。虔誠一詞遠不足以形容他，就好比一燕不成夏，一葉不足以知秋。他成了穆斯林教長：有時帶領信眾一起禱告，下班時間一直讀《古蘭經》，晚間待在清真寺研習經書，閱讀法典教義書籍。他平日不再穿白襯衫和熨燙平整的褐長褲，現在改穿坎祖袍、戴庫菲帽、穿馬克巴帝（maqbadhi）涼鞋，甚至上班也穿同一套宗教服裝。家園保衛戰落敗後，我們被迫在鎮上另一區租了一棟雙臥房的房子，他似乎也不以為意。為了上清真寺，他大老遠走路回老家那一區，以便與他熟悉的教友同在，教友能為他堅貞尊奉真主感到歡喜。搬家之後，他幾乎只在睡覺時才回家，在家有空也只埋首於祈禱和書籍。他每次對母親開口，眼睛總望著其他地方。除非我有事找他，否則他絕不主動和我對話。在我準備出國留學那陣子，他當上伊瑪目（imam）[24]，以高亢的吟詩嗓帶領大家祈禱，主持喪禮流暢萬分，別人向他請教宗教事務和律法，他以斬釘截鐵的自信回應，簡直像他的生命輪軸轉向了，人生宇宙隨之異動，順著唯有他聽得見的聲響脈動著。因此，他聽我即將出國，只點點頭就繼續讀書，我懂得他這反應意味著什麼。滾蛋吧，我才不在乎，隨便你去加入共產黨吧。將來有一天，等真主與我逮到你，再給你顏色看。

出國前一天的下午，即將前往清真寺的父親喊我名字，叫我陪他一起去。傍晚的天空清亮，父子倆沿著小溪堤防走，潮水上漲中。他一手攬著我手臂，動作輕盈，僅僅略帶些許親暱。個頭瘦小的父親穿著坎祖袍，頭戴庫菲帽，一如平常視線向下，父子倆若有似無地挽著手，感覺他變得異常瘦小。我抬起下巴走在他身旁，以免被路人誤以為是兩個偽哲人。走著走著，我想問他是否仍想念哈珊，是不是因為哈珊離去，或是因為房子保不住，所以他才豁出去，隨真主起舞。我也想問他，是不是因為母親的關係，所以他一生潦倒，對兒子要求很高，最後只好向教義和誦經尋求心靈慰藉。另外，我也想問，在他堅強到可以開口時，他會對我說些什麼。路人向我們虔敬問候，他謙遜回禮，以符合真主僕人和信徒的身分。

「一切都準備妥當了嗎？」他問。

「是的，」我說。「能準備的不多。」

24　編注：伊瑪目在阿拉伯語中原意是領袖、師表、表率、楷模、祈禱主持的意思，也直譯為教長。

他帶我回老家，在門前駐足一會兒。最近，這屋子粉刷成柔和的米黃色，窗戶修好了，前門階也補上水泥。從我站的角度，能瞥見巷尾的一小片海景，知道每天這時段在二樓後陽台能捕捉到淡淡的海風。「這棟是我們的房子，」我父親說。「屬於你，屬於我，屬於你母親。」

「也屬於哈珊。」我說。他無言。

「房子屬於你姑姑，是她留給我的，」他等「哈珊」兩字飄遠才說。「這房子被人搶走了。我走後，只能留給你這房子。給你的遺產。」

我大可哈哈笑一陣，不蓋你。少來這一套了，老爸，這套對我沒效。我才不信。休想擺我一道，親愛的王子殿下。這個虔誠的糟老頭帶我走這麼遠，是想策動我加入世仇戰爭之類的。你是想叫我永遠別忘記這房屋嗎？爸，這是不是你的心聲？你要我有朝一日回到這裡、爭回這房子嗎？

片刻後，他再度挽我手，臨走時微微扯著我，要我跟進。我跟著他離開，但我其實想撇掉他的手，和他分道揚鑣，隨他去講他能自我陶醉的故事，不想再理會他的小心眼和他的敗績。爸媽留不住哈珊，已經讓我無法忍受了，又不肯教我如何排解失兄的愁緒。他帶我進清真寺，叫我坐在他身旁，等著晚禱開始。主禱人是他。他起立，面向信徒，直到第一列信徒在他背後一字排開，然後他轉身，站進隊伍，開始朝著麥加的方向禱告。祈禱完，他半轉身，盤腿坐下，依序指出他要大家一起朗誦的賜福祈禱文，以讚頌先知與其親友。信眾仍在吟唱的當時，他傾身出來，揮手要我靠近。「你出國，到了那個沒有神的鬼地方，可別忘記要祈禱啊，」他說。「聽懂沒有？無論如何都不能拋棄真主，不能迷失方向。那地方有黑暗面。」

這段話也是我繼承的遺產，應該是他對我講的最後一段話，因為他話說完不久，我就離開清真寺了，而且隔天早晨我起床時，他已經去上班，下午我就搭機飛往柏林。至於母親呢？她最後一句話是什麼？我不記得了，大概是不值得留念。可能是她叫我把護照保管好，或警告我不要輕信德國人的把戲，別被德國人唬得團團轉。這些話她已反覆講了好多次。搭計程車前往機場時，她可能又再一次叮嚀，在候機大廳告別時又說一遍，然後我才接受強制安檢搜身。她所到之處皆吸引眾人目光，衣物散發著沉香，豔麗的臉龐顯露鎮定，以飛吻祝我一路順風。

臨別時我說了什麼？我不記得了。在她目送我之際，我對她產生什麼念頭、她對我可能有什麼想法？我甚至也不清楚。我倒是記得通關時的心情。我穿越隔欄，來到只限旅客進入的區域時，憂慮到心臟躁動。不過，那是因為我從未搭過飛機，不希望不慎做出幼稚丟臉的舉止。當時的我沒把她放在心上，也沒放眼展望籠罩在未來的那道陰影。當時我沒考慮到應該細看周遭一切，以便日後能重溫離境前的最後幾秒。當時我沒提醒自己應該珍藏最後那一刻畫面、情景、氣味，以備來年不時之需，以免在被往事突襲時憂傷到無助顫抖，恨自己告別母親的過程太草率。

我們這群留學生在十月出國，當時德國學校已開學兩三個星期。由於攻讀牙醫系的只有我一個，於是我被單獨分發去一座市鎮。到東德的頭一年，外籍生一律先讀語言學校，但語言學校的地點都靠近日後各自就讀的大學。我想這不無道理，畢竟環境一旦混熟了，從語言學校就近升大學較能適應，但我倒寧願不要脫隊，尤其是從柏林機場出發的那一趟火車。我被分發去的地方名叫新市（Neustadt），但我對那一趟印象不深。想必是有人給我一張車票，送我上火車，隨後的事件一一順利演進。我只記得零星幾件事：火車行進中，雨嘩嘩下著，水滴打在車窗上，劃出一條條泥漬。我記得車速飛快（感覺上是），也記得聲響多大。沿途的地貌平淡無奇，時而蓊鬱，時而灰沉沉，時而泥濘遍野，有些時候則是井然有序，但心情總是陰鬱不開朗。同一車廂，有人開窗戶，車內吹起一陣強勁的冷風。怎麼知道在哪一站下車？現在回想起來，我甚至無法確定當時怎麼知道的。有人來車站接我，但我不記得是如何從車站到了學院宿舍，大概是有人開車接送。後來我發現，來接我的人是宿舍的一名中年工友，板著臉看待學生，把學生當成是一個無可理解的怪現象，把接應學生的職責視為一樁不公不義的苦差事。他這態度反而能安我的心，因為我母校的工友也屬於同一型。其他學生在他背後比納粹舉手禮、模仿他的臭臉，我則慶幸自己已能適應這態度。他有時開一輛菸臭味充斥、呼呼呻吟的廂型車，所以那天去車站接我，想必也開同一輛。我敢確定他不是開校巴去接我，因為那是我第一次搭東德巴士，在心中留下鮮明的記憶。

宿舍是一棟現代水泥建築，長方體，有玻璃窗，有石綿，兩個學生擠住一個沒暖氣的小房間，走廊狹窄，轉角突兀，因此儘管外觀雄偉，裡頭卻壅塞不堪，令人窒息。在我能習慣之前，總覺得呼吸很勉強，躺在床上默默心慌，賣力吸著蔬菜腐敗的髒空氣。窗戶永遠不能開，因為整棟宿舍的暖氣設備不良，連最偏遠的房間，一開窗戶，冷風就能貫穿宿舍上下每一個角落，引發眾人四處獵捕元凶並加以懲處。這現象令我想起小說《紅與黑》（*The Scarlet and the Black*）[25]裡的朱利安（Julien），他篤定自己即將繼承公爵夫人的遺產，有天去她家作客，夜裡打開臥房窗戶探頭出去抽菸，渾然不知她厭惡菸味，更不知這窗戶一開，冷風倒灌，長驅直入屋內每一角落，洩漏了他的犯行，菸客因而被掃地出門，更痛失繼承權。或者，這是《浮華世界》（*Vanity Fair*）的一幕？總之，雄偉宿舍的任何一扇窗只要被打開，開窗手必定會遭追緝，於是我們只好活在臭氣裡，呼吸、吃喝、排泄都在同一股臭氣中，夾雜著數不勝數的其他腐臭味。

我的室友是幾內亞人，名叫阿里（Ali）。全宿舍的學生都是外籍生——全來自黑皮膚的外國。剛住進宿舍之初，阿里仇視我，對我冷笑。說實在話，只在最初幾天而已。或許是想及早奠定高低層級吧。他的英語說得溜。在我們交好之前，每次我有事相求，他會用英語來誤導我。頭一天晚上，他坐在他的床上，冷眼看我打開行李取出微薄的家當，擺著笑臉東問西問。有沒有帶巧克力來？有沒有美金？這裡是東歐。日常用品樣樣都缺，情況和非洲一樣慘。你帶來那幾件蠢T恤，想在什麼季節穿啊？這地方一年四季冷死人。你今年幾歲？十八！（我騙他。）有沒有上過白人女孩啊？你等什麼等啊？這裡每天晚餐都吃燉肉。用乾燥肉塊燉的。是什麼肉做的，已

25 譯注：譯自一八三〇年法文小說《*Le Rouge et le Noir*》。作者馬利・亨利・貝爾（Marie Henri Beyle），一七八三年～一八四二年，筆名斯湯達爾（Stendhal）。他被認為是最早的現實主義實踐者之一。

經沒人曉得了。是不是真肉還是個問題呢。搞不好摻了山羊肉或石綿。

我很快就習慣他的態度了。被他虧待，有時會令我火大或生悶氣，有時屈從於他，對他投以諂媚的微笑，他也會軟化態度，稍減欺負人的惡意，改以帶刺的玩笑話尋我開心。我別無選擇。他外型健壯有自信，懶得掩飾字字帶有輕蔑嘲諷和萬事通的挖苦意味。我和他同睡一寢室，冀望他能看我順眼一點。不是要他像哥哥一樣疼我，只盼他不要欺壓我、騷擾我、把我當白痴耍。我當時沒想這麼多。我發現這裡很多人都有朋友，落單的人都顯得落寞畏懼。現在為何想為自己諂媚屈從的行為辯護呢？我不清楚。在當時，諂媚屈從是明智之舉，在不知自我反省的那個年齡更是如此。也許只是本能使然吧。或許我意識到，室友阿里隱然有股虛張聲勢的味道，只是戴上兇悍殘酷的面具嚇唬我。幸好過了幾天，他漸漸把我納入他的活動計畫中，想掌握我的行程和意向。這麼看來，要不要成為他的附庸或許根本由不得我作主。

本宿舍所有學生都是男生，也全是黑人，色調深淺不一，皆來自非洲：埃及人、衣索比亞人、索馬利亞人、剛果人、阿爾及利亞人、南非人。在這棟宛如地下陵墓的宿舍裡，少說擠了一百多個學生，儘管表面上嬉鬧無序，卻存在著先來或後到、圈內或圈外、紅人或黑名單等類別，分得很詳細。我從未體驗過如此嘈雜的生活環境，如此打打鬧鬧。初入宿舍的我謹慎品嘗著這滋味，不質疑不納悶。在那之前，我不曾離家過夜，完全不曾和父母以外的人過夜。儘管父母作息怪異，每一夜他們必定回自己床上睡覺。出國之前，我從未想過一踏出國門，便再也無法與他們共處同一屋簷下。當時我渴求再也不要見到他們，不想再目睹他們在憤慨中沉淪、慢慢被毒死。如今回想起這心願，我不禁慚愧，但當年的我確實有這願望，而且是誠心的宏願。

我喜歡這裡的課程，我熱愛上課。早晨一起床，我總欣喜不已，心癢難熬，想一想才知道為什麼。因為我有課要上。我們的教室位於宿舍隔壁，格局較小，教學設備一應俱全，有練習聽講的小隔間，有舒適的課桌，有暖氣，白天一直待在這一棟，也在這裡進行晚自習。有時候，我一直待到關門才走，因為這裡比宿舍暖和多了。老師告訴我，我有學習德文的天資，稱讚我的腔調已經相當不錯。所有老師都是德國人，他們會講的外語只有英文，可惜許多學生都不通英文，因此師生常雞同鴨講，誤解頻傳，冒犯老師和惡作劇的情形也常發生。我不太覺得老師喜歡這群學生。整體來說，我不認為我們當年是好學生。我們太常嘻笑揶揄了。最怪的是，學生的舉止好像高老師一等似的，彷彿我們懂的東西很多，反而是老師不知天高地厚。我們懂一些複雜實用的東西，不只會唱兩三首婚禮歌謠，不只會盪氣迴腸祈禱，不只會吹口琴而已。我當時納悶、到現在仍納悶的是，當年的我們自認是什麼？也許我們明瞭，自己是某人大計裡的乞丐小卒子，被捕捉送來東德。被扣押在這裡。也許學生蔑視老師的態度近似狡猾的俘虜拒絕服從主子，只差沒造反而已。或者，也許我們多數人不情願上課，勉強而來的學生總會用這種態度對付老師。或者也許錯在老師的態度，因為老師太嚴肅、太強硬、太狗眼看人低，激起學生抗拒心。或者更扯，也許像某位老師對我們說的，非洲的氣候太熱，飲食太躁，耗損了我們的驅動力和進取心，導致我們淪為感官的俘虜，被本能和放縱心牽著鼻子走。每星期，我們只有禮拜日不必上課。

由於作息太規律，環境太陌生，我因此身心俱疲，除了上課之外的時間全待在宿舍，過了兩星期，才在週日下午和阿里一起出去散步。地如其名，新市是個現代化的新城鎮，灰色、藍色的房子成排蓋成棋盤狀，陰暗多風的巷子穿插其中。路上人車稀少，遼闊的開放空間裡同樣冷清。碎石水泥牆的房舍窗框粉刷成灰色或深藍，緩坡式的屋頂上偶見電視天線。有一棟低矮的磚房，掛著三面招牌：郵局、雜貨店、蔬菜店，地勢低的入口黑壓壓，看似通往地下室。門邊堆著幾個空箱子。另兩道是金屬框玻璃門，以掛鎖和鏈條鎖住。依然不見人煙，只偶見衣物掛在兩排房屋之間風乾。

「今天是禮拜日。所以才這麼冷清。平常大家都去德勒斯登（Dresden）上班，晚上才回這裡睡覺，」阿里說著指向公車站。「離這裡不遠。改天湊到車錢，我們一起去。一日遊。」

「我們離德勒斯登很近嗎？」我問。「我有個朋友住在德勒斯登附近。」

「鄉親嗎？」

「德國朋友。」我說。

「什麼樣的德國朋友？」阿里微笑問，一臉不肯置信。「你才到兩個禮拜，除了上課和上廁所，幾乎都沒離開宿舍一步。」

「一個筆友，」我說。「名叫艾麗珂（Elleke）。」

阿里吹一聲口哨表示仰慕，帶有挖苦的味道。「你這個小壞蛋，我們應該儘快去找艾麗珂。有沒有相片？」

「沒帶在身上。」我說。

吐露她的名字，已讓我覺得背叛她了，因為在我脫口而出的瞬間，我就知道阿里一定會像那樣吹口哨，一定會開始談怎麼釣德國女朋友。我暗忖著，如果我掏出相片給他看，他一定會取笑她的長相或服裝，不然就是對著相片搞一些淫穢的把戲。對，我身上的確帶著艾麗珂的相片。我也帶著她的住址。帶地址來東德並非我以為近到可以去找她，只不過是想從東德寄信突襲她而已。當初一得知有機會留學德國，我立刻想到她，但我刻意隱瞞了即將赴德國留學的事實。突襲信的開頭怎麼寫？我已經擬好了：嗨，沒想到吧，我人在東德了。

我們母校曾張貼一份徵筆友廣告，公布三、四個東德學生的姓名和地址，艾麗珂名列其中。我的信寫得馬馬虎虎，以消磨時間為主，結果驚喜收到一封筆調愉悅的回信。她說她本來沒料到會有回音，沒想到竟接到翻越千山萬水而來的訊息。就這樣，我們書信往返將近兩年，以友善的用語閒聊，往來並不頻繁，內容也讀後即忘。事隔這麼多年，當時我們筆談過什麼事，我一件也記不起來。阿里問我，我也無法講得更具體。大概是聊書吧，或者聊自己跟朋友做了什麼事。她寄給我的黑白相片裡有六個人，好朋友們，全是女人，面對鏡頭站著，穿著大衣和時髦的鞋，彷彿一同結伴出門玩。「我是左邊第二個。」相片裡的她身穿豹紋大衣，淺色頭髮中分，左肩微微傾向鏡頭，左腳超前右腳半步，明顯是在擺拍，搭配嘲諷而友善的笑容，模樣俏皮，看似她想模仿哪一類型的留影。其他五名女子，有的視線微微岔離鏡頭，有的直視鏡頭看盡一切，卻也規避鏡頭的審視。我寫信給她時，總想像她閱信時展現同樣的笑容。

和其他筆友相較之下，她帶給我比較多樂趣。是的，我交的筆友不只她一個。住波蘭克拉科夫（Cracow）的亞當、英國因弗內斯（Inverness）的海倫、伊拉克巴斯拉的法迪勒（Fadhil）。或許因為艾麗珂的年齡和我最相近吧，或許是她文筆最好。亞當喜歡給我建議，喜歡辯論拜倫和濟慈的優劣。他喜歡拜倫，我比較喜歡濟慈。亞當曾寄給我幾張相片，有些是他的健行相片，有些是攀岩，印象最深的一張是他穿著短褲短袖和靴子，坐在巨岩上，背包擺身邊，一旁是冒著泡沫的潺潺溪流。他笑得好有自信，每次我見這照片也跟著微笑。由於他年紀比我大，一開始就以兄長的態度寫信，我從他的來信似乎都能聽見他從容的講話聲。老實說，我無法從他的來信和相片想像現實生活。家住因弗內斯的海倫則向我訴說雪景、最近流行什麼歌、從報章雜誌剪下她最愛的明星相片寄給我。她問我的問題不外乎海灘和大海，熱帶氣候的生活如何。有時候，我讀不懂她的信，甚至一讀再讀還是不懂。她對濟慈沒興趣。法迪勒對濟慈也不感興趣，不過對巴斯拉城和人生的書寫倒是饒富詩意。他說他認為浪漫時期作品有點空洞虛假。偽理想主義，偽激進主義。他較喜歡惠特曼和伊克巴勒（Muhammad Iqbal）[26]那種不屈不撓的語調。我在美國新聞處圖書館讀過惠特曼，可能曾憑些許印象對他發表個人意見，其實我只讀了《草葉集》便倒盡胃口。當時我獨鍾浪漫時期作品。遺憾的是，我從未聽過伊克巴勒，這全怪殖民時代的愚民政策。我喜歡讀法迪勒的來信，想和他的文筆一較長短，可惜如今我自知比不上。他的遣詞用句具有明晰美，具有拘於禮儀的美感，我難以望其項背，只能羨慕他如何學習把句子寫得如此透徹均衡。至於艾麗珂，她也不談濟慈，只洋洋灑灑寫些趣味橫生的內容，抱著若有似無的懷疑論，感覺像是朋友的來信，讀著讀著不禁令我微笑。

交筆友的這些樂趣被我壓在心底，不願與阿里分享，深怕他會以宿舍那種男生群起鬨的心態糗我。我也不認為我當時能想像她是個真人或女人，只不過看相片時，我覺得她窈窕誘人。但我當時從未想像信件的後面有著一隻我能碰觸的玉手、一具能讓我摟抱的腰身。我只覺得自己能從筆調揣摩她的談吐，言談之中帶著她那份友善又諷刺的笑容。我對這段筆友情懷感到窩心。見我不吭聲，阿里識相不語，另一原因是，當時碰巧有一群少年踢著足球，迎面走來。我意識到阿里繃緊神經，瞄他一眼時發現他的國字臉顯露猙獰貌，雙手掌開開合合，嚴陣以待。假如我是少年之一，他那健壯有力的體魄只要看上一眼，必定馬上過馬路閃避他。但這群驍勇的德國男孩，對著我們步步逼近，奸笑變得更險惡，走過我們身邊時更是遏制不住笑鬧，其中一個用怪聲怪調說：「非洲佬。」同夥人哄然爆笑起來，這德文字被趾高氣揚的姿態和笑聲醜化了。那種隨興的嘲諷令我震驚，我希望假以時日能逐漸適應，更慘的是，被那自鳴得意的輕侮態度傷到的尊嚴更需要光陰來療癒。

26　譯注：一八七七年～一九三八年，印度文學政治家，被譽為首位提出印度穆斯林建立獨立國家之人。

回寢室後，我和阿里躺在漆黑的床上，兩人的床鋪僅有幾寸之隔。「那個女孩，你的那個筆友，你來GDR是為了找她嗎？」阿里說，他照老師用的「東德」縮寫發音，強調G音，用力捲舌發R音，想嘲諷老師的字正腔圓。

「才不是，跟她沒關係，」我訝然大笑著說。我來東德是想滿足好奇心，想出國走走，見見世面。隨便哪個地方，我幾乎都願意去，但也並非逼不得已才出國。我想出走。但這些事我留在心裡，不告訴阿里。我對阿里說的是：「我來東德是想讀書，想學習一技之長，學成之後馬上就回國，發揮專業，幫助同胞。」

在黑暗中，阿里嘿嘿笑著。「你的目的就這樣啊，拓荒青年？我啊，才不想來東德呢。我的志願是法國，可惜只有社會主義友邦提供獎學金。除了東德，我只能去蘇聯學習駕駛推雪車技術。在我看來，來這裡的同學全都希望去別的國家留學。」

我的想法和阿里一致，同學上課的態度像是輕視老師、鄙夷課業，原因正是他們不想來。留學生無不想去可口可樂和牛仔褲的發源地，是不是這型熱門商品的愛用者倒在其次。我為何來東德留學？因為母親勸我來。有天早上，我剛翻譯完艾麗珂的信給她聽，她說：「不如你去東德吧？聽說可以申請獎學金去那裡留學。你不如申請看看吧？」拗不過她連續數週的柔勸和硬逼，我提出申請。我想出走，想去看一看這個大千世界。能輕易申請到東德獎學金是她的功勞，但假使這事能由我主導，我寧願去美國麻州。多麼美妙的名字啊，麻薩諸塞州。

「你呢？為什麼來東德？」我問阿里。

「是我母親要我來的。」他說。

「跟我一樣，」我說著再次訝然大笑。「為什麼？怎麼會？」原來雙方的母親都長袖善舞，我們樂得哈哈笑。難怪我們這麼想念媽媽，談笑之間心裡痛得受不了。

「因為她覺得我來這裡比較安全。」阿里說。

那一夜他提起多少，我現在記不清楚了，但那是他頭一次對我提起私事。他說他的父親是政治犯，和許多「憤青」一樣。我記得他的用語是「憤青」。他的父親曾在法國里昂（Lyon）教過十年英文，阿里在里昂出生，哥哥卡畢爾（Kabir）也是。到了一九六〇年，經過艾哈邁德．塞古．杜爾（Ahmed Sékou Touré）[27]幾番艱苦奮戰，幾內亞終於獨立成功——曾祖父薩摩里．杜爾（Samory Touré）在十九世紀曾長年對抗法國入侵——阿里的父親拗不過一陣突發的後殖民時代恥辱感，決定回祖國。隨著時光流逝，愛國心發餿了，不夠謹慎的言行招來禍害。塞古．杜爾眼裡容不下一粒沙，再微小的叛逆心也容不下，這也難怪，因為暗殺總統未遂的消息層出不窮。如同許多回流幾內亞的憤青，阿里的父親後來淪為階下囚。那是三年前的事了。家人向剛出獄的牢友打聽，也收買獄卒求取微不足道的情資，得知父親仍健在。父親被捕兩年

27 編注：一九二二年～一九八四年，幾內亞共和國第一任總統。

後，阿里的哥哥失蹤了。有天晚上，哥哥去見工作上的友人，一去不回。有人謠傳說他溜出國了，如同當時很多人為了躲避政治迫害而出走。但這只是情治單位的抹黑術，用來埋沒他慘遭不測的事實。也許他還活在監牢裡，也許他已經被處理掉。至今完全沒有音訊。所以阿里的母親才勸他離開，投奔一個能保命的地方，若留在幾內亞首都柯那克里（Conakry），他遲早會不慎失足。母親要他放心走，萬一情勢緊急，她可以向親戚求援，何況沒人會對一個沒價值的老嫗找麻煩。於是，他向政府申請獎學金，如今才和大家一樣置身東德。

是的，大家都來東德了，只不過，阿里還有許許多多被時空抹滅的背景。父親被捕後，他們投靠外婆家，外婆意有所指、為了明哲保身而語氣閃爍，講了很多故事，提振大家士氣，把焦慮心淬鍊成高尚的精神。阿里提起他在里昂就讀的小學，十歲轉學前交了朋友卡林姆（Karim）、帕特利斯（Patrice）、安東（Anton），不知何故，這三個人名刻印在我腦海。阿里提到，出國前幾個月，他在柯那克里和一名女子交往過。他提起大港市柯那克里，雨下得多滂沱多持久。諸如此類的事，他講了好多好多。我向他透露多少呢？我記不太清楚了，只記得基於慣性和種種因素，我當時保持高度戒心。當時阿里似乎也不太理會我想不想交心，否則我在談得熱絡時應該會吐露一些私事。反正當時我也沒什麼大事想藏私，只是回想起來，當時我聽了他家受盡迫害而失去父兄，想以自身的經歷回應，所以可能講了一些家裡的荒唐鬧劇，現在覺得好丟臉。我相信我沒提起哈珊不告而別的事，只不過當阿里描述哥哥突然失蹤時，我說我也有個哥哥消失在天邊。

抵達德國大約一個月，我提筆寫信給艾麗珂，石沉大海，被阿里嘲笑。他說，她要你遠在天邊啦，不要你去她家門口堵她。等了幾星期沒回音，我再寫一封信，這次她幾乎是馬上回信，禮貌說著歡迎歡迎，呼應我的暗示，邀請我去她家。算了吧，我只是隨手寫寫而已。

這時候，時序已進入隆冬，遍地酷寒。新年，我們去德勒斯登進行期待已久的一日遊，我想趁機添購禦寒衣物。我們錢不多，能選購的商品也不多，於是在景色優美的市區晃蕩一天，儘量不去在意別人猛盯我們的目光。我們住的新市，差不多是德勒斯登的郊區，搭公車只需二十分鐘，我在新市住了幾個月，卻對德勒斯登一無所知。我不知道德勒斯登有過一段輝煌盛世，不知德勒斯登是一塊寶地，市民足智多謀，產業繁榮，建築宏偉。我不知道薩克森選侯國的選帝侯（Electors of Saxony）多麼偉大，從沒聽過。我也不曉得德勒斯登是易北河（Elbe）的大港。我甚至不知道世界上有一條易北河。我也不知道一九四五年五月的轟炸事件，更不知道其他慘痛的歷史，不知道它曾加害敵國、造成多少苦難。我略懂紐芬蘭（Newfoundland）的捕漁場、倫敦與克倫威爾大火（the Fire of London and Cromwell）、梅富根城戰役（Siege of Mafeking）[28]、廢除奴隸貿易（Abolition of the Slave Trade），全是拜強制殖民教育之賜，但我對德

28 編注：為第二次波耳戰爭中，英國最著名的行動，開戰地點在南非的梅富根。

勒斯登一無所悉，其他城市也一樣。儘管我無知，這些城市已經屹立數世紀，無視我的存在。我的知識領域被限縮到一點點，卻照樣能天天自滿，想一想都覺得難以相信。

然而，阿里不像我這麼無知。他帶我參觀阿敘達德（Altstadt），德文意思是「老鎮」，向我介紹建築物名稱，描述一九四五年五月的轟炸事件，彷彿當時他在場似的。他帶我去茨溫格宮（Zwinger Palace），欣賞義大利畫家拉斐爾名畫《西斯廷聖母》（*Raphael's Sistine Madonna*）。從沒逛過美術館的我樂意拜阿里為師，讓阿里帶頭走。我們來到國家歌劇院（State Opera House）門口，被武裝警衛攔阻，阿里再怎麼嬉皮笑臉懇求也不得其門而入。

隔天，我接到艾麗珂來信：請來拜訪我們。她教我如何搭公車，相約在哪裡會面。一整個禮拜，阿里不停慫恿我讓他當嚮導，說我一個人去保證迷路，也可能遇到德國小混混，和艾麗珂見面時，他可以充當約會顧問。「你太年輕了啦，」他說。「經驗太少。來自蠻荒的小可憐一個。跟豹皮大衣女見面，你需要處世高見。」我設法勸退他，只不過到了這階段，我當然已經讓他看過相片，他一見豹皮大衣就心動。到了星期日，我搭公車到德勒斯登市區總站，依約在售票亭旁邊等她。根據艾麗珂的規劃，我們先在售票亭見面認識認識，搭公車過少少幾站去她家，她的母親也很想認識我。我希望，艾麗珂不會以高姿態對待我。我遇到過太多太多輕視我的德國人。

我睜大眼睛留意豹皮大衣，只不過我明知那相片有至少兩年歷史，衣服可能易主了，也可能脫線褪色，老早被貶成居家衣物。我聚精會神尋索豹皮，無暇注意身邊來了一個男人，離我不到一公尺，對我開口說：「我是艾麗珂。」

我甚至無法描述被突襲的那份心情。我的下巴合不攏，也許赫然驚叫一聲吧。

「我名叫彥恩（Jan），」他說著想和我握手。他燦笑著，目光難掩一絲焦慮。要是阿里在場，阿里會拍掉他的手，憤而轉身離去。艾麗珂怎麼了？這人是她的男友或哥哥嗎？想來戲弄我嗎？我和他握握手，看著他的笑容化為如釋重負的淺笑。「我可以解釋。」他說。

從公車總站，我們步行一小段距離，來到小公園的長椅坐下。我進市區是想和艾麗珂見面，就算彥恩的圓臉笑盈盈，也不像是樂在其中的模樣，我也不打算跟著他上公車。他解釋一番之後，我聽信了，於是跟隨他坐上公車，去陪他母親喝喝茶。沒艾麗珂這人，即使有，也和我憧憬的不是同一個。彥恩的說法是，有人來他就讀的大學演講，談到東德在非洲的實地作為。講者是本地人，是市府教育部的官員，而彥恩也曾在非洲某國自願擔任一年顧問，剛剛回國。講者非常看好東德在非洲進行的重要事業，政府渴望德國青年能踴躍和非洲友邦青年交流。講者留下我母校的地址，鼓勵德國學子對校長提供姓名，希望藉書信建立友誼。於是，彥恩突發奇想，捏造了一個名叫艾麗珂的女孩，不抱任何期望，認為這又是政府官員在宣揚政見，扯一些和友邦建立民間情誼的鬼話。我對艾麗珂發的第一封信是寄到阿爾屯鎮（Altonstadt）的地址，彥恩接到信後喜出望外，拿給母親看，母親也讀得開心。回信寫好後，他請母親檢查筆調，因為他擔心自己會搞錯艾麗珂的口氣。後來，母親也加入這樁陰謀，在彥恩回信之前檢查一下，有時也摻加幾句，也讀我寫給艾麗珂的信。

「純粹是鬧著玩的，」彥恩微笑說，語帶歉意。「希望你別生我的氣。」他比我大約高兩三公分，也許比我大一歲。這些都不重要。他的談吐和我想像中的艾麗珂有些落差，比艾麗珂笨拙。

「你寄過一張相片，」我說。「穿豹皮大衣那張。」

他說我來信索取相片那次，他一時不知該如何敷衍我。自從接到我的第一封信起，他就不停思考著，騙人要騙到什麼程度？後來有一天，捷克斯拉夫的親戚寄了那張相片給他母親。母親的娘家曾住過捷克斯拉夫。那張相片再適合不過了，正好符合他心目中的艾麗珂。我懂彥恩的意思，因為我當時也希望艾麗珂長這模樣。後來，我建議我們去搭公車。我問他，他為何不回我從東德寄的第一封信，他懊悔地聳聳肩，我也懂這涵義。「我不想惹你生氣，」他說。「你想見的是艾麗珂，結果見到的居然是我。可是，收信拒回顯得太沒禮貌，顯得太不友善，所以我和母親決定邀請你來家裡坐，向你說明一切。現在呢，我非常高興認識你。」

我們又握了一次手，在公車上聊一些較保險的事情。你的大學好不好？你在德勒斯登參觀過哪裡？語言學校要讀多少年？我發現他是技術大學（Technical University）汽車設計系學生。「你修完語言學分，說不定可以讀同一間大學。」彥恩家位於一棟舊高樓的二樓，樓梯間髒亂，滿是灰塵，成圈的電線從天花板垂吊而下。彥恩輕敲家門，片刻後一名白髮老婦人開門。她身材高瘦，臉龐線條清秀，可見年輕時是個大美人。她的大眼珠是棕褐色，神態平靜鎮定，或許已過了焦慮和煩惱的年齡。她微微傾頭微笑，含蓄表示歡迎。她示意請我進門，然後對我伸出一手。

我在踏腳墊上擦擦鞋底，低頭一看，竟發現踏腳墊上有血。彥恩的母親也看見血跡，因為我聽見她輕聲驚呼。

不知什麼東西戳穿鞋底，刺進我腳丫，我一直淌血卻不知。這雙鞋子是我從家鄉帶來的薄底輕便鞋，鞋尖部位為了讓腳趾通風，只鬆散縫上幾條線，適合在熱帶街頭散步使用，在我出國前那陣子很流行，但不適合德國，不適合濕冷環境，在柏油路面很容易滑倒。穿這鞋子外出是一件痛苦的事，腳愈走愈麻，最後凍成殭屍腳。回室內，溫度回升，腳也痛苦。我的襪子也太薄了，全是熱帶穿的舊襪子。由於這款小拖鞋很緊，襪子太厚穿不進去。遇到雨天，水能直接滲透入內，走起路來水聲吱吱叫，也容易滑跤。頭一次遇到下雪，我在雪地跨出第一步，立刻摔跤，以臀部著地。每跨兩步就再滑倒。我像新手學芭蕾舞似的，學習在雪地上走路，或者更高明的方式是，學習避雪行走法——索性不出門，坐在寢室裡隔窗看雪。在那前幾天，阿里帶我進德勒斯登的目的之一是買鞋子，因為他覺得我遲早會罹患凍瘡而慘遭截肢，另一原因是他嫌我脫鞋時腳臭。「可能已經太遲了。」他說。那天我們買不到鞋子，甚至沒有特別去找，阿里只顧著帶我參觀漂亮的建築物，對我訴說背後的故事。華格納熱愛德勒斯登的國家歌劇院，席勒在那條街上住過一陣子。席勒，也就是東德文化研究院的同一位席勒！走在這條路上，感覺他成了真人，而不只是傳奇古人。走著走著，我的腳愈來愈麻木，截肢的陰影更形迫近。

在彥恩家門口，我踩在踏腳墊上，腳淌著血，兩腳麻木到被戳一個大洞還不知道受傷。彥恩的母親上前來，牽起我的手，輕輕拉我進門，彥恩跟在後面，沉聲道歉著。儘管發生這一場風波，我仍留意到他隨手鎖上門並扣上門閂。彥恩的母親叫我坐沙發，因同情我而心疼到臉皮皺縮。她左看右看，想找東西墊高我的腳，從窗戶下方一小疊東西中拿來一份舊報紙。窗戶兩旁各有一座書架，和厚重的紅窗簾相鄰。一座架子上有兩幅加木框的相片，其中一張主角是穿著球衣的男人，以群峰為背景，另一張主角是個身穿寬鬆袍子的高䠷女子，身旁有個穿短褲站在椅子上的男孩，這男孩下巴靠在她的右肩，臉半轉向鏡頭。壁爐另一邊也有一座書架，旁邊有一張褐色舊椅子，椅子後面有一張餐桌，上面放著紙張，角落有一小疊雜誌。壁爐架的牆上殘留著相片取下後的痕跡。我環視全廳又發現另有兩處相片留下的殘痕。

彥恩帶著一條抹布回客廳，也端來一只華麗的玻璃大碗，上面蝕刻著蕾絲狀的圖形，碗口呈鈍齒狀半弧形。他把大碗擺在母親旁邊，母親跪在我前方的地板上。「這樣歡迎客人，太糟糕了。」彥恩說。母親嘟噥一句，小心為我解開左鞋的鞋帶。她抬起我的腳、想為我脫掉鞋子，不料報紙被血黏住，跟著腳一起騰空。母親扯掉報紙，然後緩緩為我脫鞋，之後由彥恩托住我的腿，讓她以雙手為我脫襪。見到血肉模糊的傷口，她嘖嘖出聲。她把抹布撕成三四片，一片放進水碗裡，開始為我洗腳。水很冷，但有止痛作用。洗了一會兒，她說：「沒東西戳進裡面吧，好像。」接著，她將另一片乾淨的抹布放進水碗裡，擦洗傷腳的其他部位——趾縫、腳背、腳跟。她再把抹布撕成條狀，為我包紮傷口，完成後帶著微笑，蹲坐在自己腳跟上。

「我就知道總有一天能認識你，我只是不知道會是你。」她說。

我不懂她的意思，當時聽了一定皺起了眉頭，但我確實領悟到一個道理。她想表達的是我以意外的方式滿足了她一份欲望，一份願望，而滿足她這份心願的人居然是我。我就知道總有一天能認識你，我只是不知道會是你。聽起來是莫名其妙有幾分道理。如果對你講這句話的人是醫生，或是你搭乘的某班機的機長，你無疑會被嚇出一身冷汗，但如果是一位資深德國美女蹲在你面前的地板上，剛為你洗淨傷口，狀貌頗鎮定，甚至怡然自得，你能感受到深遠的意境，能意識到故事的開端。總之我當時有感。

「要不要我……？」彥恩說著對母親伸出一手，想拉她站起來。她聽出兒子的提示。

「好。」她說著一邊握住兒子的手，站起來，以微笑代替感謝。她的一舉一動似乎深思熟慮過，從容不迫。我猜想，就算她遭逢大風大浪，她臉上仍會掛著那副老神在在的微笑。「荷馬史詩裡的奧德賽斯（Odysseus）離鄉二十年回家，不宣布自己是誰，妻子潘妮洛比（Penelope）不認得他了，你記得嗎？認得他的人卻是一位老婦人，好像名叫尤麗克莉妲（Eureclita）或什麼來著，因為幫他洗腳、歡迎他回家的人是這位老婆婆。無巧不成書，她是他小時候的奶媽。你記得嗎？每個大英雄或王侯的奶媽後來都年老色衰，被冷落，枯坐在皇室壁爐旁。尤麗克莉妲認得奧德賽斯腳上的疤痕，知道主人回家了。將來有一天你回來，我們也能認得你吧？」

在那時候，我沒聽過奧德賽斯回家的故事，不太熟悉荷馬、《伊利亞德》（*Ilida*）、《奧德賽》（*Odyssey*），概略的印象全來自《傑遜王子戰群妖》（*Jason and the Argonauts*）、《力拔山河》（*Hercules Unchained*）、《木馬屠城記》（*Helen of Troy*）等等電影。我不喜歡這些電影裡的奧德賽斯。教希臘人建造一隻大木馬的人不正是他嗎？木馬被送進特洛伊城之後，馬腹裡的戰士一湧而出，不是做盡了燒殺擄掠姦淫的壞事嗎？在這件事上，我和特洛伊居民同一陣線。然而，她的故事卻愈講愈開心，彷彿被異想天開的奸計逗得回味無窮。我朝彥恩瞄一眼，見他同樣眉開眼笑，頭略微轉向書架的方向，看似他正想過去取書，朗讀那篇章給大家欣賞。果不其然，他走向書架，拿下來一本書，翻開目次，手指由上而下逐一過濾，母親在一旁等候。

「尤麗克萊亞（Euryclea），」彥恩終於從容說，然後朗讀其中一句：「『尤麗克萊亞捧起疤痕尚存的腳，穩穩握住，當下頓悟此人身分，立即放下腳。』」

「就是她沒錯，」她說：「尤麗克萊亞。蹲在潘妮洛比庭園樹影底下的人就是她。文學評論家奧爾巴赫（Erich Auerbach）[29]針對那一段做過好精闢的論述。你知道嗎？好吧，我可以借給你。你能讀德文書嗎？」「還不行，」我說。「太難的書我看不懂。」她流露出同情的神態。「好吧，等到你能懂的時候，我可以借你讀讀看，」她說。她英語流利，帶有些許我不熟悉的腔調。母子倆收走抹布和大碗，端咖啡過來。她問：「你為什麼想來東德？為什麼拋下壯麗的祖國，大老遠來這裡？那天接到你的信，我們好難過。我比較喜歡想像你住在海邊豔陽下，好暖和，自由自在，至少你的日子還過得很安全，我們這裡卻天天為了小事擔憂。唉，我講這麼多，彥恩已經在窮緊張了。他擔心你會去告密。」

「不是……」彥恩想反駁，但他的心思有一半已經飄走，拿著自己的備用鞋，忙著比對我那雙血鞋的大小。我不覺得他在擔心什麼，硬說他擔心的話，也只擔心我這雙特大號腳丫的尺寸。我猜想著自己從家鄉寫信時必然常提起海濱生活多溫暖多自由，把日子描寫得多麼心曠神怡。反過來說，當時的我也從沒想像過他們的日子竟如此清苦壓抑。我壓根兒沒想過，甚至沒想到他們居然存在。我從信裡只讀到筆調，全是豹皮大衣女孩笑臉講話的調調。

「你發現筆友是他而不是艾麗珂，該不會氣炸了吧？」她問。她靠向椅背淺笑著，深信我在車站的時候毫無勃然大怒的情緒。「你是否非常失望？」

「起先是。」我邊說邊啜飲著苦澀的咖啡，儘量不要苦著臉。我的腳現在發痛了，一來是因為身受皮肉之傷，二來是因為《木馬屠城記》裡英勇殘暴的影射之意。要不要去醫院打消炎針呢？

「告訴你好了，我名叫艾麗珂，」她說。「是真的。都怪彥恩懶得自己編一個假名。你心中的艾麗珂跟我不是同一回事，不過你還是可以自圓其說，你真的見到艾麗珂了，這樣也不算騙人。」

「豹皮大衣女人的真名是什麼？」我問。「你們在捷克斯拉夫的那個親戚。彥恩說妳娘家是那裡人。」

「她名叫貝雅翠絲（Beatrice），意思是『暗夜嚮導』，」她說。「是的，我娘家住那裡。他們住在墨斯特（Most）近郊的一個村子裡，擁有很多田產。墨斯特很接近國界，離這裡不遠。建

29 譯注：一八九二年～一九五七年，德國學者。

議你讓彥恩帶你一起去玩。他已經好幾年沒去了。」

「我一到東德，護照就被沒收了，」我說。我一直在為這件事擔心。為什麼沒收護照？要是我有急事想離開東德怎麼辦？要是我想去墨斯特玩，怎麼辦？我一抵達宿舍，護照就被辦公室裡的一名女子收走，換來一張身分證。我以為他們不信任我這個剛到的留學生，害我緊張兮兮，怕得不敢堅持留下護照。

「我小時候，墨斯特是奧地利的國土，」艾麗珂說。「好久以前的事了。」她瞧兒子一眼，笑容透露愧悔。「同樣的往事他聽過幾百次了，所以每次聽我一提起，他的心就往下沉。」

「往事講給他聽吧，媽媽，」彥恩使勁點頭說。「妳每次講的都不太一樣，所以我怎麼聽也不厭煩。請妳儘管講吧，媽媽。」

「不好吧，我們這位新朋友頭一次上門來，怎麼好意思害人家無聊，」艾麗珂說，嘿嘿笑著彥恩剛說的話。「『每次都不太一樣』倒是真的。故事老是不停從指縫滲漏掉，一直變形，一直蠕動著，只想溜走。」

「我很樂意聽妳談往事，」我別無選擇，客套說著，但母子之間那份熱切也令我忍不住想瞭解往事。

「好，就從那棟大房子講起吧，」艾麗珂說。「房子有幾座漂亮的花園。與其說是花園，倒不如說是莊園，裡面有一條小溪穿越小樹林，最後傾注一座小湖。有草坪，有花床，總是青翠，一直開著花，有幾座漂亮的果園。果園真的是個賞心悅目的景象，春天開花，夏暮滿樹是完美的果實。我們家種了一株山杜鵑，花朵是深紫色，色調深到像從植物的心腹萃取而出的染料。我們家有一條馬車道，有馬車伕和腳伕，有馬廄、馬伕和幾匹馬，另外有一大批僕役和僕役的親屬，各有各的工作。馬車道兩旁種滿各種樹，是一位祖先在好幾代以前開始種幾棵，為後代培養出種樹的樂趣。其中一棵來自喀什米爾，已經兩百歲了，是喀什米爾柏樹，扭曲的枝幹向外發展，好像想掙脫束縛似的。那棵是我們童年的怪樹。

「這些全是追憶而來的往事，」艾麗珂沉默長達一分鐘後又說。在這空檔，她的視線遊走在我和彥恩之間，端起難喝的咖啡啜飲一口，毫不蹙眉。「可能是回憶比較單純，現實比較複雜吧。在我印象裡，家裡所有房廳都有美麗的鮮花，連冬天都有。現在每當我想起家裡的鮮花，心靈裡總充滿渴望，不知道在渴望什麼。現在我也常回想起老家那些僕役，好多下人做著卑微的工作，過著匱乏的日子，當時的我們不覺得怎樣。那是戰前的事了。那場仗打得好慘烈，造成太多災難了。奧地利吃敗仗，再打一場還是輸，幾乎喪失了一切。」

我看得出，往事令她情緒低落，彥恩也情緒低落，但我想再聽下去。他們是怎麼從墨斯特來到東德的？我向架子上的兩張相片看了一眼，問：「那男孩是彥恩嗎？」

「不是不是。」她笑說。「天天看得到彥恩，我幹嘛把他相片擺在架子上？那張照片中的人是我的母親和我弟弟，左邊那張是我父親。這兩張照片是在我們去喀爾巴阡山脈旅行時拍的，向奧地利的舊領土告別。之後沒幾天，我們就啟程去了肯亞。」

「肯亞！」我驚呼。英語是肯亞的官方語言，難怪她的英語這麼溜。但我也想講「喀爾巴阡」，好美的一個名詞，不如麻薩諸塞那麼柔韌宛轉，卻自有一分蛇行般的蜿蜒神祕。「你們去肯亞屯墾嗎？」

她皺眉頭。「是的，去屯墾。」

「為什麼是肯亞？」

她愣一愣才回答時，我見到她因神情專注而蹙眉。「好像從來沒有人這麼問過我。你想問的不是我們為何選擇肯亞而非其他地方。因為這樣的話，是不是去肯亞就不重要了。我們是歐洲人，想去哪就去哪，全世界任我們挑選。你指的是，我們為什麼選擇去奪取別人的家產據為己有，以巧取豪奪的手段自肥，甚至用打鬥、下重手的方式取得自己無權占有的東西。你指的是這個，對不對？這嘛……因為在我們那年代，我們覺得自己有權去強取豪奪，見到黑皮膚和頭髮毛燥燥的民族盤據之地，就自以為有權據為己有。當時殖民主義的定義就是這樣，教我們別管自己利用什麼方式去橫行全世界。我父母在恩剛丘陵（Ngong Hills）落腳，買地種植咖啡豆。土著被綏靖後，勞力變得便宜。經營農場的他們要什麼有什麼，不問天下為什麼有這麼好的事，也沒人鼓勵他們多嘴，只不過，在我們住那裡的當時，一眼就看得出這麼好的事怎麼來的。你知道恩剛丘陵在哪裡嗎？有沒有去過奈洛比？」

「我沒去過，完全不認識奈洛比，」我說。「我哪裡都沒去過。」

「你去過德勒斯登啊？」彥恩微笑說。

「對，不過，『為什麼是肯亞』這話也有正當的理由，」艾麗珂說，無視我和彥恩的對話，繼續敘述她的往事給我們聽。「為的是離開歐洲，遠離戰火。我父母不想再待在奧地利了，所以和親戚分家產，去恩剛丘陵頂下那座農場。那是一九一九年的事，我們一直住到一九三八年，做著主觀認為是了不起的大事，成就很傲人。我們從旅行當中學到很多道理，但現在回想，倒覺得我們學到的知識還不夠。隨著時間一年一年過去，我們愈來愈不認為當時做的事有啥了不起。」

「我母親寫過一本回憶錄，記下當年在肯亞的見聞，」彥恩說。「用德文寫的。筆觸很優美。」

「全是用來騙人的懷舊文。」艾麗珂微笑說著，撇撇手，不接受彥恩的說法。「假如回憶錄在今天動筆，我也會像個無聊的老太婆，提一提慘痛的往事，害大家難過。在戰爭即將開打的那年，我們為什麼離開肯亞，來到德國，你想不想知道？因為政府警告我們，戰爭一爆發，我們會被英國人集中拘禁管理，另一方面，我父母在非洲待久了，嚮往重拾身為奧地利人的光榮。他們心目中的奧地利當然已經不存在了。他們住的那一區當年是捷克斯拉夫的領土，奧地利其他區域已經被德國併吞。儘管如此，他們還是來實業家大賺不義之財、軍裝耀武揚威的德國，不願待在肯亞被英國人囚禁。我們全家都想離開，不願忍受被拘禁的屈辱，不想聽黑鬼見我們落難而講風涼話。原諒我用我們當年的用語。不原諒也行，如果你不認為我們值得原諒的話。不過，那的確是我們當年的用語。現在我沿用，並沒有貶義，只是為了呈現當年我們傲慢自憐的心態。我父親喜歡說，我們之所以比土著優越，全因為土著默許我們。統治土著，靠的是一份虛無縹緲的道德權威，一旦這份道德權威消失了，我們歐洲人必須靠虐待和凶殺來爭回。我可憐的老爸有所不知，過去我們的權威正是因虐待和凶殺土著而來。他以為權威是個虛無縹緲、是正義公道、溫和節制的產物，是向黑格爾和席勒的作品學到的道理，是望彌撒望到的。

我們擁有的權威無關排外除外的惡行，無關以輕蔑的心態妄下判決書，無關政權和政治獄。土著怕我們的原因，是我們懷抱道德優越心。唉，不久後，我們也嘗到優越感的苦果了，終於明瞭，讀哲學讀詩，不會解開謎團，只把謎團搞得更深奧。不過，我們不能待在肯亞，不能被黑鬼嘲笑。結果，歐洲的戰火終究燒到我父母了，我們搬來德勒斯登定居。就是在這棟房子裡。離我們的老家不遠。唉，以後的日子只會更難過啊，我不太想再多談辛酸的往事。你其實只想多多認識貝雅翠絲。可惜我一談起往事，總覺得愈來愈難閉上話匣子。年紀大，心也跟著自大。」

「我關心的是那兩張相片而已。」我說。我是想安慰她，沒想到語氣卻落得虛弱，像在生悶氣。我以為是腳傷造成我發燒，而天一黑，公寓裡也變得寒氣逼人。

「Asante，」她用斯瓦希里語道謝，然後微笑一下。「我還記得幾個字。我親愛的朋友，我們應該怎麼稱呼你呢？要不要喊你『伊斯梅爾』？你的朋友都這樣稱呼你嗎？」

「拉提夫。」我說。這是我上飛機之後的決定。我不願使用本名，想改名「拉提夫」，因為這名字溫煦柔和，是真主的名字，我秉持虔敬的心，並沒有冒犯褻瀆神明的意思。我在證件上的正式全名是伊斯梅爾．拉賈布．夏邦．馬哈穆德，後三個分別是我的父親、祖父、曾祖父的名字。在前往柏林的班機上，空中小姐稱呼我馬哈穆德先生，入境時，東德官員也如此稱呼我，不給我爭辯的機會。依照我們的傳統，對我的稱呼應該是伊斯梅爾．拉賈布，前一個是我的名，後一個是我父親的名。我不想爭辯。我想從此以「拉提夫」自居，想為自己增添溫文的特質。就這麼決定了。從今以後，我是別名拉提夫的伊斯梅爾．馬哈穆德。阿里就這麼稱呼我，宿舍裡所有人也喊我拉提夫，彥恩和艾麗珂也可以如此改叫我。「伊斯梅爾是我證件上的名字。朋友都叫我拉提夫。」我說。

「變變變呀，」艾麗珂哈哈笑著說，眼珠子洋溢著喜悅的光芒。「艾麗珂變成彥恩，伊斯梅爾變成拉提夫，怎麼變都差不多同樣甜美。」我知道她在引用《羅密歐與茱麗葉》，以嘿嘿開懷一笑表示我懂。「拉提夫，你的腳受傷了，今晚可能沒法子回宿舍。你也要等我們修好、洗好你那雙單薄的鞋子才能走。我認為，你最好換一雙更合適的鞋子。今晚就請你在我們家過夜吧，明天再讓彥恩陪你回宿舍。他可以向校方解釋。我們現在該吃飯了。」

我見彥恩顯露警覺的神態，他搖搖頭。「不行，媽媽，今晚最好還是讓拉提夫回宿舍。我可以陪他回去。他不回去的話，會引發太多質疑。外籍學生的規定很嚴格的。然後，我們也會被政府質疑。我陪他回去吧，保險一點。下個週末他想再來也可以。」

聽我說艾麗珂是男人，阿里倒盡胃口。嚴格來說，是一位自稱艾麗珂的男筆友的母親名叫艾麗珂。「這些德國人啊，胡搞亂搞的，不知道在爽什麼，」阿里說。「最好跟他們保持距離。你不知道他們對你打什麼鬼主意。」

但我不想保持距離。我想再回德勒斯登找他們，阿里一聽又不高興，狠狠瞪著我，好像我背叛他似的。腳傷已經痊癒了，但二月仍天寒地凍，即使在室內，我的腳早已被凍得麻木僵硬。阿里多一雙鞋子，叫我試穿看看，我穿得還算合腳，他卻皺眉顯得失望。「跟我一起去吧，」我說。「我相信他們也想認識你。」但他扮鬼臉，搖搖頭。「他們不曉得在搞什麼把戲，我才不想陪他們玩咧，」他說。「你也最好提防一點，別招惹到警察。聽你這麼講，他們好像喜歡惹事生非。」

我上公車時，車上只有一名乘客。他的膚色深，個子小，靠著椅背坐著，注視我大約五分鐘，目不轉睛看著我。他身穿厚重的深色工作大衣，雙肘各擱在扶手上，衣服的肩膀部位因此隆起遮住耳朵。他好整以暇坐著，專心凝視我。我望著窗外風景。我慶幸有阿里的鞋子可穿，但這雙實在太緊了，腳趾受擠壓。天空好像快飄雪了。我再瞄公車內部一眼，發現男子水亮的目光堅定不移，監視著我，想解開深邃的謎題。他嘴上蓄著茂盛的八字鬍，其中有幾縷銀絲。我將視線轉向他之際，他的八字鬍微微抽動一下，狀似緊張。我從後照鏡看見司機的眼神，他似乎在幸災樂禍。盯了我五分鐘後，男子哼一聲，頭轉向前方。不一會兒後，他哼起一首歌，然後輕輕唱出聲來，肩膀顫動著，顯示他正在暗笑。我再次瞥見司機的眼神，發現他也在笑。有什麼好笑的，我不懂。公車橫渡河面的時候，太陽露臉了，低垂在地平線上，河面被照耀成波光粼粼的一大片鉛板，成排船隻的影子宛如港口裡錯綜交織的灌木叢和纜索。

我對第二次去彥恩和艾麗珂家的印象朦朧，因為我後來又去過幾次，美好的記憶全揉合成一團，只記得母子倆很好客，把寒酸的餐點當成大餐來招待。我記得花紋繁複的器皿，有些很漂亮，全都有一種光華不再的優雅。我記得我每提出一個問題，他們總思索著箇中居心，彷彿慎防自己講出另一種說法，破壞故事裡的平衡，好聽起來變得英勇。他們的自信令我暗暗稱奇，心想這份顧影自憐的傲慢會不會正是艾麗珂父母在肯亞時的自我觀感，會不會是他們自然而然深信那些他們認為是顛撲不破的價值觀。換成現在的我，我比較能明瞭，母子倆深藏著一份對理念的熱忱執著，理念能被壓制但無法被徹底摧毀，在殖民主義蹂躪下仍能殘存，歷經慘絕人寰的納粹戰爭與猶太大屠殺仍能延續，受盡東德極權迫害仍能挺下去。當時的我在德勒斯登公寓裡懵懂無知，在這封閉的現實小世界裡見到他們的態度，以為他們是親切的怪人。「我們都跟著命運走，」艾麗珂有一次說。「命運一下子帶我們往這邊走，一下子帶我們往那邊去。」她保留不說的是，無論命運怎麼走，我們都儘量緊抱著合乎情理的事物不放。

那幾次去他們家的印象最主要是艾麗珂講的往事，加上後來彥恩訴說的。艾麗珂二十八歲隨父母在德勒斯登棲身，就住在這一棟，不同的是最初他們占有整棟，如今只准住兩房一廳。艾麗珂的父母是衣錦還鄉。艾麗珂非常想念肯亞，也對她拋下的男友念念不忘——說到這裡，她不好意思地向彥恩笑笑。男友名叫丹尼爾（Daniel）。假使男友挽留她，她是願意留下的。「要是我留在肯亞，那我就不會生彥恩了，沒有彥恩，人生還有什麼意義？」在那期間，艾麗珂相思病重，心亂如麻，開始搖筆桿，回首肯亞生活點滴。父母大力鼓勵她。他們也懷念肯亞，備受德國內部的景象震撼。

回憶錄近尾聲之際，德國對蘇台德山脈（the Sudenten）的需索日益殷切，終於在一九三八年八月抵達臨界點，危機一波接一波湧至，最後點燃戰火。艾麗珂不談戰事，只搖搖頭，轉移視線。她的兄長尤瑟夫（Joseph）戰死在北非，父親在一九四五年轟炸事件之前在路上暈厥倒地，經陌生人攙扶回家，隨後氣絕。隨後，東德政權在一九四九年成立。同一年，母親過世，房屋被充公，艾麗珂邂逅了彥恩的父親孔拉德（Konrad）。

「他為我們爭回這間公寓自住。現在他官做大了，不過當時他只是在黨裡很活躍的一個數學老師，」艾麗珂說。「他生前很善良，可惜沒耐性、坐不住。他熱衷想做的事，恕我無法奉告。或許他對我們那年代的瞭解比較深。」

「你們在捷克斯拉夫的親戚，後來怎麼了？」

「戰後，他們全被驅逐出境，」艾麗珂說。「蘇台德、西里西亞（Silesia）、東普魯士（East Prussia），各地的德僑全被趕走。好幾百萬人。德勒斯登當時是個廢墟，有成千上萬的難民在苟延殘喘。人類的毀滅心無窮無盡，破壞了城裡的一切。」

「那貝雅翠絲呢？」我說。

「幸好她的祖父是捷克人。」艾麗珂微笑說著，為她感到慶幸。

她建議我們應該結伴去捷克，叫我和彥恩一起去。我們遠行的想法在此時萌生。我們搭客運到墨斯特，然後一路輾轉前進布拉格、布拉提斯拉瓦（Bratislava）、布達佩斯，然後前往札格雷布（Zagreb），沿途有無盡美景相伴。接著，我們抱著忐忑的心，搭火車前往奧地利格拉茲（Graz）。出發前，我得知彥恩的叛逃計畫，我念在朋友一場的份上跟他一起走，另一原因是我年紀輕，考慮尚不夠周到，去哪裡都行，不管前途亮不亮，去了再打算。我們以彥恩母子倆的積蓄當旅費，來到德國邊境，宣告我們是東德來的難民。我們被送去慕尼黑，在維安緊密的飯店住了三星期，彥恩思母之情殷切，感傷愧疚。移民官找我面談時，我說我想去英國，他微笑著，幫我辦理維生津貼，足夠我買火車票至德國漢堡港。彥恩和我在慕尼黑車站互道珍重再會，從此斷了音訊。「我強迫你一起逃，希望沒毀了你的一生。」彥恩說。我甚至未向阿里告別，因為我擔心會被他勸退。如今，我有時不禁納悶他人在何方，日子過得好不好。我曾在一九八四年想起阿里，因為塞古．杜爾去世了，孔戴總統（Conteh）[30]的新政府大赦，不知阿里的父親是不是挺過了陰森森的地牢，餓著肚子，抱傷踉蹌出獄，被現實的強光照得兩眼昏花，必須面對又一場亂局。那年夏天三個月，我周遊中歐各國，可惜錯過了保加利亞（Bulgaria）。

船駛進英國普利茅斯（Plymouth），我覺得自己剛航遍了四海。我隨同船員下船，與他們一起通關，無人干擾我，無人要我報姓名。我在市區徒步走了幾小時，慶幸自己一路流浪到此地，運氣好到難以置信。感覺上，沒人懶得理我。沒人執意趕我走，或對我執行拘禁驅離。沒

30　編注：幾內亞政治家，於二〇一〇年十二月至二〇二一年九月擔任幾內亞總統。

人要求我盡義務或表態效忠哪一國。傍晚時分，一陣夏日冷雨灑落，我回頭走向碼頭，不確定該怎麼辦。也許我該回到船上，繼續航行，看看最後能到哪裡，一直得過且過，直到我遇上機運。有這種想法，是恐懼心和愈縮愈薄弱的意志力使然。且讓命運任人擺布吧，浮沉在世事中。然而，回到碼頭後，我發現船已經揚長而去，我的旅程到此結束。有位警衛問我怎麼了，我說想找某某號輪船，他帶我去見港務警察。「我是個難民。」我告訴板著臉孔的警察。頭髮灰白的他，理著小平頭，小鬍子修剪得十分俐落。他聽了，坐直上身，臉色更加嚴肅，皺眉瞪著我，擺明了對我起疑心。

「『難民』嘛，這用語不簡單，」他說。「我瞭解你是個船員，沒趕上船。我最好記下你的證明文件資料，安排你回船上跟同事團圓。」

「我是個難民，」我說。「來自GDR。」

「來自哪裡？」他問，頭微微偏向一邊，以左耳正對我，彷彿想捕捉那個稍縱即逝的字眼。

「來自東德。」我說。

他不信自己耳朵，得意笑著，靠向椅背，欣然品味著這個喜劇笑點。我想像著他日後將如何轉述人生鬧劇裡的這一幕驚人轉折。我對他淺笑，見他樂意接受這玩笑，或者他能認同我的處境多麼荒謬。他改用德文問候我：「日安」。我對他的問題有問必答，過了幾分鐘，我發現，可能是我的回答、我的舉止、我的狀況的緣故，他改為支持我。或許是因為他問我幾歲，我回說今年十八。他聽了微微搖頭，繃著臉皮淡淡一笑，象徵性露一點笑臉，卻仍算是微笑。

宛如短暫握握手即可傳達善意。「正是十八歲小孩會搞的蠢事。」他說。我在港務警局辦公室過了一夜，警察分了咖啡和三明治給我，我對他心存感激。下船後，我一直餓著肚子。他要我訴說在東德的生活，訴說穿越中歐的行腳。我耳朵聽見自己的說法，覺得好偉大。在我敘述旅程的同時，也發現自己居然記得當時沒留意到的景色和細節。或許是我認定當時夠警覺的話應該更能注意到沿途瑣事，所以才加油添醋。他偶爾打斷我，要我講得更具體一些，但多數時候，他讓我講個夠，不時提示我幾個問題，自己舒服坐在旋轉大椅上。「匈牙利是怎麼樣的地方？聽說有很多吉普賽人，對不對？我的老媽生前常說我們有吉普賽血統，不過每家的族譜裡，多多少少都有吉普賽人出現。」當晚不知到了幾點，我睡著了，天剛透亮時，我醒來發現辦公室只剩我，身上蓋了條毯子。我平常不容易睡著，那一夜大概是在恐懼和壓力夾攻之下，眼皮才撐不住。

警察名叫沃特（Walter）。在早班前來和他交班之前，他給了我難民組織的名稱和地址，叫我離開。「直接去找他們，不要在街頭遊蕩。大門對面的大馬路上有一間公共廁所，去把自己清洗乾淨，」他板著臉說。「頭髮也去理一理。你們年輕人全是同一副模樣。」

緘默

5

我站在公寓門口，伸出左臂倚靠門框，這是我刻意擺的動作，採取預備姿勢。我看見他上樓來，在樓梯最後一個轉彎稍事停留，右手握著扶手，歇腳處的大窗透光，投射在他身上。這道晨曦穿越兩棟民房之間，直射這一道窗，塵埃與有機雜物的粒子飄浮在冉冉氣流裡，但到了下午兩點左右，所剩無幾的日光灑在周遭牆壁上，照進樓梯的光線薄弱。他站在午後似水的陽光裡，臉上無鬍渣，身材精瘦，上身微微向前傾。他面容頹唐內斂，神情帶有戒心。如果走在路上，走在英國街上，我會對他多看一眼，懷疑自己是不是認識他，該不會是我以為的某某人。再常見不過的現象是我走在英國街道上，訝異於行人的模樣多麼奇怪，多麼異常，同時心生愧疚，明知不可能卻懷疑自己該不會認識他們。我在想，假如我在路上見到他，應該也會路過而不認人吧。我只會在心裡想，怪事，他怎麼令我聯想起以前認識的某人，但也不致於苦思太久，不至於回想起那人的姓名，或許甚至匆匆背棄這往事，以免往事凝結成塊，掛在心頭，喚起其他被我鎖死的記憶。隨著時光流逝，無數鮮明清晰的細節變得朦朧而飄忽不定。或許這正是人老的常情，相片中的線條被艷陽和勁風一條條抹殺，影像全糊成一片。儘管褪色了，模糊了，有數不清的線條依舊，如今更顯支離破碎：已忘記長相卻猶記得熱情依舊的眼神，嗅覺勾起一段樂章儘管音調已經走音，已遺忘住所或地址卻記得裡面某房廳，記得荒野路旁的一大片牧草地。光陰能肢解我們人生裡的影像，換個考古學的說法是，好比人生裡的細節一層層地沉積，如今有幾層被其他事件磨蝕置換，附帶的砂石雜物仍在，無意之間坍落而出。

我守在公寓門口，見到他望過來的那雙眼睛。但願我能自稱認得那雙眼。來人的眼神強裝鎮定不成。若非我知道他要來找我，我一定會把他當成互不相識的路人。我一定會感應到對方對我毫無興趣而反過來壓抑自己的好奇。他上到最後幾階，我從門框放下手，正面迎向他。他提防自己不要亂了腳步，卻同時加快上樓的衝速，來到我面前時擺出滿臉燦笑，右手伸向我。

「Salam alaikum（你好），」他微笑，以阿拉伯語打招呼，說著最保險的萬用問候語，想拖延相認的時刻。我點頭，和他握手，不依習俗回敬。「Alaikum salam（祝你平安）」。看得出，他注意到回禮被省略了，可能因此稍微戒慎行事。審慎前進是上上策。他握著我的手不放，審視我的面孔，我的大手骨瘦如柴而虛弱，他的小手溫暖，輕顫著，宛如一隻落網小生物。「我是拉提夫·馬哈穆德。」他說。

我再一次點頭，加一把勁握住他的手，然後放開。「歡迎。」我說著靠邊站，請他先進門。從我們所在的門口望向公寓內部，正前方是廚房，客廳在左邊，向右是臥房。我見他四下匆匆看一眼，發現他的目光短暫逗留在廚房裡的一張小相片。我把那張相片貼在門邊的碗櫥上，是安達魯西亞的庭院照。這天早上，我的視線也曾駐留在這張相片，考慮著它會不會透露太多內情，但想想之後，決定留著，畢竟再遮掩也是徒然。上午我燒了一些薰衣草花和香樹脂，讓家裡瀰漫老人味，以象徵來日不長，彷彿我最近打開壽衣箱，箱內的香味四溢。

「我想前來歡迎你，向你表達敬意，」他進到小客廳，站在我面前說，雙手的指尖輕輕扣住。「前一陣子，難民組織聯絡我……好幾個月前的事了。他們應該告訴你了吧。他們以為你需要找翻譯，結果你用不著。」他微笑一下，表示他明白我的惡作劇。

「你很厚道，」我也微笑，表示我知道他不計較。「在英語方面，人蛇叫我要先裝傻。『什麼都別講，只說你想尋求庇護。』這是人蛇教我的手段。他很堅持。」

「為什麼？」他顯得有興趣，只不過我反而想問他知不知道答案。「我猜，不懂英文的話，你更像是個外人，更像難民吧，說服力比較強，」他說。「你只是一種狀態，甚至連一個故事都稱不上。」

「也許裝傻也能迴避一些難以回答的問題，」我說。「不然就是人蛇有意擺我一道。他是個愛惡作劇的人，還很自豪。我不覺得裝傻有什麼壞結果，何況最後還獲得你光臨寒舍。」

「我早該跑這一趟的，」他說。「你到英國想必將近六個月了吧。」

為什麼不早來呢？我能想像，他為了來或不來天人交戰許久，想來的念頭一興起就被打散，對我移民來英國和我冒用的姓名，先是感到好奇，隨即憤怒。想來，不想來。到最後，極可能因為柴米油鹽等日常雜事介入，擊散了想來的意願。

「將近七個月了，」我說，意識到自己語帶鋒芒。「你等了好久才來，拉提夫·馬哈穆德。幾天前他們才通知我說你想來看我。瑞袠向我介紹你的姓名，說你想來我家拜訪。只不過，六個多月前，在她第一次聯絡你的時候，她就跟我提起你。」

「我早就該來了。」他說，想多爭取一點時間，或許他自認他改了名，或因為他頭髮薄了些，點綴著銀絲，所以認為我認不出他。但我認為他眼神透露著——他明白我認識他。現在，我們兩人坐在客廳椅子裡，兩人分坐直角的兩邊，素面的一張長方形矮桌擺在中間。從我事先準備好的熱水瓶裡，倒兩小杯咖啡出來，然後進一步交談。

「你竟然沒有好奇到早一點過來，看看究竟是誰借用你父親的大名。」我說。

相認的時刻到了。我們無言坐著，打量著對方。我想知道他在想什麼、他以為我在想什麼。坐在他面前的我顯得鎮定而安穩。我想知道他來拜訪我的真正目的。

「我就知道是你。」他說。

他等我搭腔，臉上是一抹無奈的淺笑。我等著他繼續講，情緒不緊繃不焦慮，只訝異於卸下假名的彼此如何允許甘苦回憶泉湧而出。見他淺笑，見他臉上那份無奈或安詳，我感到如釋重負。他的來意並非宣戰。

「你怎麼認定是我呢？」我心平氣和問，語調放輕，撫平嗓音裡的起伏，其實他的開門見山令我錯愕。「我覺得難以相信。」

他聳聳肩。「我也不知道為什麼。直覺上就覺得可疑吧。其中的惡作劇成分令我猜到你頭上。」

他如此坦白，我忍不住笑了。「不愧是詩人、明眼人，憑直覺就能猜中對象。」我說。

「你又怎麼知道？」他發現我竟知道他是詩人，愣了一秒才問。他認為我掌握的底細或許超乎他的預期。啊，我多麼喜歡口語上你來我往，像這樣談著毫無意義的事，以妙語和委婉語相敬，一邊虛晃小小一招，另一邊巧作微乎其微的暗示。儘管我虛度此生，活得毫無價值，仍想細細品嘗這頓沒營養的大餐。

「我們啊，全都知道你是個赫赫有名的詩人，」我說，莊嚴尊敬的神態恰如其分。「最早我們聽說你的學術成就崇高，聽說你在倫敦的大學當上教授。然後我們聽說你具有寫詩的天賦，而且取了一個新名。能用非母語寫詩，又能寫出一番名氣來，了不起！想必你天生有十足的韻律感。有人拿著親戚從英國寄來的雜誌，讓我看看你在裡面發表的一首詩。我們看了覺得非常光榮。那陣子瑞裘說拉提夫・馬哈穆德想來拜訪我，我覺得好有面子。我不清楚你哪一天會來，只知道是遲早的問題。」

「我不是教授，也不是赫赫有名的詩人，」他眼露怒火，表情嚴苛，轉移視線，對我暗示奉承不成，反而惹他不高興。「我寫了五六首陋詩，發表在一本小雜誌裡，那家雜誌社太仁慈了。常刊登我的詩，對他們不利。我很訝異居然有人讀到。」

「他們有慧眼嘛，」我說。見他以自己的成就懲罰自己，我覺得耐人尋味。這些成就假不了，全是他的個人成就，他為何自懲，而不乾脆淡然接受這一丁點喝采呢？也許他認為我在嘲諷他。因此，我不禁認為，他這人可能有自虐的傾向。

「你為什麼冒用我父親姓名？」他問我，視線直鑽我瞳孔，要求我告白，拒絕被客套的言行繳械。「你對他壞事做盡，為什麼還回過頭來冒用他的姓名？他的姓名又沒什麼神聖的意義。你為什麼別的不要，偏偏找他的姓名來冒用？你對他壞事做盡。」

我知道他會提這問題，知道他極可能壓抑著怒火才問得出口，然而當他這麼一問，我發現自己不太情願回應。壞事做絕？我對他做過什麼壞事？我想說的話讓我好累，被接續演進到這一刻的種種事件累到無法承受。然而我也知道，我非回應不可，否則會被他鄙視為一個為非作歹、心術不正的糟老頭，而且當他今天離開我家後，他會維持對我一貫的觀感。

就算我以前為非作歹，心術不正，歲月的好處在於讓人能為當年的傻事闡述緣由，能為年少氣盛做的壞事謝罪，能事後補償損失，獲得諒解。我有話想說，而最適合聽我懺悔的人非他莫屬，因為他也需要明白我知情的範圍，能為他填補認知空缺，能說出因置身異國而詞窮的人生話語。這是我的見解。

「我冒名是為了保命，」我說。「說來也算一種苦甜參半的反諷，畢竟當年你父親差那麼一點點就鬥垮我了。」

我於一九六三年結婚。同一年，我在法院打贏拉賈布．夏邦．馬哈穆德的官司，取得他的房屋，翌年英國氣呼呼地撤離我國，留下爛攤子，為帝國統治劃下腥風血雨的句點。我愛上莎爾荷（Salha），但當時太羞赧，無法當面對她訴說愛慕之情。我認識她的家人。早些年，在她童年時期，我也看過她，見她在街上跑跳嬉戲，如同其他的孩子，有時幫母親或姨媽跑腿辦事，有時穿著粉鮭紅的露肩小洋裝搭配乳白色裙子上學去。在那些年，女童大到了某個年齡，會遁形於家中，從此足不出戶，長相被外人遺忘，也忘了她們的存在，幾年後，她們重出家門，身分是新娘或母親。那天，莎爾荷與母親前來我的傢俱行，帶著深綠色絲絨布料，想用來訂做一套新沙發。莎爾荷的母親說，這布料是蒙巴薩（Mombasa）的親戚送的，質料多麼美啊，摸摸看這纖維多麼柔軟，手碰過的地方，色調變得起起伏伏的。母女倆認為用這布料做新沙發再適合不過了。莎爾荷這名字，美就美在吐氣的尾音，喊這名字彷彿把字吸進肚子或吞下腹。她那天進傢俱行，我對她一見傾心，只可惜當時我心腸太硬，太無知，愛上對方卻不自知。這沒啥好爭辯的，當時的我懵懵懂懂，找不到貼切的言語描述愛慕。若以我懂的詞彙來描述，未免顯得幼稚靦腆。那年我三十二歲，先知爾撒（Nabi Isa）[31]在這歲數已即將結束祂在人間散布福音的日子，我卻連男女之間純純的情懷都毫無概念。我只得問她母親，家裡是否有客人來借宿。「客人」指的便是她身旁的這女孩。「不是不是，這位是我女兒莎爾荷。你已經忘記她了？」莎爾荷在一旁站著倩笑，結結巴巴的我儘量沒話找話聊，搬出生意人閒話家常的那一套。我暗示著說，這些年，莎爾荷該不會曾經搬去外地住吧？母親說，沒有啊，她一直住家裡。她說她曾數度帶莎爾荷路過我這間傢俱行。你最近大概有生意可做才會睜大了眼睛吧，莎爾荷的母親說。

她們無疑曾路過我店前，但我無從知道她們是誰，因為女性為顯端莊，依習俗從頭到腳罩著黑袍（buibui）。每當有女人全身黑袍迎面走來，我總是轉移視線，畢竟蒙面的對方有可能是自家親姐妹或嫂嫂，色眼看人動淫念怎麼行？我沒有兄弟姊妹，但仍謹守這觀念。我甚至聽說有人巴望著蒙面女走過身邊，口出鹹濕語調戲對方，沒想到躲在黑袍裡的竟是親生女兒，只聽袍中人幽幽一句「午安」譏諷他。是的，我從未見過莎爾荷自我店門前路過。儘管她母親糗我見錢眼開才有眼不識莎爾荷，我仍很高興能再看見莎爾荷，而且是在店內對她一見鍾情。

之後，母女倆又來光顧兩次。有一次，她在街上遇見我，僅對我寒暄一句，沒有踰矩的言行。「Hujambo, Bwana Saleh？」斯瓦希里語，意思是，你好嗎，薩雷先生？若非黑袍面紗裡的她出聲，我甚至不知自己正要和她錯身而過。我從此認得她的嗓音。一個月後，沙發完工，準備送貨，我向她家提親成功。再過一個月，在一九六三年十一月，我們結婚。那一天是我這輩子最快樂的日子。這種話我聽過多次，總嫌言過其實，用語拙劣，聽了覺得好尷尬，渾身不對勁，但對我而言，婚禮當天的確是我最快樂的一天。對於曾被我批判言不及義的那些人來說，可能也一樣是最快樂的一天。

我只想私下簡單辦個結婚儀式，婚宴邀請少數幾位嘉賓和親屬前來，但女方的父母不從。

31 譯注：即伊斯蘭教裡的耶穌。

莎爾荷的父親告訴我，婚宴的費用由女方支付，由不得我反對。莎爾荷是老么，他們不願別人說爸媽不疼她。他們表示，女兒的喜宴一定要辦得隆重盡興，家產散盡也在所不惜。於是，一場奢華的婚宴連續三天三夜，歌舞不斷。儀式結束，傳統香飯喜宴登場，備有為喜慶場合特製的哈爾瓦酥糖，列隊以歌聲和演奏聲迎娶她進我家。婚宴是連續三天的薩莨薩餃和馬哈姆里三角包，咖喱、芝麻麵包、杏仁冰淇淋、炸糖漿甜麵圈（jelabis），賓客成群，有些甚至三天不回家。我鄙視這些遊手好閒、白吃白喝的人。幾千先令放水流。

我擔心的另外一件事是，婚禮辦大，恐怕丟我自己的臉，因為我沒有家人，或者應該說，我有家人，但沒一個願意和顏悅色對待我。此外，我沒有朋友或密友，因為即使是在那些年我仍有往來的少少幾位友人，也因拉賈布．夏邦．馬哈穆德房屋易主一事與我反目成仇。婚禮前幾個月，我剛勝訴，拉賈布一家因此被逐出家門，外界咸認我不該堅持告到底，對我的反感仍很強烈。至少這是少數人傳達給我的意思。天下大小事，這些人多少都有主見，都大言不慚，講得賢明又自豪，貶他人為白痴，藉此自我提升至智者的位階。我並非在乎這些人的批判。我擔心的是，沉默的多數是否只因不願撕破臉。提親時，我甚至想到，女方可能受輿論鼓動而拒絕我。幸好我料錯了，也誤判婚宴的效果。結婚是歡喜快樂的日子，是一生中最美好的一天，因為我從未覺得如此幸運而滿足，感覺自己有幸與大家同在。

那年她十九歲，我三十二歲，可能會被現在的人戲稱老少戀，但當時這樣的差距不算大。有五、六年的光景，她深居簡出，淬鍊著、發育著，等待好男人前來求親。她從未去過外地，幾乎沒讀什麼書，甚至連電台節目也不聽。居家的那幾年，她做著家務事，在家自得其樂，打扮自己，注重儀容，和其他守身如玉的女子往來。至於我，我曾出國遠行，學習到一點點少之又少的知識，曾效勞英國，從中略通萬惡人間的機制，創業興隆，名下擁有兩棟房產。婚前，我和她的對話僅有三兩句，從不曾獨處，我甚至從未見過她不穿黑袍的扮相。所幸，婚後兩人攜手共同生活之初，並沒有遇到太多難題。她和我同樣喜愛這棟房子，喜愛小倆口一同坐在樓上房間裡，遊廊門外的海景近在咫尺，後陽台門外是天井，兩人一同聽收音機或打打牌，聊天暢談一些彼此從未互訴的話題。那時，我領悟到，我婚前的生活簡直是一片荒漠，婚後才嘗到盡在不言中的甜蜜。

家裡並非日復一日只有兩人，常見的情形是女眷串門子，由莎爾荷親自接見招待。婚前，在我繼母過世之後，我這房子有幾年不曾有女性出入，婚後變得有眾多女性進進出出，摒除我在圈外，令我覺得個人私密空間受侵犯。我被迫放棄上樓，只能在樓下房間聽著女聲此起彼落，聊個沒完。莎爾荷和她們相處慣了，斷絕往來恐怕會令她頓失依靠，令她覺得被童年玩伴孤立，小圈圈裡的交誼難以再續。我並沒有恥笑三姑六婆的意思，只覺得妻子被她們搶走了。我也認為，她們見她遲遲未懷孕而不停催她。

她因此飽受困擾。婚後兩年來，她三度流產，內心痛楚，身體倦怠，變得鬱鬱寡歡。在那兩年間，我目睹她的健康走下坡，容顏變得萎靡，衣帶漸寬，時常兩眼無神，沉默不語，狀貌哀戚。我求她，懷不懷孕不重要，把身體顧好再說，親愛的。她去醫院看婦產科，女醫說她的子宮角度異常，懷孕階段必須在床上休息才可安胎。我還以為她是被她們嘮叨到悶悶不樂，或許是我想錯了。她自己也急著要當媽媽，無法想像沒小孩的將來。婚前幾年，英國撤離，不久後民生蕭條，暴行當道多年，情勢瞬息萬變，客觀環境不適合生養下一代。幸好，婚後三年，她終於懷胎了，這次女醫禁止她下床。我們大致遵照女醫的叮嚀行事，因為女醫無法親自照顧病人。當時有能力在外地賺錢活口的人紛紛逃出國，我們這位女醫也不例外，莎爾荷的母親只好搬進來照顧她。

託神之福，莎爾荷生下一個女兒。妊娠期嚴禁下床，再加上時局動盪不安，物資短缺，她的日子是苦上加苦。我為她擔憂，因為找不到醫師，買不到藥物，我深怕再小的差錯也會釀成慘痛的後果，幸好莎爾荷的母親張羅到一些樹皮和藥粉，瞞著我給她服用。幸好有神保佑我們。長時間臥榻的莎爾荷變得心浮氣躁，動不動就生氣，身體也變得異常敏感，所幸在待產末尾幾個月，她的體重增加，多了一份活力。而且她不愁沒人陪伴。不分晝夜，總有女性友人或母親在房間陪她，時而有說有笑，時而躺在她床邊地板上呼呼熟睡著。女兒來到世上，我想取名瑞亞，意思是「公民」，希望以這名字為宣言，呼籲統治者尊重人性尊嚴，善待原民和公民同胞。我告訴莎爾荷，這名字的典故可上溯到幾世紀前，一直用來描述被併吞欺壓國家的公民。在這定義中，征服者是穆斯林，被征服者是異族，沒錯。被征服者的言行自由權被奪走，卻反過來被征服者賦予權利，這怎麼算寬宏大量？這樣講也沒錯。但再怎麼說，公民權的理念神聖不可侵，取這名字的人可以自訂含義。莎爾荷反對。她認為，取這名字只有挑釁的意味，沒人會懂另外有什麼含義，只會害孩子日後成笑柄。於是，我們為她取名茹奇雅，取自先知和元配哈蒂嘉的女兒。從此，家裡充滿哭鬧聲，也洋溢著喜悅和不期然的轉變。更少不了川流不息的女眷，聒噪談笑不休。

「我去過你家一次，」拉提夫．馬哈穆德說。「不知道你記不記得。那是好久以前的事了。現在呢，過了大半輩子，在英國的我又來了你家。感覺像你的爪子被一條短繩拴在木樁，固定在地上，成天不停刨土，扒個沒完，卻想像自己能翱翔四海。」

「我記得你來過。」我說。我靜候他指引這話題的走向，但他以行動表示還不是時候。

「既然你提起，我記得那天在你家聽見女人交談的聲音。我去德國留學，就是在那一年，」他輕聲說，面露沉思狀，亦即從種種事件得到教訓的人回首當年的模樣——以當今的視角看待當年的言行和性情，隨即渴望當年那份天真，那份如今遙念的勇氣。「那是一九六六年。快出國之前，我去你家，十二天之後我就去留學了。你家很漂亮，庭院貼著瓷磚，我記得，格柵圍欄的陽台能俯瞰庭院，回紋裝飾能透光。你家種了幾盆棕櫚樹，一面牆邊也種著什麼植物。茉莉吧。對不對？種在牆邊的是不是茉莉？對。我好像沒看過那式樣的庭院，只有後來在相片上看過，圖片說明寫著：『海邊住宅的典型傳統天井，展現摩爾人伊斯蘭教建築風格的影響』之類的。在那之前，我沒見過那種瓷磚和格柵陽台，從沒在小民房裡見過，所以不太算是典型吧。也許在別區的海邊比較典型？我沒去過其他區的海邊。」

「喔，是嗎？瑞裘說你是**我們那一區**的專家。」我說，無法掩飾內心的驚訝，只不過我即時回過神來，以瑞裘的話語巧妙地挖苦他。

「無論在哪一區，我都不是專家，」他訕笑著自己說。「我教的是英國文學。在故鄉，我從來沒去過外地，出國之後，我也沒有再回老家了。一次也沒有。快三十年了。坐在你面前，我能想像到你以前那棟房子。現在，我來到你另外這個家，大概沒有家鄉的那一棟那麼美吧。」他微笑說著，不含失敬的味道。「今天來看你，或許像是回溯我當年背離的地方吧。這樣講，你聽了會不會心驚。」

「是的，」我說。他點點頭。但我看得出他意猶未盡。

「那天，有個男人來開門。他是你的部屬，好像是做粗活的雜役。不知道『雜役』這稱呼對不對。以前大家都叫他法魯。他來開門的時候，態度像《天方夜譚》裡的門房，擺著臭臉，虎背熊腰的黑人壯漢，為主子守門。」

「法魯，是的。他的本名是努虎（Nuhu）。」

「有什麼好笑的？我不懂，」拉提夫．馬哈穆德尖聲說，對我皺眉頭，幾近失禮。他等我卸除笑臉，我照著他的意思止笑。「一想起他，你也許很懷念吧。《天方夜譚》裡的門房從小被閹割，所以能心無雜念，護衛主人的財產，所以他們才變得聽話，因為胯下不會騷動。故事裡的門房被怎麼了，你認為呢？是怎麼被閹割的？去勢的手法是什麼？是用手術刀切掉嗎？或拿石頭把睪丸砸爛？不是用石頭。用石頭會讓傷勢複雜化，可能會出人命。所以應該是動刀吧？科學去勢法。風言風語說法魯是一條大色狼，所以你當初應該好好監督他有沒有被閹才對吧。他後來怎麼了？」

「努虎不是我的奴隸，不受我束縛，由不得我閹割。」我說。

「能用滿臉橫肉來嚇唬人，幹嘛束縛他呢？」他問，現在怒火全開了。我沒想到該制止他，如今已來不及說他太過分了。況且，我不認為他會太過分，否則他何苦跑這一趟。「再怎麼說，你從事的行業也滿醜陋的嘛，對不對？見別人落難了，你去他們家東挑西找的，撿一些值錢的東西拿去賣，而這種事派法魯去幹最合適，對不對？這種醜事交給他去幹，主子的身段能保持清高。」

說到此處，他彷彿**自覺**太過火了，於是降溫幾度，默默坐半晌，眺望窗外。這道窗戶同樣有海景，遠遠看得見海，踮腳尖能勉強看到小小的一片朦朧，但在大晴天，遠望能瞥見海面反射出的金屬光澤。他來的這一天充滿陽光，我想建議他看看海景，叫他站起來，踮起腳尖，讓視線越過家家戶戶的屋頂，觀海。「事隔這麼多年，我來看你，不是為了跟你吵架，」他說，面露憾恨的微笑，看似對自己失望。那副笑容拘謹，悔意卻擴散至整張臉，泛進眼睛。「我來看你，是想瞭解以前的你，是想瞭解一下我有沒有錯看你。我不是來吵架，不是來你家撒野，不是來批判你。只不過，就算不願批評，有時候人難免會身不由己批判別人。在我今天來這裡的路上，我想起那年去你家，連帶也想起法魯。在我的記憶裡，法魯這名字和他的醜臉太貼切了。我也想到，古今都有他那種門房和太監，本身沒主見，使壞的時候卻能壞透頂，而且永遠都有人想使喚他們。」

我聽出他語氣中的批判味，以前也聽過，但我無言以對，只知道自己也曾痛批他人。然而，我也不希望他一氣之下拂袖而去。他以笑臉向我求和，所以我出言請他息怒。我請他喝咖啡，被他婉拒。我問他要不要我去泡茶，其實不想起身，因為我既疲累又氣餒，不知自己還有沒有氣力去應付彼此執意翻出的千古舊帳。此外，最近我手腳有時覺得虛脫，覺得四肢只剩幾根枯骨支撐著，想動卻動不起來。幸好，他也婉謝茶水。

「他名叫努虎，法魯是我父親幫他取的小名。那是很久以前的事了，」我改變語調說，口氣變輕。「我父親賣哈爾瓦酥糖的那幾年，都是他和努虎一起合作。說真的，大小雜事全由努虎一肩挑。火爐裡的柴薪是他砍的。木柴非丁香木不可，我父親很堅持，也很講究乾度，這樣煮食的時候熱度才正確，獨特的丁香味才能覆蓋在酥糖上。酥油、澱粉、砂糖由努虎秤重，成分和分量要依照當天出品的酥糖類別而定，每天都不同。努虎負責剝殼，清洗研磨香料，準備一整天，然後才開始煮食。佐料準備好後，努虎清洗廚具，為直徑五尺的大銅鍋塗油，然後點燃平台下的爐火，由我父親當街掌廚，準備坐著攪拌大鍋裡的酥糖。一切就緒後，努虎把食材全端過來，倒進鍋中，給我父親攪拌，兩人工作到汗流浹背，被熊熊爐火烘得熱呼呼。路人常停下腳步觀看。拿著長柄杓攪拌哈爾瓦酥糖是一套很炫的技術，掌廚人在平台上或坐或站，大火在底下的爐子裡燒著。酥糖需要不停攪拌，力求濃稠度均勻，只要停手幾秒，澱粉和酥油就會凝結成塊。努虎是個大力士，我父親一面忙著攪拌，一面歌頌他。『看看他，力大如犀牛。』所以才取『努虎』這綽號。『看看那努虎。』努虎聽了也自負起來，扮演著丑角。

「他開始幫忙我父親時，年紀很小，只比我稍微大一點。大概九歲或十歲吧。幫工應該是我才對，不但要幫我爸攪拌酥糖，煮好後也要穿油滋滋的背心，坐在店裡賣酥糖，一小碟一小碟賣，有的裝進半磅重的草籃外帶。不過，我有別的才華，至少我母親認為我有，願真主憐憫她，她堅持叫我去上學。所以那些年全是努虎在幫忙，坐在店裡賣酥糖，店裡的雜事全丟給他，久而久之，他自認跟我們是一家人。家裡如果缺人手，他也去幫忙。如果他認為我被欺負，被威脅，他會當我的靠山。他認為他在我們家的角色就是那樣。

「後來，我父親突然病死了。我以為，太小的小孩不會記得，就算年紀不是太小，事情過了這麼久，也不會隨隨便便就想到。那天他大清早醒來，坐在床上狂吐不止，接著就暴斃了。他是有點年紀了，可是那陣子，他身體還不錯，所以大家都很意外。我母親過世後，願神悲憫她，過了很多年他才續絃，再婚後差不多十年就死了。那時候，我們才搬進你之前來找我的那棟房子。那天我去上課，回家發現我們搬家了，我多了一個繼母。言歸正傳。我父親過世以後，我收掉酥糖店。不曉得努虎知不知道店也有關門的一天，總之店一收掉，努虎落得清閒。我那時才發現，我連他家在哪裡都不清楚，也不知道他有沒有家人。後來，我得知他在穆宇尼鎮（Mbuyuni）向別人租房間住，他自己的家人住在奔巴島（Pemba）。他從小幫我父親賣命，如今他改為我賣命，我叫他做什麼他就做什麼。我狠不下心趕他走路。他為我打掃傢俱行，幫我跑腿，運送傢俱給客人或送去倉庫。每天早上，他來上班，不管我有沒有交代，他都能找事做。如果說他是個幫主子看管財產的門房，那是他攬在自己身上的職銜。」

「你把他講成一個徹徹底底的受害者，」拉提夫・馬哈穆德說。從他的神色來看，他認為我捏造事實，專講對自己有利的話術。「講得像他受人欺壓卻節操高尚似的。你甚至把自己定位成一個因禍得福的人——從他的不幸獲益。不過，你一定看過他講大話欺負人，一定聽過他在街頭大聲吹噓，粗語嘲笑他人。你一定知道他惡名昭彰，常對小男生亂來，每個禮拜送錢送酥糖給他們，騷擾他們，直到他們招架不住，或是誘使別人去騷擾到他們投降。他那種人以為自己雄糾糾，力氣大，能糾纏小男孩，騷擾他們，恫嚇他們，直到他們羞然投降為止。你一定知道這些事。那一年，我去你家，我一眼就看得出來。他才不是什麼受害者，不是一個童年被剝奪、被迫為你父親燒柴火的可憐蟲，好讓你能悠閒上學去。那天我看到的是一個食人族，大搖大擺虐待他人，專門摧殘小孩和窮人的肉體的人。唉，天啊，我又跟你吵起架了。」

「你想跟我吵架，也許是很自然的事。」我說。

「我寧願不要。」他微笑說。

我注視他片刻，以確定我沒搞錯。「巴托比。」我說。無意之間，我的嗓音變得低沉似耳語。

「《抄寫員巴托比》，」他說，咧嘴燦笑著，眼角皺出驚喜的紋路，倏然快樂起來。「你知道巴托比的故事！寫得好精彩。你喜不喜歡？你也喜歡，我看得出來。我喜歡置身逆境的巴托比以不動情緒的態度宣示權威，欣賞他的人生無用論昇華到高貴的境界。你是怎麼知道的？學校老師教的嗎？幾年前，我剛開始教書的時候教過。」

「好久以前讀過而已。以前我買下房產的時候，常常意外獲得很多書，尤其是在英國撤退的那時期。我進這一行的時候，正好遇到英國撤離的那段期間，所以在很多方面，他們是我最理想的主顧，我從他們那裡學到很多東西。」

「對，聽人說，你非常喜歡英國人。」他說，微笑止於嘴角，顯示別有弦外之音。

「我知道。」我說。

「我聽到的其實更難入耳，」他奸笑起來，忍不住想吐露他父親說的事。「聽人說，你愛拍英國人馬屁，你是殖民地政府的走狗。」

「對，我知道，」我說，但我不提的是，這些風言風語起源於他父親拉賈布・夏邦・馬哈穆德。除此之外，他父親也造謠說，我為英國人召妓、搜集情資等等。「我賣他們傢俱，在他們準備出境的時候買下他們的房產。不過，是的，我知道另外還有更難聽的說法。總之，有時候，我向他們買書。不是一口氣買好幾百本，而是東買十幾本，西買幾本。我認為有些書是官員們一個傳一個，當成傢俱的一部分。要是他們認為那些書很寶貴，他們不可能不帶走。他們愛書，從藏書和精心保存的數量和種類就知道。他們賣給我的這些書，也許被他們讀厭了，或者老家裡已有同樣的幾本。我把他們的書全留下來，心想改天有空可以一本本全讀完。至少，我是有這份心願。」

「是什麼樣的書？」他問，仍帶著微笑，仍惦記著種種慷慨激昂的指控。

「多數是想也知道的書：詩集、殖民奇遇記、童書。有些是殖民教育教過的東西。吉卜林、萊德・哈葛德（Rider Haggard）、亨蒂（G.A. Henty）。很多吉卜林，簡直像被英國人讀厭了。也有幾本《物種起源》（*Origin of Species*），一些像《世界通史》（*The History of the World*）之類的知識書，全是民族自信比較高的年代出版的。也有幾本舊地圖集。地圖集很有意思，競爭很激烈。不只是全世界有哪些地區被塗成大英國旗的顏色那回事，也有連篇插圖編得像排行榜似的：全球最高峰位於大英帝國境內，然後一整頁列出帝國擁有的其他高山，全球最高的瀑布、最長的河流、最深的海、最乾的沙漠。插圖裡畫著那些山河沙漠的居民，憔悴的臉瞇眼望山，大草原上四肢乾瘦鼓著肚皮的浪人，衣不蔽體，捧著一束枯枝，包著頭巾的農人在河堤上操作水輪。不過，在這些書當中，我發現一本梅爾維爾的短篇小說集。之前我沒聽過他，當時也沒讀幾篇，後來才整本讀完。我讀到《抄寫員巴托比》，覺得故事寫得非常動人。不知為什麼，一來到英國，我就想起那篇故事，在腦裡一直縈繞不去，三不五時又回到心頭。」

我見他目光一閃，認為他可能在想：我們家也有書嗎？我不記得有。他的視線往下墜，坐在我面前，一手托著下巴，姿態出奇沉著優雅。

「有沒有人像我那樣，去你家想討東西回來？」他終於做好心理準備了。「你記得嗎？」

「從來沒有，」我說。「賣房產是不得已的事，不然就是想擺脫一些不再喜歡的傢俱。純粹是做生意。」

「我哥哈珊的那張黑檀木小桌子呢，你記不記得？」他說著，依然手托下巴。過了一會兒，他坐直上身，看著我，逼他自己理直氣壯一點。「就是你朋友胡笙送他的那一張。後來他被胡笙拐跑了。三十四年前。事情過了這麼久，我卻還耿耿於懷。我哥走後再也沒有音訊。我在家鄉的時候，一直沒有他的消息。你為什麼不乾脆把桌子退還給我母親呢？還給她不就得了？房子歸你，裡面的傢俱和一堆垃圾也歸你。你自己有一棟漂亮的房子，有個嬌妻，有個女兒茹奇雅，名字是照先知和元配生的女兒取的。為什麼你連那張桌子也不肯放手？」

「我不知道，」我說。「貪婪吧。小心眼。純粹是一場交易。要是當時還給你們就好了。」我從他眼神中可以看出，他的所知可能比我預期的少。他的目光顯示他為自己心痛，因為當年跑那一趟丟盡了他的臉。他的目光也顯示他為胞兄心痛，捨不得哥哥跟著波斯情人遠走高飛。他並非為了我霸占桌子而心痛。日後，我也為此付出慘痛代價。他是為自己而心痛，也痛心自己不太關心家鄉舊事。我想是如此。

「三十四年了。哈珊他有沒有回家？我從未聽任何人提過。我甚至不知道有沒有他的音訊。」他說。

我等候良久，見他不再開口，於是問：「要不要來一杯咖啡？」

他注意到我未回應，我見他輕歎一口氣，彷彿他其實不太想知道親哥哥的下落。「不用不用，我不能再喝咖啡。謝謝你，不過我真的不能久留，」他說。「你的女兒茹奇雅如果還在世，今年幾歲？差不多三十吧？」

「她來不及過第二個生日，」我說。「稱呼她是『我的』女兒感覺很荒唐。她沒活多久。

她死時，我甚至不在家。莎爾荷過世時，我也不在。」親愛的。

茹奇雅誕生於一九六七年一月二十四日。據此推算，拉提夫前來我們家討桌子那天，莎爾荷必定是懷孕不准下床，他聽見的女聲想必是莎爾荷和母親的對話，或她另有其他訪客。我認識她的時日恨短，如今一想起她，總覺得滿腦子是慟失她的畫面，有時甚至以為自己憑空想像出來的，是夢裡的產物。與她共度四年後發生了數不清的事件，虛虛實實，令我不再能確認哪些事真的發生過，哪些事是惡夢的場景。別人提起她，別人談及她做過的事，回憶她在世那些年的時光，感覺反而比較真實。

如今，事隔這麼久，當年扣住小桌不放的行為顯得太小家子氣。當時若能二話不說就退還，便能表現出謙恭、寬宏、甚至文明的氣度。扣住桌子是因為我在嘔氣，只不過當時我自認大人不計小人過，拒絕為了反駁謠言而舌戰惡鬥。

現在回想，當胡笙向我借錢時，我心裡覺得好光彩。胡笙是見聞廣博的人，足跡遍及我只在地圖上見過的遠方。那些國度之所以美，是因為既遙遠又充滿傳奇。縱使他只去過其中幾個國家，但那些故事已足夠令他活脫是大千世界的一分子。此外，他對我談這些事的態度親暱如死黨，而且以英語訴說，更強化兩人與外界涇渭分明的界線。我的家鄉是個不講英語的僻壤。我認為，我和胡笙之所以交好，正是因為我倆明瞭本身和環境之間有著這麼一條界線。我受到誘惑。向我借錢，就像欽點我一同闖蕩大千世界，象徵他信任我，振臂擁抱我。另一原因是，當時我有閒錢。我的傢俱生意興隆。他開口向我周轉時，我的舉止忍不住神氣活現起來。但是，儘管我受誘惑，若非那時我相信胡笙明年會再回來，我也不太可能答應貸款給他。縱使胡笙追求年輕人的謠言傳到我耳裡，我也相信——至少有陣子相信——他會再回來。拉賈布・夏邦・馬哈穆德的房屋或傢俱，我興趣缺缺。我不知道胡笙將如何危害他那棟房子，不知他會拐走他兒子哈珊、損盡他妻子的顏面，然後對其他男人高談自己耍的險招。這些男人聽得津津有味，進而以嘲諷的態度轉述給他人聽。胡笙走後，哈珊不告而別，風聲才傳開。或許，胡笙叫那群追隨者發誓，不准他們在他離開前洩漏風聲。或許，基於這樁醜聞的本質，細節需要一點時間才漸漸藉耳語散播出去。或許，有些風聲純屬虛構。

在拉提夫面前，我微微向前挪，手勢與言語併用，也用沉默來陪襯。我吐露的過去，他知道一部分，而我在此的敘述和我當面對他說的形式不盡相同，但我仍微微向前挪。有些事說出口，耳朵聽了難受。所以我等候著，放慢動作，等我能猜測他的反應才再啟齒。他向我點點頭，我才繼續談下去。

以下是交杯咖啡暢談的內容，轉述時附帶正義凜然的氣勢、津津有味的口吻：胡笙寄住期間，殷勤追求大男孩哈珊，孩子的母親起疑心，於是對胡笙獻身，盼胡笙放過她兒子一馬。由於她紅杏出牆的名聲早已外流，外界推測她做得出這種寡廉鮮恥的行徑。胡笙應允這一場肉體交易。坊間甚至盛傳胡笙具體逼她做了什麼，總之這方面的細節只會損人名節。就在這段期間，胡笙找拉賈布・夏邦・馬哈穆德做生意，同意讓他成為合夥人，拉賈布為了貸款做生意，不惜以房子作為抵押。翌年，胡笙回來了，宣布生意不順，但無須恐慌。在此同時，他打動少年哈珊的心，私下安排哈珊追隨他至巴林。穆希姆季風轉向時，胡笙返回巴林，哈珊失蹤。這是整件事的始末。

當時是一九六〇年，穆希姆季風把胡笙吹來本地，我遇見他，他和我交好，爾後向我借款，以他和拉賈布之協議書作為擔保。都怪我太大意。我以為這是有借有還的貸款方案，經雙方擬定協議後依法見證。我以為他會回來還錢，收走他和拉賈布的協議書。

等到誘拐哈珊一事傳開後，我才明白胡笙不會再回來了，才領悟自己也被擺了一道，也被誘騙了。極有可能的是，合夥做生意一事是個幌子，和拉賈布・夏邦・馬哈穆德簽定協議是出自惡意，存心想惡整這個戴綠帽的苦主，想陷害他保不住房子。胡笙曾表明，他無意對拉賈布施行罰則。胡笙說的極可能是實話。協議書極可能只是胡笙對他的妻小予取予求之際一時糊塗的投機之舉，用意是在羞辱他。隨後他遇到我這個入行未久的生意人，見我既無人脈又無顯赫的身家，點子王因而漸漸醞釀出壞念頭，於是拿著協議書在我眼前晃來晃去，拐走我數千先令，並允諾有借有還。

初入行的我生意很好，可惜好景不長，後來幾千先令飛了更令我扼腕不已。一九六一年三月舉行選舉，英國希望藉此培植權力有限的自治政府，最後演變成暴亂，死傷無數，政府宣布進入緊急狀態，引進英國正規軍隊重建秩序，協助皇家非洲步槍軍團（King's African Rifles）從肯亞搭機前來。我們的統治者受不了，鎮壓成功後開始協商獨立事宜。在撤退的氛圍中，沒人有興趣選購名貴精品，郵輪當然也不再靠岸讓乘客下船逛逛。我的事業差不多在那陣子倒閉了。我考慮，最佳對策是擴展傢俱製造的業務，最起碼也該提升本地主顧訂做的傢俱品質，所以需要在機器設備、專業水平、增設廠房方面加碼投資。我僱用的木工都憑雙手鋸木刨木，不辭辛勞上漆塗亮彩，有時手工笨拙。式樣不斷更新，想跟上流行的腳步不得不採購新機器，以製造合乎潮流的外觀和光滑的品質。我去最大城三蘭港（Dar es Salaam）觀摩大廠商的技術。他們全是印度裔，對商業和政治是滿口怨言，說他們的生計和事業瀕臨倒閉狀態。在我看來，他們的生意欣欣向榮，口風習慣緊了，語帶保留是想謹守商業機密。但我學了不少東西，足夠我研擬一套營運計畫，估算出自己需要多少資金。

一九六一年選舉過後，胡笙不再託人帶口音回來，我寫信到巴林給他，感謝他致贈那張令我歡喜不已的祖傳地圖，接著問他幾時方便償還我借他的款項，向他解釋我為何急著運用這筆錢。這封信石沉大海，我請律師致函給他也一樣。我進退維谷。同一年約莫七月，我派人去問拉賈布·夏邦·馬哈穆德是否有空見面討論事情。以下是我當時的構想，甚至現在我仍覺得這方案合情合理又正大光明。我想向他說明我如何換得他和胡笙的協議書。就某方面而言，我等於是從他那裡買下這份協議書，我認為他不明瞭這一點。我會進一步解釋，我不想占有他的房屋或傢俱，只是我加碼做生意需要這筆錢，因為英國撤離後，情勢轉變，經商之道也要跟著變。我想對他提議，請他同意讓我以他的房子為擔保，向銀行貸款。銀行不知房子已經抵押給我。一旦銀行同意貸款，我會立刻撕毀他和胡笙簽訂的協議書，將這筆銀行貸款列入營業虧損額。接著，我會和拉賈布另立一份協議書，承諾分期清償我藉他名義申請到的銀行貸款，以我的傢俱行作為擔保。這套方案能讓房產回歸拉賈布的名下，不同的是房子抵押給銀行，而我將能在自己的事業上加碼，為他償還他的銀行貸款。如此一來，他沒有損失，不花一毛錢就能爭回他的房子。我這項提案毫無詐欺或作假帳的意思。

我託努虎去他家，只說我有事相商，如果他能抽空來我家討論，我對他感激不盡。努虎回來報告，拉賈布·夏邦·馬哈穆德聽完後只說聲謝謝就關門。我不樂意跟他打交道，因為我對他無好感也不敬重他。在他家遭逢災難之前，他走在路上一副謙卑的模樣，但臉上帶有哀怨的神態，彷彿被命運之神虧待。白天，他在路上行走，彷彿會被突如其來的聲響嚇一跳。晚間，他在街頭遊蕩，尋找著賣身的女子，然後去買醉。在我們家鄉，真主諭令禁止飲酒，喝酒會招致嘲諷和欺壓，所以飲酒根本是不惜身敗名裂的舉動，是不計後果的愚行。世人遲早要去造物者面前算總帳，進那場所買醉的人簡直是連活在世上的尊嚴也不要了。

哈珊的祖父夏邦也是個醉漢，但大家說，那是因為哈珊的曾祖父馬哈穆德節操聖潔，而聖人的下一代常出孽子，彷彿撒旦親手挑選聖人的小孩，賜予他們劣根與惡性，以彰顯凡人的決心多麼薄弱，以展現邪魔的威力超強。哈珊祖父的惡行毫無恥辱底限，醉倒街頭打滾，夜裡不分時間縱聲高歌，光顧妓女戶，頻繁到差不多是住進妓院，白天以自戀狂的姿態逛大街。他甚至只活到四十幾歲，比他聖潔的父親早死一年，提前離世以免為大家添麻煩。那一年，他的兒子（哈珊的父親拉賈布）七、八歲，約莫比我大一歲。我記得自己小時候，不知為何很怕拉賈布的爸爸。在路上一看到他，我會毫不猶豫也顧不得尊嚴，掉頭就逃。何況，六歲小孩哪有尊嚴觀念。拉賈布的爸爸知道我怕他，有一次我在派出所對面的楝樹下跟一群小孩玩耍，他潛伏到我背後，雙手落在我肩膀上，只為了聽我驚叫，見我拔腿落跑的糗樣子，然後跟著街上的所有人一同捧腹大笑。

拉賈布為什麼與父親如出一轍呢？我不知道。想必是在不為人知的情況下慢慢沉淪。顯而易見的是，他意志力薄弱，令他顏面盡失。紅杏出牆的謠傳開始後，人人都說是他活該。她變得瞧不起他，瞧不起自己。幸好哈珊的曾祖父已經離世，沒看見後代的劣行。大家的說法是否真有其事，我不清楚，畢竟我從未見過他嫖妓，從未見過他喝酒，不過大家都這麼說，而我久而久之認為，都怪他自己糊塗，大家才把他講得如此難聽，是否屬實倒在其次。後來，災禍降臨他家，拉賈布一頭熱投身宗教，令我尷尬到看不下去。他變得更加謙卑，語音變成哀鳴，走路時垂著頭，臉偏向一旁，宛如真人獻祭品，彷彿他受的災禍全怪他自己，全是懲罰，罰他太招搖，太傲慢。下班後的時間，他全待在清真寺裡，讀書祈禱，儼然已經被打進煉獄，以慢性自殺的型態過日子。日後，我思索著，胡笙帶來的悲苦、羞辱、身敗名裂，是否造成他心神喪失，才導致人生觀失衡。

儘管如此，他是被虧待了，而我對他的提議就算合乎情理也難以下嚥。除此之外，他自覺我在其他方面虧待他，只不過當時我不確定他對那件舊事是否仍記恨在心。派人傳話給他後，我枯等幾天沒回音，所以有一天晚上在日落祈禱之後，我去清真寺找他。平日，我是有空才去清真寺，相信真主能諒解我不克前來的苦衷。在這方面，我向造物主積欠了莫大的債務。去找拉賈布．夏邦．馬哈穆德的那一天，我去他常出沒的位置——離壁龕一兩步的地方——找到他。我問他，改天能不能去他家商談彼此之間的私事，明天他午休也可以來我店裡找我，因為我平常會在午休期間關店兩小時，反正大家都為了避暑在午睡。好（Haya）[32]，他說，他可以去見我。

傢俱店有幾道折疊門，我讓其中一道微微開著，一來可避免被路人以為我們在竊竊私議什麼醜事，二來可通風。他在我平日請顧客坐的木製小長椅坐下。這張是製作精緻的板條折疊椅，椅背和坐板微凹，以符合人體曲線，坐著能感覺板條為了包容你而若有若無地謙讓。椅背最上面的橫槓是蕾絲狀的鏤刻銅條，可折疊的椅身框架是漆成黑色的輕質鑄鐵。這張長椅的原主是講古吉拉特語的印度裔銀行業者，在一九三九年戰前曾風光一時，戰後沒落了。他的大名仍蝕刻在小銅牌上，固定在椅背正中央，註明一九二六年，可能是他的全盛期。他的子孫如今開旅行社，決定更新辦公室傢俱，所以把包括這長椅在內的兩三件傢俱賣給我，做為抵銷我的木工為他整修辦公室的部分代價。拉賈布．夏邦．馬哈穆德坐在這張精美的古董長椅上，視線低垂，頭稍微偏一邊。我在他附近坐下，和他隔著一張辦公桌。見他這神態，我樂觀不起來。

那天午後炎熱，北風將起，海面洶湧，風向漸漸轉為東北風，風勢最後將穩定為季風。我用陶壺裝水，在裡面浸泡香樹脂，為兩人各倒一杯。陶土特有的涼意，再加上香樹脂那股帶勁的香味，令我著迷。面對拉賈布，我先說明他和胡笙的協議書如何轉入我手中。如我所料，他不知道我握有協議書。他赫然瞪著我，或許也心生恐懼，我霎時以為他若不是要潸然欲泣，就是狂吼一聲轉身就走。在我開始敘述提議時，他微微蹙眉頭，隨即視線又落地。事前，我決定平鋪直敘說明個人提議，不勸說也不加油添醋，先等他回應。我以為他會抗拒，但老實說，他大概也想不出其他辦法，最後也只能同意。果然，最後他拒絕接受。

我提議完畢，他默默不語一兩分鐘，目光依然向下，我是差點摀嘴以免再多言。接著，他正視我的臉，說他不敢相信我居然講這種話，說他一家人處境這麼困難，我怎麼能坐在他面前講這種事。他說我一定是從一開始就規劃好了，跟那個可惡的騙子、那條狗、那惡魔聯手。他不肯提胡笙的名字。他說我們一定是從一開始就串通。諸如此類的話。「我不敢相信你真的講得出口，我真的不敢相信。你們一定是一開始就規劃好了。」每次我想開口，就遭他的食指警告。**閉嘴**。細小的汗珠凝聚在他的額頭，順著臉頰涓流而下，眼珠也因不勝屈辱和憤怒而暴凸，氣話之間穿插著喃喃禱告以撫平情緒。等他終於歇口，我試著解釋，我不可能事先規劃讓自己虧損一大筆錢。我也說明，照我這項提案，他的風險小之又小，因為依**我們私下**的協議，

32 編注：Haya在阿拉伯語中為「嗨、你好」之類的招呼語。

我的傢俱行可擔保他能申請到銀行貸款。我認為他一個字也聽不進去。

我講完，他起身，如同電影裡的王侯，情緒化大手一揮，食指鄭重比著我控訴。「你是一個賊，」他說。「你偷走我姑媽的房子，現在連我這一棟也想搶走。我們到底是哪裡得罪你們，你們竟然這樣報復我們？或者只是，你覺得我們弱小、容易上當？你是一個賊。」現在他嗓門全開，對著我比劃，罵得口沫橫飛，一步步退向門口，彷彿怕我跳起來追打他。他一腳踹開門，怒沖沖站在門口片刻。「賊，連狗都不如，」他臨走前撂下這祝福語。「你偷走我們那棟房子，現在你連我們這棟小房子也想搶走。唉，我真的不敢相信真主能創造出你這種壞人。」說完，他走進豔陽下離去。

我們的對話不算長，約莫十分鐘左右。他滴水未沾，於是我端起杯子，走向門口，對著馬路灑水。街上絲毫無人影，但無形中我覺得剛才有路人聽見他對我的指控。想必是疑心病在作祟，畢竟長年累月居住在與人摩肩擦踵的環境裡。那天下午，街頭無人，但此時是否有人聽見都不重要。我敢篤定，拉賈布一氣之下必定毫不遲疑逢人吐苦水。在那之前，我當然去過銀行，想申請貸款。鎮上三間銀行，我全試過了，屢試屢敗。英籍銀行經理總是拒絕貸款給我們本地人，而我估計這三家的經理全是英國人。總之是歐洲人無誤。我說「我們本地人」，是指印度裔以外的商賈或生意人。我想藉此陳述一下而已。錢是銀行的，想分配給誰去管理是他們自己的事，交給誰最安全、增值的機率最高，也全由他們決定。我只想藉此陳述歐洲籍銀行經理認為**我們**不值得信賴、缺乏經商的天分，所以總拒絕貸款給我們，就我所知是如此。所以，我依然進退維谷。拉賈布翻舊帳指控我虧待他，雙方因而不可能達成協議。他的指控令我震驚，但我聽了並不意外。那些話，從來沒有人當著我的面對我說過，但八卦族群向我報告過一些謠傳，我從中略知外界對我的觀感。

「照你這麼說，你之所以照協議占有他的房子，全因為嚥不下那口氣？」拉提夫．馬哈穆德冷笑說。聽我描述得那麼為難，他正在幸災樂禍。在他上門前，我擔心他受不了我的說法，擔心他會怒罵我撒謊捏造事實，然後轉頭就走。我並未說出我在此描述的每一件事，但也差不多全說了。差不多。

「是的，可能是嚥不下那口氣，」我說。「也氣他胡亂指控。何況，我說過，當時急著用錢。我覺得我走投無路了。」

他點點頭。我以為他肚子餓了想走，不願再繼續聽我敘述，但他並沒有告辭的舉動，只是嘴上說著該走了。我並沒有請他吃飯。我家裡的食品少得可憐，或許也不是他心目中的食品。每天晚上，我水煮一根香蕉、或一塊櫛瓜 、或一塊南瓜，撒些砂糖當晚餐吃。然後，喝一杯溫水，這樣就足夠我撐過一夜。我希望他覺得今天到此為止就好，改天再來，但我也不願他現在就走。我想找個停頓點，告訴他說，暫時講到這裡就好，我累了，你回去吧，改天再來。

拉提夫．馬哈穆德說，「我記得那天他回家的情形。」他幽幽說，視線轉移，回首著。「呃，我記得他的說法：你以前偷走他姑媽的房子，現在想來搶我們家。那天的事，我可能記不清楚了，不過我記得那說法。能映照我小時候的心情。我頭一次讀《抄寫員巴托比》的時候，發現那簡直是父親給我的感想，他莫可奈何，聽天由命，隨你對他欺壓迫害。後來，我換個角度讀《抄寫員巴托比》，發現這故事的重點並不是全在講聽天由命和莫可奈何，但我頭一次讀的時候，覺得簡直是他的寫照。你說你覺得故事很動人。我記得你說過。動人。你為什麼覺得我父親他很動人？你覺得他動人嗎？你被我批評當年迫害我爸，你介意嗎？我是說，你當然介意，不過，你聽了是不是覺得很煩，覺得不成體統，很失禮，你聽了受不了？」

我搖搖頭，覺得好累，希望他趕快走，考慮在他走後開一罐甜赤豆罐頭，直接舀出來吃。在被人質疑的情況下，現在的我恐怕缺乏腦力去重提種種苦事。

拉提夫說，「不久前，我在心裡想，我不太能相信情況會這樣。」他語帶慍怒，或許也累了。「或然率太低了。我本來猜，可能是你。不知道為什麼。我沒有理由認定是你，只是瞎猜而已，憑直覺。就算我猜是你，我也不太想來。除了對你講氣話之外，我想不出什麼恰當的理由跑這一趟。現在我回想起來，我其實不算生氣，只覺得我非生氣不可。要是說我對誰生氣，那麼我生氣的對象是我自己，只不過，我認為與其說生氣，倒不如說是為了自己的無知而內疚，想為自己辯解，都怪我自己把過去隔絕得太徹底。你介不介意我用這口氣對你講話？我終究還是來了，而你也對我開誠布公，我不敢相信真的發生這種情況。我不敢相信運氣真的這麼好。我現在不想聽你講什麼。我原本不知道自己想獲得這樣的運氣，不過我一定有抱著碰運氣的心態，因為我來了。另外我也想照自己心意行動。其實我常逃避現實，東躲西藏的，不想冒險。結果，我們坦誠恭敬對話，這是我始料未及的。在我來之前，我大概把你想像成一個老古董，象徵著我的故鄉，我來你家大概會打量著你，看你靜靜坐著裝模作樣，看你像從地獄深淵裡撈上船的精靈，有氣沒處可發洩。你介不介意我用這種口氣對你講話？」

「隨便你，」我說。「你指的是哪個精靈？哪個精靈會靜靜坐著裝模作樣，有氣沒處可發洩？」

「你問的是哪個故事裡的精靈吧？」他微笑問，皺著眉頭，努力回想著。「不記得了。我只是有個印象。」

「有角嗎？你印象裡的那精靈，是不是長著一支角？長在大額頭的中間？」我問。

「對。」他洋洋得意說，滿臉燦笑，一時之間，神似他母親，不再是一個一直悶悶自我懲罰的男人。他有類似他母親那種玩火自焚的欣快。「你那顆老腦袋頂聰明的，是嗎？好吧，你說是哪一個？從哪一個故事來的？」

「『卡馬爾．札曼（Qamar Zaman），』」我說。「在《天方夜譚》裡，沒有一個角色比他更安靜，更會裝模作樣。額頭中間長出一支角。是我最愛的精靈，是個醜八怪。你本來以為我就像牠。」

「不對不對，絕對不是『卡馬爾．札曼』，」他說。「《天方夜譚》的故事我很熟。」

「不然是哪一個？你是專家。哪個故事裡有個地獄深淵來的精靈，靜靜坐著裝模作樣，有氣沒地方發洩？這樣描述『卡馬爾．札曼』心裡的精靈最貼切不過了。」

「不對，不是那一個。我一時想不起來了，改天我再查查看。下次我來再告訴你。」

外面漸漸黑了，天邊仍透著光，卻有一份灰濛濛的沉重，讓心情難以雀躍。我故作姿態望著窗外，想引他留意時辰不早了。他既然說下次會再來，不如現在快走吧，好讓我休息一下，整理思緒。讓我重整地下陵寢的秩序。

「你是不是嫌我煩？我最好趕快走，」他說。「我想再知道一件事。你剛說你占有我們家是因為我父親胡亂指控你。他指控你什麼？可以為我釋疑嗎？」

我搖搖頭。「說來話長，講出來或許難以入耳。今天講的不是已經夠多了嗎？」

「你如果心有餘力再談，我就聽得進去。」他臉帶愧色說，因為他明白自己在強求，然而這態度也略顯優越，因為他堅持想聽，便想要我應該說到做到。

我知道我會告訴他。我需要人聽取我懺悔。我不是想獲得寬恕或洗刷罪惡。我的罪過在於肚量太小、愛慕虛榮，而非心地邪惡。而我的罪過已對我和他人釀成巨禍，難以挽回。我需要人聽取我懺悔，以減輕往事的重擔。我始終苦無對象傾訴往事，說出來能滿足我獲得聆聽諒解的渴求。他能聽取我的懺悔，而我明白，我會一一傾吐他要求我說明的事。說明完畢後，我會找到一個理想的停頓點，然後告訴他說，就算是講了一千零一個故事的莎赫薩德（Shahrazad）[33]，每天日出時分也會設法休息一會兒。我只是在強調我的優勢，態度裝得比內心多了一分不願，以確定他在我答完話之後就走。此外，他自己也侃侃而談，我不想因語帶保留而顯得吝嗇。於是，我泡好一壺甜紅茶，繼續講下去。

最早發現房子的歸屬問題叢生的那年是一九五〇，我剛從烏干達首都坎帕拉的馬凱雷雷大學（Makerere College）畢業返鄉。我已經離鄉三年多了，畢業後不急著回家。我在大學交了兩位摯友，一位是瑟夫・阿里（Sefu Ali），肯亞馬林地（Malindi）人，主修美術，另一位名叫賈瑪爾・胡暹（Jamal Hussein），主修商業管理，家住布可巴（Bukoba），在維多利亞湖（Lake Victoria）的坦加尼喀（Tanganyika）沿岸。瑟夫對所有事物都懷抱一份熱忱，口氣像他凡事只需對得起良心即可，是個十足的藝術工作者。賈瑪爾讀商管是奉家族之令。每當瑟夫又義正辭嚴批判習俗和義務時，賈瑪爾常和他唱反調，主張責任心和實務職能至上。我主修民政管理（Civil Administration），當時似乎註定進入殖民地政府擔任小職員。我們的寢室在宿舍同一條走廊上，彼此緊鄰。除了各自去上課之外，我們幾乎是形影不離，大小考試都結伴苦讀，進食堂也三人行。在當年，學生穿紅袍才准進食堂，彷彿我們是赤道牛津人似的。我們一同進市區逛大街，一同踢足球，一同在無花果大樹下殺時間，齋戒月每天一同開齋，一同慶祝開齋節。天天暱在一起。

大概是當時年紀小吧。有同學尋我們開心說，連廁所都一起去，在裡面不曉得搞什麼鬼。

---

33 編注：《天方夜譚》中的虛構人物，也是故事中的說書人。

不過，校園生活非常愜意，三人培養出我們以為能延續終身的情誼。我們可能從未這麼說過，但如今回想當年，我知道我當時預期情如兄弟的真摯友誼能長存。很遺憾，我是個獨生子。以兄弟之情對比，或許是想凸顯我的樂觀期望，或許但願自己能有親生兄弟，憧憬著親兄弟相伴的滋味。總之，畢業後，我們捨不得各分東西。和好友臨別在即的依依不捨，比我從小遇到的傷心事更令我難過。親愛的母親去世另當別論。願真主憐憫她的靈魂。她往生那年我十一歲。對幼小的心靈而言，母親過世比較不像永別，比較像地震、大潮、日蝕月蝕等等的天災。

為了稍微延遲藕斷的那一天，我們決定去彼此的家裡玩一玩，住個一兩月，或視父母的意願而定，或是看瑟夫和我會被分配至哪個公家單位報到。畢業後，同學走光了，我們留在宿舍睡懶覺，打打牌，學網球，想玩什麼就玩什麼，抱著天高皇帝遠的少年心，逸樂的心向堅定不移，自信滿滿面對所有事，百無畏懼。最後，原本善體學子心的總務長看不下去了，驅逐我們離開校園。我們先去住賈瑪爾家。他們家在維多利亞湖畔的布可巴，我們從恩特貝（Entebbe）搭渡輪去。記得那天下了一整天的雨，打得岸邊的紙莎草全倒，湖面化為陰森森的水銀。低垂的雨雲裡頻頻亮起閃電，呼嘯的狂風聽似動物在哀嚎。我這輩子在維多利亞湖搭渡輪僅此一次，全程只見這場狂野異象，至為可惜，何況渡輪在豪雨中顛簸航行，嚇得乘客內心的恐慌有增無減。

賈瑪爾．胡暹家在大街上開了一家五金行，賣鍋子、鐵鎚、釘子，花飾琺瑯碗盤也賣，全部堆到人行道上，店面很大，裡面灰暗。在市郊，他們家另外開有一家通風的大賣場，賣腳踏車和農具。戰後景氣復甦期，他們家曾在農具店旁邊開店展示新車，也設加油站，主打奧斯汀

（Austin）車。不然就賣摩里斯（Morris）車。這裡是英屬坦加尼喀，想代理福特或標緻等外國車並不容易。簡言之，他們家生意興隆，甚至可說是接近暴發戶。我一直搞不清楚家族事業員工的親屬關係，總之裡面有叔伯堂哥表哥，勤奮處理業務，有時走起路來威風凜凜，有時聚在一起吱吱喳喳講閒話傳消息或忙裡偷閒，趁這空檔解消內心無盡的焦慮。在家裡，姑嫂姨婆們和堂表姐妹們同樣忙個不停，做飯、洗衣、進進出出，好像互相吆喝著。「好像」是因為我聽不懂她們講的古吉拉特語，所以不明白她們是在鬥嘴，或者只在溝通一些日常事務，例如今天由誰掃院子之類的。然而，如果伴隨氣沖沖的手勢，通常表示她們在吵架。

整個大家族分住兩棟比鄰的大房子，後院共用，外圍以鐵絲網和木豆叢築圍牆。後院被賈瑪爾稱為庭園，裡面種植幾株香蕉樹、茉莉樹、一株番石榴樹，後面邊開闢一小片辛香料菜園，也有一座雞舍。後院角落有一塊水泥地，設有一個戶外水龍頭，有位週日休假的洗衣工每天進來洗衣服，曬衣繩縱橫。瑟夫和我被安排住在後院一座獨立房舍，這裡面有兩個房間，各自有門可外出，中間有一間廁所。我們兩人合住一房，另一房是儲藏室，鎖著，偶爾我們會看見親戚進去拿家用品。

我們一住進來，我就察覺到緊繃的氣氛。我們來之前，賈瑪爾沒通知家人。他常和家人提起這群死黨，以為家人很歡迎借住。大概是我們在學校最後幾個月過得太安逸，所以覺得一切都不會出錯。在學期間，我們三人當中，唯有賈瑪爾家近到可以放假常回家，一上渡輪就能到湖的另一邊。不過，第一年的期末瑟夫家辦喪事，他也曾回非洲東海岸的家鄉。我之所以知道賈瑪爾對家人提起死黨，是因為有幾個親戚談到我們一起鬧過的傻事。基於這些因素，賈瑪爾以為三個好朋友能合睡他的臥房或睡在他和家屬合睡的同一間。但是，我踏進他家門，一見到親屬互動密實，而且家裡有年幼的堂表妹，我就知道這家人不太可能歡迎兩個大男生住進來。看我們被趕去住儲藏室，賈瑪爾心裡很不是滋味，敏感的他也怕我們可能覺得被虧待。

我們睡的房間不算儲藏室，理由很明顯，因為同一屋簷下有一間廁所，只不過，這兩間房似乎是傭人或園丁的寢室，只是目前用不著，兩個房間就挪作他用。我們不希望賈瑪爾為了這安排而自責，所以說著住這裡真好，一早踏出門就能享受庭園美景，半夜打牌再晚也不怕吵到家人，環境多麼隱祕。只不過，另有幾件不如意的事。用餐時，我和瑟夫不和他們家同桌，賈瑪爾的姊姊會叫我們端回去自己吃，飯菜總用同一套花飾琺瑯碗裝著，彷彿是外人專用餐具。賈瑪爾自己常被叫去辦正事，至於去忙什麼，他不是每次都對我們解釋。最讓瑟夫不爽的是，我們待在院子裡時，親戚常當著我們的面講古吉拉特語，瞪著我們看，毫不掩飾不耐煩的情緒。我們住了幾天後，賈瑪爾說，家人每天叫他去店裡出任務，所以不能依約帶我們去附近逛景點。不過，這禮拜天家人會開車去湖邊野餐，我們可以一起去。

我們只在他家撐了大約兩星期。有天下午，瑟夫和我走在他們家後面的路上，打算進入通往大馬路的巷子，想去湖邊散步。我們到處找不到賈瑪爾，但他說過，要是能蹺班，他可以陪我們去走走。忽然間，一股溫水從天上嘩嘩灑在我們兩個頭上，抬頭一看，正好見到樓上窗內有個女子在奸笑，女子趕緊縮頭。緊接著，我們聽見樂不可支的笑聲，隨即窗口露出三張臉看好戲，剛才的女子不在其中。我們認定渾身是肥皂水，決定不住下去了，於是回去洗澡換衣服，把少少幾件行李收好，這時看見賈瑪爾從家裡衝過來，不時回頭叫罵著。他一進來，馬上滿口道歉解釋，瑟夫提起笨重的大行李箱，踉蹌走出去。我當然緊跟在他後面。快到馬路時，瑟夫轉向賈瑪爾說：「你們一家全是傲慢的蠢貨。」我對賈瑪爾說：「寫信給他，你有他家的地址。不要讓傷口化膿。」但他不曾寄過一封信。好悲哀。也許他覺得太丟臉了，也許他覺得沒啥好寫的。我記得布可巴當地種植的甜李子，記得傍晚湖面投射而來的藍紫光。

瑟夫和我搭公車去木宛札（Mwanza），轉搭客運去基蘇木（Kisumu），然後搭火車去奈洛比，最後到蒙巴沙，全程總計四天，有一晚睡在客運總站，有一晚睡火車上。在蒙巴沙，我們在瑟夫親戚家過了一夜，隔天一早搭客運去肯亞東海岸瑟夫家鄉馬林地。來到海邊有一種回家的感覺，更貼切的說法是，我能體認我在上蒼的安排之下自有定位。我在大學學到的知識很沉重，學了才知道自己多無知，才明瞭我們不知天高地厚。回到東海岸，我終於體會到寬容和高尚，重歸我自幼習慣的生活型態。在那之前，我總覺得鄉下是個沒出息的野地方。在瑟夫家，我們和他的親戚共處三個月，沿著海岸線四處遊走，最北玩到帕特（Pate）和拉木（Lamu），有時在瑟夫的親友家中借住幾天，親友的友人如果願意招待我們，我們也會去找他們寄居幾晚，然後坐客運或乘船去遊覽其他地方，所經之處，主人都把我們視為親兒子，竭盡全力款待。無論到什麼地方，似乎總有人認識瑟夫，有些人甚至只聽過他卻從未見過面。那段旅程，感覺很不可思議，隨處都有人也振臂歡迎我。瑟夫想勸我留下來，就地在肯亞境內找工作，但他知道我身不由己，因為我領獎學金留學的條件是回國為殖民地政府服務至少三年。

來到東岸幾星期後，我曾寫家書給父親，告知目前所在地，解釋我不急著回家。我不指望接到回信。再怎麼說，這三年來，我久久才寫的幾封信也毫無回音。我不覺得不回信是刻薄的行為。我不認為我父親刻薄。我去信告知近況，是想盡一盡人子的義務，父親除非有要事溝通，除非有所指示、下達禁令，否則不會寫信。我在馬林地接到他的回信。他叫我該回家了，因為前些日子有位政府官員來家裡詢問我的行蹤，要我儘快去新單位報到。他說我似乎忘了有這份義務該盡。總而言之，我早該回家了，因為家裡也有其他事待處理。他要我告知船班，他想去碼頭接我。最後這項指示的用意在於暗示他再婚的事實，只不過我回到家才明白他的用意。

我不在家的這段期間，父親已續絃兩年。我聽他這麼說，當下反應是續絃有什麼用。他帶我從碼頭走回家的路上，我心情輕飄飄，忙著和久違的家鄉父老寒暄幾句，所以注意力不太能集中。但是我知道，在和路人招手微笑的空檔，我在心裡嘀咕：像你這樣的老頭子，幹嘛想結婚？我當然不敢講。要是我敢頂撞，他的反應必定是毫不猶豫賞我一個大耳光，打得我跌到馬路對面。幸好我沒講，因為現在的我懂事了。如今我明白，人再老，也不會有心死的一天，不會不想再找伴，不會想過著毫無目標的生活。他必定曾擔心我難以接受他再婚，畢竟我們父子倆都深愛我母親。但當時我對他再婚不以為意，後來也完全不會。再婚後，他搬家了。他帶我來到新家。我記得這房子以前的居民。父親介紹他的妻子給我認識：「這位是你的母親。」我和她禮貌吻頰，客套聊幾句。我不該用「他的妻子」；稱呼她「我的繼母」才對，但我始終不曾視她為母。她是我父親的妻子。以前，我都稱呼她瑪蘭夫人（Bi Maryam）[34]，後來我一直都這樣稱呼她，沒有輕視她的涵義。

我說我記得這房子以前的居民，可能會被誤解我和這家人是遠親。或許我該改說，我和他們非常熟悉。瑪蘭的先夫是駕馭傳統帆船的生意人，是人盡皆知的船長，在街上趾高氣揚，走路有風，熟稔商業也懂技術，在潮汐轉向或風勢減弱前吆喝著搬運工和水手。他上街辦事時，路人常向他打招呼，有時喊名字，有時喊職銜。我不記得他家辦喪事，所以他必定是在我留學期間西歸，而且我父親必定是在瑪蘭服喪期一結束就打動芳心。緣起的關鍵是什麼，父親為什麼娶她，她為什麼再婚，我完全不清楚。我只能說，在我和這一對同住的那幾年，他們兩人的互動似乎無憂無慮，有時也如平常夫妻相處那樣自以為是、堅持己見。局外人會以為他們共同生活數十年了，而非幾年前剛再婚。他們似乎心心相映，在重要事務方面從不曾起衝突。在小事方面，瑪蘭難免言語相譏或略施小招數，手法通常比我父親來得不著痕跡，而我父親往往堅持不退讓，辯不贏的時候心裡會感冒。當我父親特別渴求她體諒時，或當瑪蘭不樂見某種安排時，兩人的心意似乎從不牴觸對方，至少在我面前不會。簡而言之，雖然我不願說得太隨便或太不以為然，但他們確實顯得心滿意足。

34 編注：見注4，此處亦可譯為夫人。

我回家後過了幾星期，父親告訴我一些事，為我打好預防針，以加強我對八卦的免疫力，因為風聲遲早會傳進我耳裡。我在此陳述我的見解與我聽信的事項。我對父親仍有部分程度的尊重，縱使在許多方面他無知又冥頑不化，同一代窮怕了的人都有的利慾心他也有。我相信，這也是他據實從個人視角闡述的說法，以他能透露的限度全告訴我。我不問他是否倉促和瑪蘭結婚，不問他看上的是不是財產而非寡婦本身。這些話我問不出口。要是我問了，會被他覺得失敬。他八成自認運氣好，懂得變通，所以才及早娶走多金寡婦。是否真的如此，我不清楚，也不曉得他是否暗戀瑪蘭多年，等時機成熟才閃電行動。

我的所知如下。瑪蘭的船長先夫名叫納索爾（Nassor），人緣特別好，路人無不向他寒暄微笑。每家人在爭遺產方面總自有一本難念的經，納索爾也有。起始點是他父親的遺產遭親戚侵占。大家趁他尚在娘胎時，趁他仍在孟婆湯裡悠然浮沉，趁他仍在羊膜的庇蔭中，把他父親的遺產瓜分一空。他在他父親過世之後才出生，是個遺腹子，家產被男性親戚搶光，一文不留給他。套句老一代的說法是，連充當孝衣的一匹布也不留。這事發生在阿曼國，在首都馬斯開特（Muscat）。納索爾的母親同樣分不到遺產。她的服喪期一結束，立刻有人來提親，對方是她的大伯，也就是她先夫的兄長。大伯已有大小老婆各一位，子女成群，願意娶她的原因是他自稱可以保護她的身心和尊嚴。她別無選擇，只好接受，否則將來勢必孤苦無依。大伯也願意接納弟弟的遺腹子納索爾，視同其他受扶養親屬。

納索爾懂事之後，母親攤開事實告訴他，說他與生俱來的權利被親戚剝奪了，說她仍為亡夫悲慟欲絕、縮進憂鬱深谷的期間，親戚大概就已背叛母子倆。她告訴兒子納索爾，親戚的行為違背真主的法典。在繼承方面，真主的規定明確。男人死後財產配置順序：一、先清償生前債務，善盡其他於商於公之義務；二、所餘之遺產半數由在世兒子均分；三、三分之一由妻妾均分；四、其餘由女兒均分。由於納索爾是父親的獨生子，更是唯一的子嗣，納索爾理應繼承至少半數遺產。父親的遺產包括位於阿曼的兩棟房子，以及在老家鄉下一塊種植棗椰樹的土地。納索爾的母親是他唯一的妻子，於法應分得遺產的三分之一。納索爾的父親過世後，親戚知道她懷有身孕，所以趕緊瓜分遺產，不給遺腹子爭產的空間。而她被迫嫁給自己的大伯，因此喪失繼承三分之一遺產的權利。親戚對她下的手段既陰險又惡劣。法律在這方面有確切的規定，細節在《古蘭經》裡寫得一清二楚，只可惜她分不清是哪一章哪一段。先知本身也是遺腹子，同樣繼承落空，遺產悉數被伯叔奪走，童年由祖父教養，被貝都因遊牧民族在沙漠裡帶大，有鑑於此，《古蘭經》才明列親屬分產細則，以防止無知導致不公。

納索爾十二或十三歲時，年紀輕輕就首度乘穆希姆季風來到我們故鄉，當時的職位是隨船小弟，之後每年都回來。打從頭一次出海，他就發現自己具有航海的天分。那一趟回到阿曼之後，他成為正式水手，聽由他伯伯的安排，向一個個船長效命，薪水被伯伯領取支配。同樣的情形延續多年，他更可能終其一生被如此剝削，因為改由伯伯的兒子當家的話，他們勢必也用不著善待他。納索爾的母親已有保障，因為她再婚後又生了幾個小孩，而納索爾的身分僅僅是受扶養親屬，必須盡力賣命養家。母親一直嘮叨他，催他出面爭回遺產，但納索爾明白，就算自己敢表明爭產的想法，一定會被堂兄弟毒打一頓並驅逐出家門，不久後一定下場淒慘。於是，有一年，穆希姆季風再起，他有去無回，只寫信告訴母親，他能回家會儘量趕回家，言下之意是萬萬不得已才會回家，只在她處境艱難、非兒子出面不可時才回家。那一年他大概十七、十八歲，隨船在東非海岸上上下下做生意，工作勤奮，腦筋靈活，消費節儉。到了三十歲左右，他與人合夥從事幾件小生意，也與人合資買帆船，自己當船長。

離開阿曼的這些年，納索爾一次也不曾返鄉。有一年，穆希姆季風捎來伯父託商人轉交的一封信，信裡恭賀他事業有成，家鄉人都知道了。伯父要求他趁母親還健在、還能沾喜氣的現在返鄉成親，說他們已經從親戚裡為他找到新娘了，希望他能乘穆希姆季風回來。納索爾回信欣然宣布他已成家，不需再娶妾，在經商空檔和健康狀況允許下願返鄉探親。當然是永遠沒空。然而從這封信，他明白親戚已知他事業有成，已經在煩惱萬一他遭逢不測，他婚後的家庭該何去何從。行船人在海上出生入死，橫遭意外是常有的事，為了防止親戚對他的財產動歪腦筋，他買房子時，把產權登記在瑪蘭名下。根據他的規劃，生小孩後，生意全歸小孩擁有，以策安全。很遺憾，他始終沒有子女。這事實也被回報至老家，親戚再對他逼婚，同時也拱出她母親，懇求他別忘了自己有延續父姓香火的義務。

原本，納索爾和嬌妻瑪蘭過著心滿意足的生活，被老家親戚發現之後，他決定改做幾件事。他決心把名下的物業全歸瑪蘭擁有，因為法律不限制他在世期間依個人意願支配財產。如此一來，他一旦遭不測，親戚儘管去動他們的歪腦筋，也動不了妻子的財產。此外，他深怕合夥人和商業友人發現他轉移物業而憂心忡忡，因此按兵不動，一拖再拖，拖到慈悲的真主帶走他之前仍不辦贈與。行船人都擔心遇到海難，他卻另有死因。有天清晨起床時分，他中風猝死。瑪蘭服喪期間無法接見男賓或處理公事，一名親戚從阿曼前來，代表家人爭遺產。由於納索爾沒有兒子，於法親戚可在清償債務後取得大部分遺產。房子不在此限。房子登記在瑪蘭名下，歸屬明確。瑪蘭確實依法分到遺產三分之一，但大部分遺產被親戚爭走了。得知分產結果的人無不為瑪蘭的好運高興，也為納索爾船長的靈活布局喝采，乃至於他死後比生前更得民心。沒人敢嘀咕先知的律法哪一點不好。

接下來，我該說明瑪蘭的身分，說明她的親屬關係。我之所以隱瞞她的身分，是因為我想直白敘述納索爾的背景，以免模糊焦點。瑪蘭的父親是馬哈穆德。聖人馬哈穆德就是拉提夫的曾祖父。他生了三名子女，老大莎拉，老二夏邦，老么瑪蘭。夏邦就是拉提夫那個發酒瘋的祖父。長話短說，我父親再婚的對象瑪蘭，就是拉賈布．夏邦．馬哈穆德的姑媽。

瑪蘭和納索爾船長結婚時，她父親仍在世，認可這件婚事，許多人認為這是納索爾的福氣。海上工作者常令人覺得不牢靠。為什麼？行船人長年累月在外，不受世俗眼光檢視，誰曉得他們私下培養出什麼變態樂趣。此外，一望無垠的大海浩淼不羈，能整得人心顛三倒四，有些船員變得偏激怪異，甚至養成異常兇殘的心性。幸好拉提夫的曾祖父馬哈穆德對納索爾船長毫無疑慮，瑪蘭也是。

瑪蘭的哥哥夏邦當時也還活著，晚上常在街上醉酒高歌，有損門風，父親心痛不已，但夏邦很認同她看上的夫婿，因為納索爾船長為人慷慨，個性善良，礙於事業太繁忙而疏於做禮拜。而對於太常進出清真寺的人，夏邦不喜歡和他們打交道。

在馬哈穆德的么女瑪蘭剛出閣時，長女莎拉已梅開三度。莎拉的前兩任夫婿婚後不久便早逝，第三任身材矮胖，個性內向，抽鼻煙成癮，極不受人矚目。莎拉只比妹妹瑪蘭大四歲，她對人生的展望卻心灰意冷，凡事總有最壞的打算，喜歡小題大作，再小的八卦或醜聞也被她渲染成大災難。莎拉也沒生小孩，病痛無數的她日後似乎也不太可能懷孕，但她守寡的收穫不能說不少，因為第二任去世之後，兩人同住的小房子由她繼承。第三任看上的是她這棟房子嗎？這說法未免不厚道，但話說回來，儘管莎拉信教虔誠，女人該有的迷人風姿在她身上不多見，悲觀的展望更令許多對象望而卻步。莎拉從第二任丈夫繼承來的這棟小房子，就是後來我和拉賈布．夏邦．馬哈穆德決裂的癥結。

婚後大約十年，納索爾突然中風不治時，夏邦已罹患怪病不久而身故，幾個月後父親馬哈穆德也跟著走了。莎拉那時也第三度守寡，可能是不願再婚，也可能是剋夫運令人聞風喪膽，沒人敢冒著短命的風險娶她。她邀請弟弟夏邦的兒子拉賈布一家搬進來。拉賈布的妻子艾霞外形美豔，兩人生了兩個兒子。不能早點接姪子一家人進來同住的原因只有一個：受不了姪兒拉賈布的母親肆無忌憚施放毒氣，放屁時見大家發牢騷四散奔逃，她還呵呵笑。我沒有親身體驗過，但她這衛生習慣已蔚為傳奇事蹟。她必定是腸胃有毛病，據說連腦筋也不完全正常。

在納索爾船長嚥下最後一口氣之前，他必定仍時時憂心遺產被奪走，而當時瑪蘭的男親戚只有姪兒拉賈布。分家產時，男性親戚是關鍵角色，磋商和協議都由男丁主導，負責確保各方守法不傷和氣。那時候，拉賈布接近三十歲，已婚，育有兩子，但他個性和態度溫順，可能也被納索爾鄉親的吃相嚇到了。在莎拉介紹下，他前來向我父親請教。再怎麼說，我父親是個經商有成的生意人，大家相信他能慎重處理敏感事務。

多年前，莎拉是我母親的好友，始終都堅持要我喊阿姨，在她興致特別高的時候要我喊母親。我母親過世後，她曾向我父親請教一些事。我年紀太小，不知內情。也許她甚至曾考慮有朝一日嫁給他，至少也列入考量，只待時機成熟。也許如此吧。在鬥智方面，人類的手法是層出不窮，一山比一山高。言歸正傳。莎拉叫拉賈布去向我父親請教，我父親可能是竭盡全力教他明智的處世之道，卻不足以防止納索爾的鄉親奪走多數家產。或許正因如此，瑪蘭服喪完畢，我父親才在追求者當中一馬當先。或許，她以身相許是為了感激他的協助。或許，莎拉緊急當媒婆。父親和瑪蘭的姻緣從何而起，我從未過問他們兩人。或許他們只是單純看上對方。再婚時，我父親五十歲。女方年近四十無子，結縭十年的先夫是備受敬重的船長。我剛認識她時，察覺不出她有急著嫁人的心態。四十歲的她有財產，身心成熟，不再受父母拘束，行事依照個人的見識。留學返鄉的我只見他們一副幸福的模樣，看著他們美滿相伴八年，從未問他倆結婚的初衷是什麼，因為我看見他們彼此相依相隨，只能猜想婚姻是兩廂情願的結果。

留學前，我住在從小生長的那一棟，而我母親於一九四一年在同一間房子裡痛苦過世。當時我年紀小，大人沒解釋死因，不過我記得事情來得突然，記得她痛苦堆滿臉，受不了她的慘叫。後來，我學成之後返鄉，我問父親她生什麼病，他說是盲腸炎。起先，無知的他不知道她罹患盲腸炎，以為是胃腸出毛病，大概是腸子堵塞或壓縮之類的，於是讓她服用瀉劑。他那時代的人對瀉劑深具信心。他想叫計程車送她去醫院，但她不從，認為吃一陣子瀉藥再看看。她表面裝得很堅強，可惜拖了太久，瀉藥的毒性在體內擴散，導致她受盡摧殘而痛死。最後他帶她去醫院，英國籍醫師見狀痛斥他一頓，他聽不懂，只知自己因無知和疏忽而挨罵。護士為了維護他自尊，並未口譯給他聽，只嚅嚅講些慰問語，但他明白醫師罵他是因為他害妻子痛到沒命。他飲泣告訴我，你母親就是這麼過世的。願真主憐憫她的靈魂。

小時候，我們家向人租房子，住在二樓的兩個房間，有自用的前門和戶外的樓梯。當時這樣的樓房並非不常見。我一直住到去留學為止。母親在世時，我們家的正門整天敞開，方便女性客人來去，不時派小孩去鄰居家跑腿。她過世後，我父親在正門外面裝一個掛鎖，門內也扣好門閂，所以我回家要先去找他，不然就得敲門請他讓我進去。父親住前面的房間，能俯瞰大馬路，我住後面那間，看得見一條濁水小溪，常有釣客在挖誘餌。滿月時，潮水沿著小溪漲進來，把臭氣熏天的小灣氾濫成亮閃閃的潟湖。

我父親和瑪蘭婚後，不再租以前那棟房子，帶著所有傢俱入住妻子家，所以嚴格說來，他也把我一起搬進去，只是留學中的我有所不知而已。幾年下來，他和瑪蘭斥資整修房子，多數想必是他出的錢，因為除了這棟房子之外，瑪蘭從先夫繼承到的財產不多。整修房子是我父親前所未有的興趣。在我小時候，他絲毫沒興趣裝潢或整修居家環境，我也不記得他曾粉刷房間。他只在東西故障時才肯換新，而且東西壞了很久也不見得急著換。我學成回國，發現父親搬進這房子後對裝潢的要求變得很高，連細節也不放過。瑪蘭的船長先夫生前待人慷慨，但他對髮妻並未特別如此，因為這房子沒接電線，浴廁晦暗，只在接近天花板開兩道細縫通風，另有一座地窖，整體居家條件將就行事，恥於見人。天花板的橫樑有些老舊不堪，裝潢風格也亟待更新。瑪蘭和我父親婚後力求居家現代化，加開幾扇窗，增設格柵窗板，種幾盆花卉，為許許多多的小地方增添新意，改善了採光與通風，環境也變得美觀。

依我看來，在瑪蘭和納索爾船長結婚那幾年，她在簡陋的環境住得心煩，同樣的心態必定蔓延到我父親住進來的那幾年。或者是，兩人婚後不僅覺得生活美滿，更想以信任感與愛來紀念這段姻緣。足智多謀的納索爾把房子轉移給她，如今她和我父親聯名擁有這棟房子。我原本不知情。我父親死後，瑪蘭因再度喪夫而悲慟欲絕，震驚不已，這才向我透露房子聯名一事。她說他們預先保護家產，不管哪一個先撒手人寰，都能防止雙方的親戚覬覦。她始料未及的是事情來得如此快，如此突然，如此毫無預警。

在我父親過世的那一夜，我聽見她大呼小叫，上樓前就已心覺不妙，大致知道他快死了。我上樓時，他的臉皮仍有脈動，瑪蘭跪在床邊，慌得雙手不停撫摸他全身，彷彿在摸索他身上的開關，想關掉什麼東西。他的臉皮仍有脈動，但他已停止呼吸。他的睡衣沾滿了嘔吐的穢物。我也在他身旁跪下，握住他一手。他的臉皮仍在動，但人已氣絕，這幅奇景撼動我的心，我同時接受他已離世、往生、歸陰的事實。我安排他入土的後事，前來協助的鄰居顯得失魂落魄，是唯有辦喪事時才有的表現。努虎和我幫忙為大體淨身，我訝異於他的身體多麼精瘦，多麼乾扁。即使死後，我父親仍顯得硬朗有活力。這是人死後常有的現象，都怪我當年有所不知。努虎悲泣難遏。翌日下午，我們扛著屍架送他進清真寺，並為亡魂祈禱。我們默默複誦著經文，屍架前站著幾排民眾，共有數十人，唸四遍「真主至上」，不跪也不伏拜。隨後，我們將屍架抬出清真寺，吟唱著真主的聖名，所經之處路人送行一小段，因此抵達墓園時總數暴增至一百人左右。瑪蘭依照先知的律法規定，再一次服喪禁閉四個月又十天。

生前，他對我不是特別好，而我也不太孝順，父子間的互動機械化，時而關心、時而怠忽彼此，但他在世時對瑪蘭投注的深情氾濫成哀慟的狂瀾，她悲不可遏。服喪期間，寡婦只准接見女客和關係最親近的男親屬，因此我無從比較瑪蘭有多麼傷心，只見她在客人告辭時常淚流滿面，而在她獨處時，披著寡婦披巾，坐著默默自省，兩眼無神。怪病纏身的姊姊莎拉那陣子健康情形也不好，服喪期間天天拖著身子來我們家，但即使是服喪經驗豐富的她也無法勸妹妹走出哀傷，把照顧她的事情全交給我。納索爾船長生前贈與這棟房子給她，如今我是房子的聯名屋主，而我父親留下的酥糖店保留原名，由努虎繼續經營，她是聯名店主。我父親也留下些許存款，依法由我和她平分，但我們尚未動用。就在這段期間，我開始策劃收掉酥糖店，改裝成傢俱行，但她對這方面的事沒興趣，叫我自己看著辦。

服喪的最初三個月，她的姪兒拉賈布．夏邦．馬哈穆德一次也不曾來探望她，而拉賈布是她世上唯一的男親屬。有些日子，他的妻子艾霞偕莎拉前來探視，有一兩次小兒子跟著來，拉賈布則是完全不見人影。也許，他不想登門打擾小姑媽，也許同住一屋簷下的莎拉能每天通報她的近況，所以他才不覺得有必要親自去探望。後來有天晚上，我坐在樓下聽收音機，瑪蘭的情緒陷入恐慌。自從我父親過世後，她夜裡不喜歡在樓上獨處，因此我聽完電台新聞報導後，總上樓去睡客房。那一晚，我或許在樓下多逗留了一會兒，或者她的心靈比平日更脆弱，總之我聽見她淒厲地呼喊我。我三步併兩步上樓，看見她坐在接待室的蓆子上，側身倚著牆壁，看似心力交瘁，快進鬼門關了。「我快不行了，」她說。「一點力氣也沒有了。」

我跪坐在她身邊，反對她再講這種話，因為再講也只會害她傷心，害我傷心。我說我馬上去找醫生。我提醒自己，當年父親拖太久送醫才導致母親不治，同時叮嚀自己該去申請一支電話。但我勸不動她。她深信自己就快死了，她叫我立刻去通知姊姊莎拉，看姊姊能不能或想不想在她被送醫之前過來永別。我照她的吩咐狂奔至莎拉家，發現家裡鬧哄哄。原來，拉賈布喝醉了，回家發酒瘋。據說，平常他醉酒回家都躲起來，但這天他被莎拉攔截。我帶著口信敲門，開門的是莎拉夫人，她滿口咒罵自己的姪兒多可惡，罵他是個滿身罪惡的廢物，跟他老爸生前沒兩樣，同樣是酒鬼。他祖父在天之靈看見他這德性，不知有什麼感想？我沒看見拉賈布，大概是上樓去了，莎拉在黑漆漆的中庭裡踱步，有時斜倚著開放式樓梯，唉嘆著，唾棄姪兒的惡行。我告知她瑪蘭的情況，她一聽立刻止步，衝上樓去拿她的黑袍，下樓之前在樓梯頭再罵一頓，最後說她妹妹快死了，幸好妹妹不必再蒙受新增的這一層恥辱。

瑪蘭這一晚沒死，也許功勞要歸莎拉。她來我們家，照理說應該好好照顧臨終的妹妹，氣氛應該肅穆，應該和諧，沒想到她對著妹妹憤慨數落姪兒，氣話竟把妹妹從鬼門關前拉回來。或許，渾身病痛的莎拉長年以為自己快死了，見妹妹頭一次這麼喊，不太認為妹妹會真的斷氣。莎拉留下來過夜，我聽得見她徹夜講著話，吐盡內心的苦水。翌日，我上班途中前往鮑伯瓦（Balboa）醫師的診所，說瑪蘭昨晚情緒發作，請他儘快去為瑪蘭看診。我下班回到家，發現醫生已經來過，開了一帖鎮定劑，也照例打一針。莎拉則等我趕快回來，因為她想回家去面對「名譽掃地」的家門。這是她的用語。鮑伯瓦醫師以嚴苛而老練的態度診治瑪蘭，成功平撫她的情緒。恐慌一夜後的她，顯得兩眼有神，想法很多，不再沉耽於哀慟。

事隔幾日，某天我下午在酥糖店裡——我那陣子常去幫忙，為努虎分擔工作——拉賈布應姑媽瑪蘭請求，去我們家看她。她事後告訴我，她找姪兒來，是因為莎拉說了一些事，她想對照拉賈布的說法。莎拉咒罵姪兒時曾說，他不只是個邪惡懶散的酒鬼，而且還揭發醜聞，說我父親愚弄瑪蘭，誘使她把房子轉移到他名下，奸計成功，所以我繼承到這棟房子，瑪蘭死後的所有家產也將歸我獨享。身為姪兒的拉賈布是她的法定繼承人，將在她死後和我對簿公堂，討回我們父子倆奪走的一切。這是瑪蘭轉述姊姊莎拉的說詞，全講給姪兒拉賈布聽，要求他證實或否認。根據瑪蘭的說法，拉賈布支支吾吾抗議著，說他只為她著想，只想維護家族權益，但他並沒有否認。

瑪蘭拖了幾星期才轉告我。這事令她聯想起她和納索爾船長被捲入的家族紛爭，她愈想愈不對勁，不願重蹈覆轍，所以才告訴我。這時候，她已擬好一套對策。那陣子，服喪期剛結束，她考慮請律師把房子和店面全轉給我，愈快愈好，以防她死後親戚前來爭遺產。她說她的姪兒跟他老子一樣，成了酒鬼一個。遺產留給他一部分，恐怕會全被他吸乾。依她看來，我名正言順能獨擁這棟房子。此外，由於我學成歸鄉以來，一直同住家中，善盡了身為人子的義務，她的遺願只有一個，就是在死後將她的那一部分所有權歸我名下。由於真主明定親屬分配遺產的法則，能確保財產傳承的唯一方式便是在她在世期間即轉移我名下。姪兒對我父親惡意造謠，詆毀我人格，令她難以忍受，因此她認為，死後不應再讓我平白無故受屈辱。

瑪蘭的這些話令我徹底無言。我完全不知拉賈布對我造謠，只不過她這番話令我聯想起一些言語，想起他人用來試探我的暗示，旁敲側擊希望獲得我的回應，看看能不能把醜聞炒得更腥羶辛辣。聽見瑪蘭的說法，我的第一反應是退一步，戒急用忍。我不願從我手裡興起一個延續數代的世仇。但繼而再深思一陣子之後，我不再那麼在乎世仇。瑪蘭的提議能滿足我的虛榮心和貪念，而我構思出一套辦法，能打消最初的顧忌，讓我更能接受她的提議。瑪蘭和我父親基於信任與情愛，雙方對財產曾協議出一套規劃。何況，把房子整修得如此美觀，修繕費來自我父親的積蓄。現在，瑪蘭願意把房子轉移給**我**，而非讓姪兒繼承，純屬她個人的抉擇。好運從天而降，我何必自作聰明躲躲閃閃呢？經過妥協，我和她達成共識，先把文書草擬妥當，等她靜下心來反芻一陣子，再付諸行動也不遲。

但我事後發現，她並未付諸行動。文件擬定後沒多久，也就是莎拉再來我們家過夜的隔天，她將文書送出。這一次是莎拉不請自來，氣到無以復加，因為姪兒拉賈布酒醉回家，流著淚，控訴著埋怨著，叫兩個兒子過來，想帶他們離開這個住著淫婦、騙徒、心機小人的家，另覓一個乾淨的住所。艾霞為防止兒子離開，從他們臥房外面扣上門閂，以免他們去投效父親。莎拉站在樓梯頭，嬌小的身形顯得脆弱，不准他接近妻子，面對他口沫橫飛的咆哮、指控、怒罵、泣訴。最後，莎拉被怒火正旺的姪兒嚇跑，預見家族無謂惡鬥苦果的她再也無法忍受。因此，她扔下艾霞去對付丈夫，過來我們家向妹妹訴苦，害妹妹再度恐慌失心。幾天後，瑪蘭請律師貫徹她的新願望。

那陣風波過後三個月，兩姐妹陸續辭世了。有天早上，莎拉在水濱區的階梯跌了一跤，往下摔了幾級，跌斷髖骨。誰曉得她去水濱區幹什麼。也許是去向漁夫買新鮮的漁獲，也許是突然想去逛逛，也許是憶起自己從前曾走過那階梯，或者下階梯是禁不住好奇心，不知階梯有多麼溼滑。出事後，她一直不省人事，手術後幾小時便不治身亡。外科醫師說，她身子原本就病弱，這次重創太嚴重了。大批民眾前來致哀，把她視為親友，視為聖人，不僅令人遐想，她私底下到底做了多少善事。一個月後，瑪蘭染上傷寒病逝。出事前某天上午，她去鮑伯瓦醫師診所看病，醫師照常開鎮定劑給她，為她打一針，然後她在診所隔壁買一杯果汁，喝出急病，沒多久就無聲無息告終。致哀的民眾認為這是天意——民眾並非咒她早死——至親的丈夫和姊姊走得太突然，不戀棧人間的她也跟著走了。和她驟然去世相形之下，在她就快走出憂鬱症的深谷之際、來不及重新考慮她做過的種種安排，對我而言算是小悲劇一樁。我秉持敬意和禮儀為她下葬，為她致哀，為她在世最後幾個月的悲傷感到沉痛。

拉賈布繼承莎拉的財產，亦即他和妻兒住的這一棟房子，此外也繼承一些金飾，極可能是她三場婚姻的遺產。瑪蘭死前把家產全贈與給我一事傳開後，謠言和惡意變本加厲，人們紛紛轉述給我聽。他們說，瑪蘭是個不擅交際的笨女人，被我父親和我騙得團團轉，所以才簽名轉移所有財產，聖人馬哈穆德的子孫因此無權繼承。我不予理會，繼續把酥糖店改裝成傢俱行，也照我多年前和瑟夫在肯亞北方旅遊見到的裝潢，為房子的中庭貼上精美藍瓷磚。

在我英國家中，拉提夫．馬哈穆德靠向椅背，繃著瘦臉，強顏苦笑，雙唇緊閉，抿成一道寬寬的笑容，一道呼之欲來的慘笑。我思忖著，他既想咆哮反駁我對他父親的數落，也想一笑置之，因為見過世面的他覺得不足為家裡小事撕破臉，也覺得我為自己脫罪的意圖可鄙。但他大概拿不定主意，不知如何反應。在這時刻，英國夏日的暮色徘徊在室內。最初，這份暮色令我躑躅焦慮，幸好我已漸漸能忍受了。我也漸漸學會不要為了貪圖曬太陽而忍不住去開窗簾，以趕走緩緩深沉的夜色。我考慮起身，去再泡一壺茶，打開廚房的燈，突破我們對坐幾分鐘無言的僵局。但我一動，翹二郎腿的拉提夫．馬哈穆德立刻放下腳，傾身向前。我等著他開口，他遲遲不說話，片刻後才歎一口氣，再度靠向椅背。我站起來，小心翼翼，以免因疲累腿軟而步伐蹣跚，以免他以為我年邁體衰。我進廚房開燈，避免瞥見那副映在窗玻璃上的慘白臉孔，避見臉上那份長年不消的愁苦狀。愁苦在我臉上流連不去，宛如內心深處有個託辭也無法掩飾的致命傷。我轉頭拉上窗簾，然後駐足凝視洗手台，不住顫抖著，終究還是年邁體衰，難以負荷長年不散的往事重擔，同情自己也同情那些羸弱到無法不耍心眼使壞的人，同情到難以自持。死了好多人，將來有更多人難逃一死，我無力抗拒追思亡者的意念，而這些亡魂來來去去，模式不定，我難以一一奉陪。

我不清楚自己在廚房裡呆立了多久，也許稍微太久了一點。也許我發出了一點聲響。總之我聽見拉提夫在隔壁發出的聲音，我奮而鼓舞自己，為燒水壺裝滿水，沖洗茶杯。我聽見他進廚房，見到他大而明亮的雙眼，閃耀著受傷的光輝。他直直看著我，我把視線往下移，畏懼他即將講出口的話，怕他嚴詞指責。一生被指責再指責，我已經厭煩了。

「辛苦你了，」他柔聲說。他願讓我休息，哪怕是休息一小陣子也好，我感動到差點落淚。終究是年邁體衰啊。我的視線抬起來時，看見他僵著笑臉，心想他自己也需要休息。

「我一定是累到你了，逼你聽我講了那些往事，」我說。「聽了一定非常難受。」

「我已經忘掉好多事了，」他說著鎖緊眉頭，放鬆，盡力讓神情開朗起來。「刻意的吧，我猜。我指的是，我刻意遺忘太多往事了。剛才我一邊聽，一邊在心裡想著，天啊，沒錯，完全像你描述的一樣，吵嘴，勾心鬥角，講了那麼多侮辱人的話。老年人懷抱著永無止境的宿怨和惡意。小時候，我的印象全是竊竊私語和指控，全是久之又久、一言難盡的苦水。經你那麼一提，童年的感想全回到我的心頭了。另外還有我的姑婆，你都稱呼她莎拉，我好幾年沒回想起她了。我們在家都喊她姑婆。忘了她好多年了。怎麼可能忘記呢？一定是我叫自己忘記她。儘管她接我們一起住了好幾年，她其實不怎麼喜歡我們這一家。不過，是的，我記得你提到的那一夜。呃，經你這麼提醒，經你這麼逼我回憶，強迫我追溯往事，我現在記起來了。我討厭聽你提起那一段。我以為那是我們家裡發生的私事，外人都不知道。而你卻一直很清楚。不曉得另外還有誰知道什麼其他事。那年我七、八歲吧。莎拉攔截我爸的那一夜，我絲毫沒印象，一丁點也沒有。大概是睡死了。平常人只要略有一絲印象，被這麼一提起，都會喚醒那些被壓抑的往事，都會有點好奇。不過，對，我記得那一夜父親大叫要我們下樓，臥房門被媽從門外閂住，媽嚷著叫我們快去睡覺。我記得我父親叫罵著，啜泣著。他平常不隨便叫罵的。父親落淚是小孩難以想像的情景，傷透了心哭泣著。要是你不提，我大概無法憶起那場面。不過，他破口叫囂著，很嚇人，媽也大吼大叫，罵他是個酒鬼，姑婆也哭著叫他閉嘴滾蛋，叫他這個敗家子趕快走。對，我現在有印象了。為了醉酒鬧得那麼大，為了一點小事鬧成那樣。我忘了姑婆離開她自己的房子，只記得她在吼叫。姑婆她總是雞蛋裡挑骨頭，喜歡發號施令，我們稍有疏失就挨她念叨。當時我覺得，我們這家子令她失望。我覺得她討厭我們。」

水滾了，我轉身泡茶。我照英國的方法泡，因為我沒空先把牛奶燒開再倒茶葉進去熬。

「還是別泡吧，」他在我的背後說。「我今天已經打擾太久了，還是現在就告辭好了。」

我轉身對他呲牙一笑。「我還以為你會賴著不想走。」我說。

他愣了一下，然後說，「你這個呲牙黑摩爾。」他微微笑著。「我喝完茶就走。不過，我改天會再來。如果你歡迎的話。再怎麼說，我們好像都算有親屬關係。」

「只是姻親罷了，」我說，同樣是笑鬧的語氣。「何況我們之間沒瓜葛。」

「是的，不過現在你又冒用我爸的姓名。有這兩層關係，你我不就是親屬了嗎？何況，我們同樣置身異鄉，差不多算有親戚關係了——阿貓阿狗打電話找我做做人情，老愛講出外靠朋友也是為了拉關係。你還沒解釋為什麼冒用他的姓名。算了，過去的事別計較了。全都不重要了，真的。我不是指**過去的事**都不重要，因為鑑古能知今，能明瞭為什麼走到今天的地步，能明瞭我們為何把往事講成這樣。我的意思是，我不想為了家族過節指責你，不想再計較那些從古早傳到現在的嘀咕。伊斯蘭教的歷史跟家族糾紛密不可分，你有沒有發現？我換個方式講好了，以免惹你不高興。我知道我們穆斯林有多敏感。在伊斯蘭教的歷史上，家族糾紛導致好多不可思議的後果，你注意到沒有？伍麥亞朝（Ummayads）取代先知的孫子哈珊（Hassan），在大馬士革稱霸一百年。後來，先知的叔父阿巴斯・阿布杜穆塔里卜（Abbas Abdulmutallib）的家族打著先知家族的名義，武力征服伍麥亞，統治巴格達五百年。呃，他們其實沒有**統治**五百年，這是真的——過了兩百年，改由將領們和土耳其傭兵統治——不過，他們打的名義是阿巴斯家族。在此同時，北非有一個法蒂瑪族（Fatimids），是先知的女兒法蒂瑪（Fatma）和兒子哈珊、胡笙的後裔。接著，歐什曼（Uthman）後裔奧圖曼人來了，統治半個地球，時間短暫，一眨眼就過了，進入二十世紀還能保住一大部分。到了我們這時代，阿布度拉濟茲・伊本・沙烏德（Abdulaziz ibn Saud）的子孫盤踞著滿地黑金，以家族的姓氏稱號稱沙烏地阿拉伯。我討厭世家。」

我遞給他一杯茶，他立刻舉杯啜飲，彷彿迫切想喝，等不及等熱茶降溫。他苦笑一下，縮頭轉開一下子。我猜，情緒過於激動的他想稍事喘息，所以我自行回客廳去。

「你的朋友瑟夫後來怎麼了？」他問。「那位藝術工作者。成了畫家嗎？」

「他去當老師了，」我說。我看著他淺笑，好像他早料到我會如此回答。「至少他是先教書。我們通信一陣子，後來他來我們家借住。我再也沒回去肯亞了。之後再過幾年，獨立沒多久，他申請到獎學金，去美國深造，然後就再也沒聯絡了。我猜他現在住美國。至於他是不是在美國從事藝術工作，他有沒有回非洲，我就不清楚了。回非洲的人不多。」

6

瑞裘她來了，來得突然，在星期六傍晚。沒有事先通知。先知會一聲，等對方應允才可禮貌登門拜訪——這是多麼奇特的想法，多麼毫無意義的概念。如果不等對方應允就上門，你得推開家僕、下馬夫、副夜壺（管他正式職稱是什麼跟什麼），更要通過管家的關卡，才可直搗接待室，急得口吐白沫，豈管是不是失敬，豈管會不會遭拒。這些家僕的行為彷彿是照個人想法去描摹本行既定的形象。瑞裘按我家門鈴，宣布來意。有些時候，她說她會來，結果沒來，這次她卻不說一聲就上門。她這種執意來去的行為，我猜用意是想增加魅力，幸好她的態度總是禮貌，因此我幾乎還能忍受。

「你應該去辦一支電話，」她自我辯護說，以反制我不由自主皺眉，一臉煩躁。

「我差點辦了，」我說。「在我的前半生。」

她等我講下去，一面在內心盤算要不要追問。我指的當然是很久以前瑪蘭陷入恐慌的那一次。我是真的去申請電話了，被列入等候名單，從此沒下文。瑞裘倚靠著客廳門框，不坐我請她坐的椅子，或許意指她不能久留，另一個可能是她有意拉我去什麼地方。她偶爾會來拉我。而在這一天，她確實想勸我出門。大概是這原因，她才不繼續催我申請電話。她的褐色眼眸透著一絲光，清澄近乎琥珀，機靈流轉著，異樣深藏著詭計。平日，她眼神含蓄而沉潛，沉潛之中另有戒慎。她願意聆聽時，能聽得心無旁騖。「這週末我母親來我家，我們都很希望你能來陪我們吃晚餐。她掌廚，所以晚餐保證很可口。」她說著，語畢皺起眉頭，因為她已看見我在搖頭。她微微挑眉，邀我解釋。

「我寧願不要。」我說。

「哎喲，又耍巴托比的老招，」她說，誇張歎一口氣表示無奈。「唉。希望別再像上次那樣，耍我耍那麼久。請說明不能去的原因。我誠摯慷慨地邀請你來我家認識我母親、享用她烹調的美食，你這樣回絕顯得不太客氣。我很盼望你能來。你從沒見過我母親，我覺得你會很高興認識她。」

她經我介紹讀過巴托比的故事，說她覺得這故事好像不怎麼了不起。她認為這故事寫得太鬱悶太無奈，象徵的意味壓得她喘不過氣，例如牆壁、曼哈頓看守所、金字塔、陰暗的監獄放封場裡種的稀薄小草。太多顧影自憐了，她不喜歡，全是十九世紀通俗劇的老哏。或許她擔心我自視為巴托比，把自己當成一個揹著祕密和歷史包袱的人，一心想默默尋求救贖。

我先發制人，問她難道沒在巴托比身上看見自己的寫照，難道巴托比沒引發共鳴嗎？難道不覺得他的那一點很眼熟嗎？難道不認為他很英勇，做出妳想做卻不敢做的事？

「一點也沒有，」她說。「他讓我聯想到的是危險人物，是一個能持續為一點小事就虐待自己、欺壓弱小的人，是一個施暴者。」

我從未想過巴托比是這種人，不過他對自己很殘酷，這一點倒是真的。「或許，在妳說的情況下，妳把那些選擇謙遜退讓的人視為狡詐，」我說。「把他們當成無可挽救的報廢品，以為只有瘋狂施暴的能力。信神的人認為自我封閉是一種英勇的願望，或許，妳不能再容忍那種願望。結果，巴托比式的自我作賤退縮只能被視為危險、不可預測。尤其是，該小說不解釋前因，不說明巴托比為何變成這樣，不允許讀者同情他，不允許讀者說，對，對，以他的個案，我們能體恤他的行為，可以原諒他。《抄寫員巴托比》裡只寫這個人，不寫他的內心世界，不寫他的過去，表面上也不批判他、分析他，不指望讀者諒解或寬恕，只求大家不要來煩他。」

「是個存在主義的英雄，」她微笑說，略顯瞧不起人。「在我看來，他像一個顧影自憐到無法自拔的人，對自己的敗績回味無窮。」

雙方無言一小陣子，無疑在回想最初的對話，之後她才說：「今晚來我家吃晚餐吧？」她說著，總算坐下，上身往前傾，意圖翻轉我的意念。「我母親很樂意認識你。我知道。我向她提過你。今天下午她來的時候，特別問到你。所以我想，乾脆找你過來也好？她很能接受這點子。我動身來這裡之前，她已經開始準備料理魚去做飯了。她的廚藝很精湛，而且很少來看我，所以這是個重要場合。我爸媽住在遙遠的倫敦，生活忙得很。我父親**從未**來看過我，連電話都懶得接，更甭提打電話給我了。算了……總而言之，我母親來了。她有好多鮮事想講，希望你別在意。你跟她會合得來的。我還沒講完，你別急著搖頭嘛。你們一定合得來⋯⋯想也知道。何況，你總不能一直把自己鎖在家裡吧，該多出去走走。好了，快穿上你的運動鞋，我們走吧。」

她曾買一雙運動鞋送我，我勉為其難穿過一次，走在水濱區嫌太俗艷，小丑鞋似的，所以沒再穿第二次。買鞋的那次可以說是她慣用的手法，以出其不意的方式對我施展善意。那天下午，她先勸我陪她出去散散步，故意誘導我走進一家大型百貨公司。我沒進過這一間，不過我在閒晃的時候，曾逛過其他幾家，慢慢能體會箇中樂趣。我總愛穿越香水區，嗅著刺鼻的香味，暗暗讚嘆著刺眼的燈光和櫃檯小姐稜角有型的臉孔。言歸正傳。我們走進百貨公司，她以促狹的口吻，叫我試穿一雙運動鞋。我照她意思去試穿，針對鞋子講幾句應景的客套話，以免顯得欠缺幽默感，然後她告訴我，這一雙是她送我的禮物。我先是推卻，接著看見她臉上泛起尷尬的神情，令我怪罪自己沒風度，不近人情，不該漠視她對我的關懷和敬重，於是感謝她的好意。

「我哪有鎖著門不出去？我天天都外出。」我說。

「去逛傢俱行。」她說。

有一次，她想勸我中午出去吃一頓簡餐之類的，我在不設防的情形下透露自己的嗜好。她說，街尾有一家很棒的黎巴嫩小吃店，一定合你胃口。「我天天都出去散步，」我告訴她。「每天早上，我都去中區廣場園區逛傢俱行。」從她的觀點，唯有找不到消遣可做的寂寞老爺爺才會以逛傢俱行為樂。或許，任何人都抱持同樣觀點。

「今天早上，我去水濱大道走了十五分鐘，」我說，嘲笑著她苦勸我的態度。「從亞瓦崙（Avalon）體育用品中心，一路走到碼頭。在漢普頓（Hampton）飯店外，有一大群穿著褐色和白色袍子的修女，聚集在人行道上，好像是在恭迎貴賓。修女旁邊有兩個高大而軍威輝煌的門房，制服上有辮飾，戴著軍警帽，等著禮車來臨，然後幫貴賓開車門。飯店的旗幟在大家的上方飄揚。這兩個彪形大漢雄壯威武站在路邊，瘦小而行事低調的修女在他們一旁，袍子隨風起舞，頭飾像雌孔雀那一身寒酸的羽毛。壯漢忍不住昂首闊步的這幅情景，感覺很雋永。」

「你說那兩個壯漢是什麼？他們應該叫做門警才對。」她問。

「門房，」我說。「守門人。繁華的文明社會裡不可或缺的角色。辛巴達結束第一趟航程，帶著財寶回到巴斯拉城，先給自己買一棟房子，然後買個門房，接著納幾個妾，買幾個奴才娛樂朋友們。」

「現在不打仗，他們都叫做門警，」瑞衮說。「打扮成那樣，走路有風，可以符合一般人對他們的期望。你是在逛傢俱行之前或之後看到的？」她問。

「逛完後，絕對是的。逛傢俱行最佳時機總是在一大早，不然店裡一忙，空氣裡全是人造纖維。我今天去逛的那一家，進了一批新型的桌子，風格和一般桌子有很大的差異。淺褐色厚實的木料，線條平直冷峻，」我說。「我喜歡小螺旋和金銀絲的花樣，喜歡精巧的飾邊。我看得出那一批桌子的質感，可是我不敢恭維那種實用至上的傲慢風格，不能接受那種以醜陋為榮的調調。」

「所以你才產生巴托比意識？結果你以為去海邊走走，能讓情緒平定下來。好了啦，趕快穿上運動鞋，我開車載你去逛峭壁，欣賞海面反射的陽光，然後說服你去我家吃晚餐。」

我太累了，我解釋。我看得出她心死了，每當她的勸說進行到這步驟，我總覺得自己辜負了人家的好意。我其實衝動想說，好，我去，但我把這股衝動按捺住。我的確是覺得很累，至少也累到無法跟剛認識的人從零聊起。或者，我可能只是心靈靜如止水，只想讀我新買的一本中亞旅遊書。那本書是我今天在一家舊書攤買的。舊書攤隔壁有一家花店。馬路對面另有一家舊書攤，不過那家的老闆一副恨書的模樣，穿著邋遢的西裝，打著領帶，守著書堆，雙臂交叉胸前，怒目橫眉，活像正在站哨，看管著一群叛逆心強的狒狒。他把二手書保存在箱中待售，堆疊成山，有的東倒西歪，宛如倉促進貨、俗買俗賣的商品。有一本是英國駐印度軍官馬勒森（G.B. Malleson）的《赫拉特》（*Herat*），一八八〇年出版。我翻閱到這一句，於是心動買回家：「地毯散發出琥珀氤氳。」我因此緬懷我的沉香，沉緬於香樹脂散發的香味。

我漸漸對瑞裘產生好感，但我不敢對她明講。她想來就來，有時不先通知一聲，常常上門邀我去做這做那的。並非所有邀約都經過她深思熟慮，所以我必須奮力抗拒，以免被她拖去惹人厭。然而，她的邀約很多出乎我意料，迫使我再三考量是否該慣性回絕，否則我多半是待在家裡讀書或看地圖。她大概不喜歡我沉迷在地圖世界中，我不懂她為什麼反對，因為她從不直說她討厭我視地圖為寶，甚至最近還送我一本探討中世紀葡萄牙地圖繪製學的書。也許酷愛地圖會讓人以為我是怪咖，以為我不愛出門，而她希望我能培養一些較有活力的興趣，以顯示我人老心不老。

此外，她的來訪對我好處多多，有助於我看清從我視角看不出的道理，讓我記得別人的善意關懷，記得別人曾對我獻上溫情，也讓我有機會以溫情回報。這樣的好禮不算微薄，一點也不，只不過我唯恐因而自我陶醉太久，深怕自己會錯意，莽然表錯情，退回一份對方沒說要給的愛。儘管如此，我認為她的來訪對我有好處。我不清楚她的來意，不明白她為何執意要我去參觀哪座山谷或峭壁，要我去一片毫不美觀的亂石灘散什麼步。我從未問過她，她也未曾針對這主題開講。她只是旋風似地來訪，東忙西忙或坐下，喝著苦咖啡或甜紅茶閒聊片刻，如果她想出去而且我也有興致，我們會去海邊蹓躂，或她開車載我去她建議的地方，語調匆忙，解除對方戒心，是她慣用的口吻。她的來訪有益我身心，令我對她產生好感，我不禁把她視為女兒。頭一次和她相處，我就聯想起天上的女兒。有時候，我見瑞裘雙手握著一團亂髮扭擰著，彷彿有心事。這是她的習慣動作，原因不明，我一見就回想起在拘留所和她認識的那天，進而基於不明因素想起自己的女兒瑞亞，來去匆匆的女兒茹奇雅。每次瑞裘扭擰著頭髮，就讓我想起女兒瑞亞，女兒茹奇雅，不同的是我女兒從來沒長過她這樣的頭髮，也從來沒像她這樣拉扯過。我不敢對瑞裘提這麼多，也不明白她為何特地過來看我。她的說法是「突襲你家」。她抱怨我怎麼不申請電話線，害她無法事先來電，只好被迫專程過來邀我同行，卻發現我不想去，接著她束手無策，只得像一陣繁忙的龍捲風颼一陣就走，無頭蒼蠅似的轉戰他方。就像今天這一次。可是，我不想辨一支電話。家裡有電話聲，聽了會心煩。不速之客順著電話線不定時入侵家中，對著你嘰嘰呱呱，不管你是否想聽，來電者的方位不明，出其不意的來電讓你來不及準備客套話或藉口，發著刺耳的尖嘯聲吱吱蹦進家裡，然後限定你恭恭敬敬接聽。我較喜歡瑞裘隨心所欲來訪，並認為不久後她這行為的頻率恐怕將漸漸減少，最後不再來。想到這一點，我擔心婉拒和母女共餐恐怕讓瑞裘更不想再來，心急之下我差點說，好，我去。

「不然明天吧，午餐，」她微笑說，勸誘著。「明天中午來我家吃飯。你一定要來。如果你不來，她會說你是我憑空想像出來的。她喜歡唸我是個愛做夢的小孩，唸我活在奇幻世界裡。起碼她以前喜歡這樣唸我。後來，我開始做難民庇護工作，她才覺得我清醒了，活在現實世界裡。她說，『從事這工作才有意義嘛。』我母親總以為自己摸清了現實世界。倒是她自己，每次我聽她講我們的家族史，總以為她才活在奇幻古裝劇裡，掰得天花亂墜。根據她的說法，我們的祖籍在以色列海法（Haifa），後來變成西班牙塞法迪猶太人（Sephardic），過了幾世紀被驅逐到義大利的迪里耶斯特（Trieste），然後搬去日內瓦，然後她的祖父在上世紀末搬來倫敦。可以說是天馬行空。」

「她知道這麼多家族遷移史？」我說，應該是**問**才對。我素來熱衷於遠行和刻苦旅程的故事。「是穆斯林和猶太人被逐出西班牙安達魯斯的那年代？」

「應該是吧，」瑞裘說。「不如你來我家親自問她吧？我看得出你們兩個會一直聊個不停，聊到半夜三更，討論著哥多華（Cordoba）的牆中庭園。她喜歡收集以西班牙猶太人為主題的書。有一次她拿一本書給我看，談的是起源於安達魯西亞的宗教歌曲，穆斯林歌曲。你們怎麼稱呼？」

「聖曲。」我說。

「對，一本破舊的小書。」

「我想聽她講安達魯斯的故事，不過明天我家有客人來，」我這麼說有點神祕兮兮，於是再補充：「拉提夫．馬哈穆德。記得他嗎？妳有一次找他來幫……」

「對，我知道。我跟他講過電話。他這禮拜才來電找我。」她說著神祕笑一笑，近乎偷笑。

「喔。」我見苗頭不對。

「他說你們兩個有親戚關係。你從來沒提過。我覺得他相當高興見到你。他說，你提起好多他長年沒再想起的事，有些事他根本不知道。我聽了有點羨慕。他好興奮。在你的生活中，有些事情你根本不知道發生過，一直到現在才發現——我光想像就覺得不可思議。這讓我聯想到我的工作。我們常叫個案努力回想，多提一些有利自己的佐證。要是他們不記得，我們會集思廣益捏造一些。想想看，記憶有漏洞，有別人來幫你填充。這就好比童年吧，爸媽說你小時候做過說過那些事情，你自己卻完全沒印象。」

「有些事不知道也罷。」我說。

瑞裘偏著頭思考片刻，表情嚴肅。「我反對。我覺得『不知也罷』是直通騙局和亂局的單行道。我認為整體而言，最好是該知道就應該搞清楚。他來找你，是想談什麼壞事嗎？我的意思是，你該不會想對他說一些他忘了或他根本不知道的事情？」

「對。」我說。

「你心裡也難過，對不對？我很遺憾。你會不會嫌他煩？」

「不會，我希望他來。」我說。

「他好高興見到你，他反覆講了幾次，所以你們兩個不可能淨講傷心事。總之，他的口氣還好。這話怎麼說呢？……唉，不知道啦，他的口氣平靜、若有所思、有趣。我想和他見面。下次他來你家，我們三個可以聚一聚吧？開車去逛清水谷（Water Valley），在那裡吃午餐，然後去湖畔走一大圈或什麼的。或者，你不希望我湊熱鬧？」

「不會不會，」我說。「下次一定。」

約定時間一到，門鈴準時響起，令我懷疑他是否提早抵達樓下看錶靜候。我準備好了一套寒酸午餐，水煮蔬菜加魚配米飯。他帶著熱情微笑一踏進門，我立刻帶他進廚房進行饗宴。儘管瑞裘說他很高興見我，我仍不知道他會抱著什麼心情來訪。我不知道他是否想來掀舊帳惡鬥一場，指控我滿口胡言扭曲事實，不知他這次是否會尷尬詞窮。對於他的神情，我也準備驚訝一番。短短幾天前，我才與他共處一整個下午和晚間片刻，然而在我的印象裡，他的神情看起來仍有些游移不定。或許，那天我講話時避免正眼看他，在他直視我時迴避他的目光，但事後我想起他，卻發現自己無法描述他的表情或眼神，不知他對我的敘事有何反應。我不是說我認不出他來，只是說我不太確定自己是否記得較細微的一些神態。基於這原因，他一進門就直接被我帶至餐桌，以爭取一些彈性，考慮看看話鋒該從哪裡再續。

他上門時笑容滿臉，握手也有力。這是好現象，表示他八成不是來對我訴苦。接著，我們進入寒喧階段。這禮拜還好吧？工作情況怎樣？家人好不好？「我沒有家人，」他說。我問：「家裡是不是每個人都健康？」他的回應是：「我家裡現在沒人。」我沒多說什麼，見他留意到我啞言。他微笑一下。

「我是跟人交往過好長一段時間，」他說。我忙著端午餐上桌，請他隨意用。「六年，不過那段情遲早會結束。我們在一起，日子過得並不快樂。她名叫瑪嘉烈（Margaret），和我同居，生活當中是有一些樂趣，不過兩人的生活並不美滿。有很多擾人的小問題。我知道自己有時很討厭她，痛恨她。我們是在求學時認識的，曬在一起習慣了，儘管有時日子很開心，彼此關懷，久而久之互相感到厭倦，再過好久才敢承認。後來，我和別人交往了兩年半。是前不久的事。差不多一年前。交往的時候，我們偶爾會討論要不要找個房子同居，可惜從來沒有起而行。就這樣空口說一下，然後連續幾個禮拜沒再想起同居的事，接著發生什麼事害我心想：才不要。永遠都不要。不貳過。我這輩子不想再跟人合住了。我和她維持現狀比較單純，比較保險。她在克拉珀姆區（Clapham）有一棟小房屋，我在巴特西區（Battersea）有間公寓。你對倫敦熟不熟？」

「我從沒去過，」我說。「她叫什麼名字？剛分手不久的那位。」

「安琪拉（Angela）。」他微笑說，笑自己忘了提名字。芳名一出口，他回想起她，臉色僵了一僵。「她是自由接案的筆譯員，翻譯教科書、科學文章之類的。專精義大利文。她比我更早對現狀感到厭倦，要我抉擇。我沒辦法。我的意思是，我不想改變現狀。不想結婚生小孩。剛認識她的時候，她提起一件她家發生的事，讓我怎麼忘也忘不掉。她說有個週末，她和哥哥趕回多塞特（Dorset）家中，想勸一勸母親，因為母親不肯再和他們的父親行房。她說她母親的行為很不公平。所以她才和哥哥一起回家開導她，責怪她太自私——還有父親在一旁慫恿。這件事我怎麼也忘不了，特別是在同居的話題愈談愈烈的階段。我想像自己的子女有天從外地回來，對我說教，責怪我不該拒絕和安琪拉行房，而安琪拉坐在附近，嘟噥著慫恿他們勸說。這情景，我一想就受不了。唉，其實我大概是不想同居，只不過那件亂七八糟的事也在我腦子裡揮之不去。所以到後來，她拒絕再照我的意思漫無目標交往下去，最後就吹了。分手之後，我不太想再找對象。對了，感謝你招待午餐。」

「沒什麼好招待的，只有一些填肚子用的粗食。」

「感謝你肯歡迎我再來，」他說。「我還以為上禮拜叫你談那麼多不堪回首的往事，自己態度也粗魯不和氣，累壞了你。」

「不會，我希望你再來。你太客氣了。」我說。

「總之，一整個禮拜，我天天在思考你上次提到的幾件事，想從自己的記憶裡找到交集，看看哪些方面能吻合。我知道，儘管我聽得入迷，其實內心深處抗拒著你的說法。我天天在思考你的說法，拿來跟我的印象比對，發現一些我自己永遠無法填補的空隙，有些是我們上次設法避免的話題。離鄉的這些年來，我一直想念著過去的那段時空，一直想到心力交瘁。生活在這裡，雜事已經夠多了，也經常要面對敵意、輕視、目中無人的態度，我覺得累到破皮了，化膿了。你懂我的意思嗎？你一定明白這種心情。我這禮拜一直在想，這些年來的已知和未知，這些年來一直擱置不理，一直束手無策，我實在累壞了。所以我很期望再來你家聽你談往事，讓雙方都能解解愁。」

「對，解解愁。」我說。

「法魯後來怎麼了，方便告訴我嗎？我上次問過。」

「努虎。他名叫努虎。他後來在海關警署當警察。你知道，就是在港口閘門站崗的那些人，負責搜索所有車輛，拒絕未經授權人士進出，賄賂才行得通的那些。文盲也可以幹那一行。多數人瞧不起那種工作，所以我猜努虎才進得去。我本來不知道他對那一行感興趣，穿制服和軍警靴的。他本來在我的傢俱行打雜，我被逮捕之後，他才改行。」

「我不知道你被逮捕過。」他說著，一勺米飯僵在半空中。從他震驚的狀貌看來，我不懷疑他的反應，但我繼續說下去。

「那時候很多人被逮捕，」我說。「成千上萬。總之，努虎在海關做了幾年，後來鑽漏洞，不知溜到哪裡去了。你或許以為，做他那一行，想溜出國是易如反掌，不過在那年代，港警機靈得很，是荷著槍、開著高檔快艇的那一型，不是努虎所屬的那種好吃懶做的門房。當年逃亡罪的刑期也很長。他大概藉貨輪偷渡出境。從當年進港輪船的去向研判，要是他沒被揪出來，要是他沒被船員踹下海，要是他沒提早在亞丁（Aden）或摩加迪休（Mogadisho）或塞德港（Port Said）跳船，現在的他可能住在俄國、中國或前東德。」

「我待過東德，」他說，搖搖頭，感嘆人生中的一些瑣碎旁枝。「住在德勒斯登。在德勒斯登附近。」

「對，你提過。」我說。

「我有沒有提到我在家鄉交過一個筆友？他居然就住在德勒斯登。我到東德，發現他就住在離我不遠的地方。他母親教我讀荷馬。不對，她沒教我，是我聽她談荷馬，自己才去找書讀。抱歉，你剛提到法魯。」

「是的，你說過，你來我家見我的時候，就在你去東德留學的前幾天。你略過了那天的一件事。那天你來我們家，我妻子莎爾荷下樓跟你講話。也許你忘了。努虎通知她說你來了，所以她下樓了。在她不准下床的那段期間，你的母親曾經來探望，所以莎爾荷一定是以為你幫母親帶口信來了。莎爾荷她不應該下樓的。醫生叫她多休息，不准上下樓梯。她不顧你父親跟我有心結，念在你母親常來探望她的分上，所以才下樓。女人家比較有悲天憫人的意識，比較能在好壞之間求取平衡點。她們能互相關照，較能避免事態惡化到不可收拾的地步。莎爾荷下樓問候你和你母親，你卻偏著頭，一眼也不肯看她。你連她的寒暄也不回應就走了。我猜這一段被你忘記了。好久以前的事了。」

「不對，我沒有忘記。我只是不去記得而已。不是什麼大事件，所以沒有特別的印象。那時我不懂禮貌，現在很對不起她。」

「好久以前的事了。而我，當初我應該把那張桌子還給你們。小事一樁。莎爾荷叫我物歸原主，都怪我一時氣不過。雖然你們家留下的傢俱不多，我還是全部收下了，她知道之後大驚失色。她覺得我這行為有報復的味道，無可原諒。假如那時候我們已經在一起，已經結婚了，她肯定會勸我不要。在我收下那房子的時候，沒人可以勸我，我只靠一股悶氣和悲情指引我的意向。我被人毀謗，氣壞了，覺得這事情自己做得名正言順。到了小桌事件上演的階段，傷害我名譽的不只毀謗，你父親信教後變得神聖不可侵犯，吹擂說真主遲早會叫我認清自己的罪過，叫我抱著愧疚的心把一切歸回原主。所以你來找我的那天，我才捨不得退還那張小桌子，要是能說退就退該多好。最後就因為這事，你母親也和我翻臉。」

拉賈布第一次拒絕接受我的提議，即使案子已進入英國殖民法院審理，我仍向他提出妥協方案。我解釋說，我不想要他那棟房子。我說我做生意需要資金，也快成親了，只想籌措一筆貸款。那筆錢本來就是我的，我不想要他的房子，也不想逼他們搬走或繳房租。給我當名義上的屋主，好讓我去向銀行貸款，等我事業上軌道，我會把房子的所有權還給他。可惜他斷然拒絕。後來，我勝訴，他一家人搬進他租的一棟小房子去。到那階段，情況已經無法挽回了，我也忘了當初那樣做的本意。我把房子租出去，向銀行申請到貸款，可惜遠不如我要的資金。那時國家剛獨立，銀行業人人自危，事後證明緊張是對的。過了兩年，政府撙節支出，國內一片混亂，情況危急到極點，於是實施國有政策，把所有銀行當成提款機使用，美其名為自給自足，全為人民著想，實際上是政府在強取豪奪，見稍有油水的事業就加以強占。統治者的建設少之又少，多半只想撈現成的錢，然後懷著罪惡感吃撐肚子。

在我取得拉賈布的房子、想用來申請貸款的那陣子，亂象仍未升至沸點，但銀行界已察覺風向不對，行事變得謹慎。我申請到的一小筆貸款不足以實現我的傢俱行大夢。貸款再多，反正最後也無濟於事。不到一年，國家陷入混亂，民眾無不想盡辦法把錢匯到國外，我只能照常做傢俱買賣，只不過當時精品已經滯銷。黑檀木桌回到我手上之後，就算賣不出去，我也可以放進店面展示，一來是因為它精美搶眼，二來是能天天督促我反省友誼和野心到頭來全是一場空。

拉賈布搬家後，每天仍返回老家附近的清真寺祈禱，天天走過我店門前，頭壓得低低的，一副虔誠教徒被擊垮、受盡屈辱的模樣。鄰人見他路過，總惋惜他家遭逢的悲劇，總把我視為造惡主。在那陣子，他的妻子艾霞成了阿布達拉．喀爾凡的情婦。他是開發資源部的部長吧，職位差不多是這樣，總之是政府胡搞的編制。公家車來她家接她，送她去部長指定的地點，事後送她回家。謠言流傳說，這一對很早就開始搞婚外情了，如今喀爾凡當大官，兩人覺得沒必要再躲躲藏藏。喀爾凡飛黃騰達卻不另尋嫩肉，依然對老情人不離不棄，我想也算值得致敬吧。畢竟，艾霞年紀不輕了，只不過她美豔依舊。部長自己也不再年輕，不過對達官貴人而言，年齡從來不構成障礙。所以，堅貞信徒拉賈布的苦難才更深。

艾霞曾來我家探望無法下床的妻子，曾在訴訟期間和敗訴之後抱著和解的心態，曾派兒子伊斯梅爾來求我行行好，把小桌子還給他們。見我器量如此小，她一定因此對我起了反感，因為她從此跟我翻臉。之後，她開始暗算我，一陣子之後大獲全勝。當然，她背後有部長撐腰，只不過要等一段時日，他的干預才漸漸發酵。不管她想如何暗算我，一旦計畫開始進行，大家都無力回天了。接下來兩年間，我遭遇到一連串迫害，以下照發生順序一一陳述。在我敘述之前，我應先提一件事，在連串迫害事件展開之初，莎爾荷產下女兒茹奇雅，可以下床了。願真主憐憫母女倆的靈魂。

拉提夫插嘴，這已經不是第一次了。前幾次我不提，是因為我不想讓敘事紊亂，也因為他發聲多半是表示驚訝，或要求我敘述詳細一點。但這一次他從餐桌前站起來，走出廚房，扔下我們剛吃完的午餐。不多久，他馬上回來，怒燄蒸騰。

「現在你改把矛頭對準她了，」他皺眉說，面色陰森，顯示不滿和氣憤。「你罵完了我父親，現在想改罵她，對吧。他只是一個想報仇、能力不足、不明事理的人。神聖得不得了。罵夠了，現在輪到她挨批。對，我知道部長的事，大家都知道。她生前是個好女人。我印象裡的她是好女人。以前我下午看她打扮得花枝招展出去會情郎，心裡會一陣恐慌。我以前常覺得害怕，不曉得在怕什麼。到現在我仍不知道她為什麼非變成那樣不可。在我聽你講往事的過程中，我不停在心裡嘀咕，你騙人，你騙人。你只是講故事講到中邪了。你想把故事講得逼真可信。你現在卻又想加油添醋，想把故事掰成一場真實好戲。現在劇情進展到你被人迫害，迫害你的人是我母親和姦夫部長。」

我避免正視他。這是我在監獄學到的一點小聰明——對方生氣時，視線不能和對方接觸。我學到的是靠近對方坐下，視線和對方同一方向。因此，現在的我轉開視線，等著站在門口生氣的他。

「我聽不下去了。」他說著再度離開廚房。我靜候片刻，然後起身收拾餐盤，放進洗手台沖洗，接著燒水，打算沖泡一壺甜薑茶。我端著茶盤進客廳，見他站在窗前，瞭望那一小片海景。我倒茶等著他過來坐我對面。

好，以下是我遭遇到的事件。其中許多事，談起來很難不動肝火，有些事令我痛苦難耐，但我渴望一吐為快，以判斷當年情勢，判斷人類的心胸多麼狹窄，多麼狡詐。我將一件接一件簡短敘述，因為很多是我一直努力不放在心上的事，唯恐減損我心中殘餘的一點點怨懟和無助感。多年以來，我回顧這些事件的機會很多，已能從宏觀的角度衡量事件的輕重，從中領悟一些道理，自己身上一點小傷不算什麼，忍一忍就能照常過日子，畢竟其他人身受難以承擔的殘暴。

在一九六七年，共和國總統振振有詞從電台宣布實施銀行國有化，之後我接到銀行經理通知，要求我全額清償貸款。那家原名標準銀行，如今改名為人民銀行。我去懇求銀行應該講講理，因為申請貸款時雙方協議分五年清償，如今只過兩年多，還不是援引法條強制清償的時候。我去銀行向經理求情。銀行實施國有化，表示社內高層一夕之間全面改組，以免多數是外籍人士的老主管從中作梗。新任經理拒絕見我，派助理向我說明我應立即清償貸款，毫無協商空間，因為銀行是依照相關政府單位的指示行事。國外拒絕再對我國信貸，過去幾個月，顧客急著擠兌，所以所有貸款都必須清償。我說，奇怪，我怎麼沒聽其他生意人提起這事？助理解釋，呃，那是因為這項作業分梯辦理，而我屬於第一梯。我說我沒錢全額清償。經理說，這樣的話，本行只好沒收我擔保用的房屋。

四週後，我在法庭勝訴贏得的房子被銀行收走，既有的房客接到即日生效的退租通知書。房客前腳一走，拉賈布和妻子立刻搬回家住。之後，他每天去公共工程部上班途中，都會經過我的店面。如今他升官了。以前他滿臉羞慘低頭走路，頭偏向一邊，如今以炯炯大眼直視我的臉孔。他討回自己應有的房子了，而我為我的罪過付出代價。不久後，我遠遠見他走來，懂得趕快轉移目光，但我能感應到他路過時緊緊瞪著我。艾霞也跟著他搬回家了，我卻幾乎沒看見她路過，因為現在她有專車接送。我見到她走在街上時，她的步伐多了一分慵懶，走過我身旁時不發一語。

再過五個月，我被傳喚至黨部。通知我的人是地方黨部的主委。星期三上午，他進我的傢俱行，我請他喝水，他接著告訴我，明天下午我該去總部一趟，因為我被拉賈布申訴了。他在申訴書裡指出，我偽造他姑媽瑪蘭的遺囑，並在她死後詐取我目前居住的房子，兩人之間並無親屬關係。我告訴主委說，這完全不是事實，但主委聳聳肩說，我講什麼都沒用。想講，可以留到中央黨部再講，看看他們怎麼說。我告訴莎爾荷說，我接到中央黨部傳票了，她著急得半死。她原本一直以為我會再受打擊，結果等了好幾個月都沒事，她以為風波過去了。原本，我擔心遇到比黨部傳票更嚴重的壞事。我擔心遭受難以言喻的羞辱，擔心肢體受蹂躪。有時候在半睡半醒之間，看見一個我童年見過的男人，他的鼻子被整個削平了，眼睛和嘴巴之間只剩兩個肉色的小洞直通頭腦。這是強姦罪的刑罰，從此他衣衫襤褸走在街上，連最弱小的民眾都嘲笑揶揄他，連反擊或自衛的念頭都不敢動。我以前擔心遇到比黨部傳票更慘的事，結果傳票在手，我居然一想到黨部將怎麼處置我就瑟瑟發抖。

黨部聽審會說穿了，不過是一個因人治罪的治安法庭，庭長是黨祕書長，成員是找一些沒事做的人去充數，共和國總統興致一來也會出席，有時他會派司機或警察局長去。我出庭那天成員如下。我在此公開所有人姓名是為了顯示事出必有因。一、姓名人盡皆知的黨祕書長。二、開發資源部長阿布達拉．喀爾凡，拉賈布之妻艾霞的情夫。三、移民局長阿布度卡林．哈吉（Abdulkarim Haji）。四、人民陸軍中尉阿密德．阿布達拉（Ahmed Abdalla）。五、小學教師碧碧．阿季札．薩爾民（Bibi Aziza Salmin）。他們一字排開坐一桌，我坐在面向他們的椅子上，這裡是黨部後面一座有遊廊的陰暗大廳中。在下午一兩點的時刻，外面豔陽高照，陰暗的室內很得人心，可惜空氣充斥著地下室的腐臭味。地方黨部主委陪我進來，坐在一旁當見證，準備回報給地方上的長舌父老。

黨委接力高談我的罪狀，抨擊我見弱女子好欺騙，詐走虔誠好人家的家產。開發資源部長話不多，但他似乎很滿意事態的進展。對我最不仁慈的是移民局長哈吉和女教員薩爾民，這兩人都指稱我象徵世上吃軟飯的男人。我雖不認識這群人，卻聽過他們所有人的大名。

他們叫我回應四、五個對我不利的問題。「你是否承認，從你父親再婚那一刻起，便已策劃詐取瑪蘭的財產？」我只回答一次就被噤聲。我解釋，那棟房子是瑪蘭在世時轉移給我的，並非繼承而來。瑪蘭遺囑之所以隻字未提那棟房屋，是因為她在世時已透過法律程序贈與我，以避免他人誣控反控。我來不及多說，女老師就愕然指稱我厚顏無恥，移民局長進而建議罪加一等——把黨委當傻子。之後我有話沒得說，只能聆聽著污言皒語一個多小時。我坐在他們面前，任他們一一判決：女老師先發言，後續的火氣一個比一個旺，最後是祕書長為判決做總結，命令我明天將房屋所有權狀遞呈至祕書長辦公室，隨後所有權狀將歸還瑪蘭親屬。

地方黨部主委陪我走路回家。他途中安慰我，幸好判決不算重，驟然反駁一次，之後封口也算明智。傢俱行還在，所以我不至於餓肚子，何況誰曉得真主會如何處置我呢？那一夜，我們匆忙收拾家當，在努虎協助下，以手推車送至傢俱行以及莎爾荷的父母家。努虎已經不是我的手下，但我有時仍可找他當幫手。鄰居窗戶開小縫窺望我們家動靜，避免說些令我們更傷心的話，有些鄰居嚅嚅禱告著，喟嘆時局。我們來去不走大馬路，推著手推車穿梭在房舍後面凹凸不平的小巷弄裡。翌日清晨，我帶著所有權狀去祕書長辦公室，等了幾小時，到了正午前幾分，大官才進來。我進辦公室，見他端坐辦公桌前，笑臉親善。他接下所有權狀，一眼也不看就收進抽屜。接著，他請我喝杯咖啡，我才謹慎喝兩小口，他隨即向辦公室裡的憲兵招手。憲兵朝我前進一步，雙手插腰。腦滿腸肥的他唐突一甩頭，意思是叫我走在他身前，離開辦公室。他帶我進了一個小房間然後走人。這房間有個高高在上的鐵窗。我聽見他從門外鎖門之後扣上門閂。房間裡有尿騷味，有深色的抹痕，隱隱看似苦痛的印記。

過了好久，到了接近傍晚時分，兩個荷著機槍的小兵進來。到這時刻，尿急的我快憋不住了，深怕自己被這麼一嚇會失禁，受辱之餘還自損尊嚴。士兵搜我的身，身上少數幾件物品被搜走。他們對我大吼大叫，手腳粗蠻，還打我耳光，只為滿足虐待慾。隨後他們粗魯把我推出小房間，押我進走廊，來到黨部門外，一輛有遮雨棚的吉普車正在等我。在夕陽之下，路人眾目睽睽。路人是見證。在這樣的時刻，我不知道何者比較可惡。究竟是犯人呢，或是若無其事圍觀的民眾？黨部外有多名證人路過，假裝好像沒發生什麼壞事，有的漫步去他們最愛的咖啡廳聊天，有的想去拜訪親友。

我僅在監獄裡蹲了幾星期，和將近二十名牢友共擠一小間，所幸通風和採光都良好。所有牢房的牆壁上半部全是鐵窗，看得見監獄中央的放封場。或許更貼切的說法是，鐵窗方便放封場的人向內監視囚犯，令囚犯即使三更半夜也無法確定放封場裡有沒有人在觀察，以免牢中人亂搞或想做什麼壞事。至少，鐵窗讓我們有風可吹，我們看得見其他牢房裡的人，所以單從這個小角度來看，這座監獄比我料想中少了一分牢籠的滋味。我們這間牢房位於角落，風不比其他牢房來得通暢，所以夜裡我們飽受蚊蟲叮咬。水泥地的放封場不見一片樹葉，一根小草也長不出來，牆上的裂縫甚至沒有雜草能逆境求生。

我認識許許多多牢友，因為獨立後的隔天，政府就開始抓人進來關。所有牢友都比入獄前更頹唐疲憊，衣褲都已經被洗爛褪色。儘管邋遢簡陋，心靈和物質條件具缺，牢裡卻衍生出一條文明人的潛規則，彼此講話客客氣氣，能挪一點位子就挪，他人在方便時不看也不開口，他人有病痛時多加關懷，也要聊個不停。我能講的話不多，從牢友身上學習到數不清的知識。有些牢友雖然已經蹲了兩三年，對外界的消息卻能掌握自如。大家聊得起勁，我以恭敬的態度積極聆聽。有些對話具有高度趣味性，是困境裡硬擠出幽默感的苦中作樂。每天我們放封兩次，去打掃做運動，每週有醫師前來看診兩次。每逢下午，家屬送一籃食品給親人解饞，不然囚犯的主食天天是樹薯、豆子、茶。牢飯的分量並非少得可憐，但一籃外食能帶來家庭的溫馨，感覺能與家人同在，口口皆能領會溫情與關懷。每週一次，籃子裡裝著T恤和沙龍以供囚犯換穿。

親屬不准入內探監，所以籃子全交給獄卒，由他們負責檢查籃裡有無挾帶密信或武器。檢查完畢，獄卒在籃子上貼標籤，放置在放封場內，讓囚犯自行取用。有些時候，獄卒會偷走籃中物，當作是惡作劇似的。入獄第三天，我收到籃子，傻傻感到如釋重負。起碼老婆還知道我在哪裡。知道我在哪，好像她心裡會舒服一點似的。

有時候，囚犯會被處罰，被毒打虐待。我聽牢友提起他們目擊過的慘狀。挨橡膠水管鞭笞，挨警棍抽打，被罰裸足踏著碎玻璃前進。牢友鉅細靡遺談論酷刑，沉聲討論著受害者的下場，彷彿音量壓低就能略過受刑人受辱的事實似的。酷刑在放封場執行，行刑者至今仍在鎮上的街頭逍遙，受刑人也是。我在這座監獄服刑期間，只見過叫罵和竹竿抽打。

在我入獄第三週，共和國總統來了。他偶爾會進監獄爽看異議人士被牢牢關死，見他們各個顯得心惶惶，狼狽不堪。總統喜歡聽他們苦求他大發慈悲放人。他不在我們這間牢房前逗留。健壯如野豬的他信步走過我們這一間，隨行的醫師、典獄長、隨扈，幾乎是鬼鬼祟祟尾隨。他不在我們這間牢房前逗留，因為他有每次必定視察的特定囚犯，全是他的仇敵。他心滿意足地審視他們，以快活的語調和他們插科打諢。他命令醫師定期為囚犯檢查身體，以確定他們安好。若檢查到病症，他會叫醫師即刻為他們診治，好讓他們能長長久久享受獄中人生。

在一間牢房前，他駐足良久，凝視裡面一名囚犯，彷彿是頭一次見到這人，彷彿發現他身上有個引人入勝或令人不安的特點。這名囚犯原本是小學生物老師，在課堂上屢次痛批政府不重視人民政治權，學生家長曾幾度好言相勸他收斂一點，他卻一直把持不住，最後遭一群家長舉報給相關單位處理。他是個手長腳長的瘦子，容貌羸弱，總統看了必定在心中懷疑，這傢伙哪來的火氣，怎麼有精力去痛批政府。或許，總統對這囚犯有幾分認識，只是在心中沉思著亞當子孫多麼多元化。誰能猜透總統的心思呢？他又多停留了一會兒，發表即興演說，宣揚萬眾一心和勤奮向上的重要。他轉頭告訴所有囚犯，如果大家都能恪遵這兩大要點，國家勢必能成長茁壯，長足進步。巡視完畢後，他來到放封場和牢房之間的閘道，停下腳步，以滿意的目光放眼看著我們，身體一陣陣低吟著吼笑聲。

在我入獄第三週的週末，入夜不久，所有牢房全上鎖後，我被叫出去。獄卒叫我不許出聲，儘管他明知所有囚犯都將望向亮著燈的放封場。他帶我穿越放封場，走進另一座較小的院子。我知道囚犯在這裡接受酷刑，也知道被隻身拘禁的犯人關在這一區，只不過沒人知道他的身分。獄卒說他在國外犯罪，被英國人判刑，已經坐了三十年牢，極可能是政治犯。被拘禁這麼久，他已經徹底心神錯亂，言語無人能懂，也可能是再也沒人懂他講的外語，獄方沒辦法，只好繼續關他。我被鎖進苦牢，裡面黑漆漆，牆上的白堊和石灰散發潮濕的瘴氣，牆頭有一道扁平的鐵窗，看得見星光。我在水泥地板上坐下，伸直雙腿，兩手摸索著便桶卻撲空。一時之間，我覺得好自在，能獨享一人世界。打從我入獄那一刻起，我儘量不去思考坐牢的後果，不願想到親人遭逢什麼災難，可惜屢試屢敗，反反覆覆努力，直到耗盡元氣，不停想以念力驅趕焦慮感卻成效不彰。累透了，我被悲慘的心情淹沒，蜷縮地板上抽泣，被蚊蟲包圍。

在夜色深之又深的時刻，我聽見牢房外有人在交談，心臟陡然蹦了一蹦。原來我睡著了，被人聲吵醒，一時之間忘記置身何地，大概誤以為自己在家裡，有壞人入侵，想對我不利。這時有人拿著手電筒照進我的牢房，我聽見有人在笑。有人喝令我起立，用手電筒直射我臉孔，讓我無法分辨去向。我聽見另一人的笑聲——也許有兩人，更多也說不定，一起哈哈笑著。其中一人的笑聲有點耳熟，我聽了好害怕。他們叫我爬進一輛有遮雨棚的吉普車後面趴著，幾個人站在院裡繼續有說有笑，其中一人坐在吉普車上，靴子踩住我的頸背，想必是防止我跳車趁夜逃跑。我被踩得熱血直往腦門灌，再也聽不見耳熟的笑聲。

客套一陣結束後，另一人坐進吉普車後座，靴子終於放開我的頸背。剛上車的這人嗓音與沖沖，因為剛才高官看得起他，多聊了幾句，讓他受寵若驚。「他剛講什麼，你知道嗎？他說啊，『年輕人，我不會忘記你這份人情的。』他總有一天會當家的。他已經差不多是副官了……」剛才踩我的那人插嘴叫他不要再講了。我當下猜他指的是開發資源部長，意思是部長前途無量，現在已經差不多貴為副總統了。難怪那陣笑聲如此耳熟，因為儘管我不太認識喀爾凡部長，我倒是聽過他演講，認得他嗓音，所以在暗夜裡聽到覺得耳熟。我不敢相信的是，他居然夠魯莽、夠卑鄙，敢親自過來送行。急著巴結他的手下那麼多，他大可交代別人來。也許是我低估了自己對他和艾霞的惡行，沒料到他會想親手懲處我。我趴在吉普車地板上，汽油味和汗臭薰鼻，同時又要壓抑內心的恐懼，連喘帶嘔。當時我明白，按照謠傳，我會被載到野外，像我之前的無數倒霉鬼，被押至海邊做掉。不過，我不會被槍斃。吉普車停下時，天邊初透晨曦，我們來到港口。我轉身，不願面對押我來的士兵，對著鵝卵石地面紓解內急，無限暢快地哆嗦一陣。

碼頭停泊一艘大汽艇，我被押上船，被關進下面的船艙，裡面已有兩名男子，腳踝被銬在牆腳的欄杆上。我也被命令坐在抹布上，腳踝被銬在同一條欄杆。我不認識這兩人。我得知他們是外島居民，正要和我去同一座監獄。後來我發現，他們是兄弟，被控以巫術毒殺對他們有恩的伯父。在他們家鄉那一帶，仍有人相信巫術。他們當然是被誣賴的，他們這麼說。我們一登船，汽艇立刻出航，奔馳了幾小時後，在下午一兩點抵達目的地。航程大部分，兩兄弟開開心心，比手畫腳聊著他們認識的滑稽怪咖，必要時為我增補一些背景知識，在異常言行值得大書特書時還邀我貢獻意見，活像我們三個剛過完漫長平淡的一天，在村子中間的芒果樹下蹉跎，或在咖啡廳戶外喝咖啡聊天殺時間。靠岸後，腳鐐打開，我們走上甲板，發現目的地是一座小島。上船前，我被押到碼頭，就猜到終點在這地方。

獨立後，政府一直以這座小島作為拘留中心。阿曼裔的民眾不分男女老少，特別是住在鄉下、蓄鬍裹頭巾、被罷黜的蘇丹的親戚，全被政府押送至這座偏遠的小島集中管理，由衛兵管制，幾個月後，阿曼政府派船前來接他們走，每梯次多達數千人。由於阿曼裔人數眾多，幾星期之後船班才停止。據說島上仍有一些阿曼裔民眾。整座島禁止閒人進出，所以消息全靠風聲傳遞，偶有不明人士拍一張相片，刊登在肯亞境內的報紙上，顯示的景象無異於大家熟悉的災難相片——一群人蹲在地上，有些垂著頭，有些以疲憊無神的目光看著鏡頭，有些人謹慎的神態裡帶有一絲興味，有些是精疲力竭的無帽鬍子男，有些是披戴頭巾、視線向下的婦女，有些是直盯著鏡頭的兒童。

島主親自前來碼頭迎接。他是典獄長，笑口常開，體態臃腫，高聲歡迎著我們，摘下軍便帽，對著我們揮舞，彷彿我們是他渴望已久的賓客，好高興終於見到我們。他總是這樣，凡事都令他樂得又笑又叫，為了人生裡橫生的枝節喜形於色。但他也有心煩或惱怒的時刻。變臉的他會滿口粗話，行為粗暴。什麼事會惹他心煩或惱怒，並不太容易預測。後來我發現，島上有幾個他最愛找麻煩的對象。那天，他來碼頭迎接我們，帶我們踏上一條上坡步道，開心介紹著這個宜人的好地方，甚至和我們勾肩搭背走著。來到坡頂，地面變得平整，我們見到一座建築物和附屬小屋。小屋是衛兵哨站。他帶我們去登記資料。他的辦公室連結著一座大遊廊，海景和島景優美，也可遠望大島的海岸。他在遊廊的藤椅坐下，靠向椅背，徐徐撫摸著肚子，面帶微笑審視著我們三個。我們頂著陽光，盤腿坐在他腳邊。善待我們一陣子後，他收起笑容，上身往前傾，數落著我們的罪狀，說明著他這座王國的規章。

根據他的說法，我的罪名是竊取國家文件藉以行騙，幸好該文件涉及的經濟利益甚少。假如我的罪名是危害國家安全，身為島拘留所的所長他會親自槍斃我，餵給鯊魚吃掉。「是的，小島海域裡有鯊魚出沒。」他說著轉向兩兄弟。我猜他看得出，我不太可能泅泳投奔自由，但這對兄弟看起來年輕力壯耐操，做得出這種魯莽傻事。他說，「巫術？搞什麼嘛？你們犯這種荒唐罪，丟盡國人的臉啊。想讓全世界以為我們全是搞巫術的落後民族嗎？要是你們敢用羊胃和蛙罣作怪被我逮到，別怪我親手鞭打你們。在這個國家，在這年代，人民都有學位證照，你們這些住在沼澤荒野的人，還以為能靠毒藥和蝙蝠血來為所欲為。聽清楚沒？敢亂來，別怪我抽你們鞭子，打到你們只剩兩顆眼珠。」他告訴我們，我們被帶來島上，是因為我們既凶險又愚昧，所以要在這裡被拘禁到學乖為止。

島上有一棟監獄，由英國人在世紀交替期間建造完工，用以拘禁那些想揭竿起義的本地刁民，可惜刁民寥寥無幾，使用不久後便成了蚊子館。至於我在鎮上蹲過幾星期的那座監獄，起先咸認不夠牢靠，很容易越獄和暴動，但事後證明便利又安全，從未發生越獄或暴動。後來，到了英國殖民政府能威震天下的階段，為表現寬宏的特質，總不忘自我提醒實施獄政仍需謹守崇高的道德觀，於是將監獄島改制為療養島，專收結核病患。這棟新建築的病房小如牢房，但有海景可看，每間都有不設鐵窗的門，門外有一片以木麻黃為蔭的空地。儘管監獄閒置，官方仍指定一名工友打掃環境，整理三名英國海軍軍官的墳墓。三軍官從十九世紀末一直長眠島上。墓碑寫著，三人在船難中喪生。工友曾是結核病患。後來，島上的療養院關閉，鎮上另設一間療養院，他留下來不走。殖民地政府之所以決定關閉療養院，是因為醫藥當局（兩位醫師）愈來愈相信本地結核疫情已趨緩。我在島上的期間，那名工友仍在，他的監獄仍屹立不搖，只不過部分牆壁已有崩塌現象。療養院的牢房仍堪用，全被鎖起來，工友定期過去開門通通風。他也仍去為三座古墓悉心除草，照親屬指示禁止閒人攀爬墓碑——如果親屬仍記得他們、仍記得喪生地點和原因。工友是個乾癟硬朗的老人，眼神機靈，私下過著服務帝國的生活，看管帝國留下的建築，私藏著故事。可惜帝國已龜縮回原有的碉堡以保平安，老早遺忘他的存在。

我在島上沒吃到苦。島主喜歡以「指揮官」自居，對我不感興趣，對旗下其他五名士兵的興致也不高。他下的指令我一一照辦，我也遵守所有規定。兩兄弟日子過得安穩開心，常坐著和士兵聊天，把他們當成老朋友和揶揄的對象，有時幫幫忙，有時趁隙偷他們東西，有時爬爬樹、游游泳，活像兩個嬉鬧不休的無賴漢。見兩兄弟胡鬧，指揮官看得眉開眼笑，有時幾小時不見他們人影，他還會下令抓他們兩個過來，好讓他盯緊一點，其實他是喜歡就近看他們打滾玩耍。我隱隱覺得，他們不會被關太久。島上另有十一名男人，全都在等待遣返。阿曼政府派船前來那段時期，他們正從其他拘留所被轉送來島上途中，結果他們抵達這座小島時，最後一班船已經出航，所以他們滯留至今，等待阿曼政府得知他們的困境後安排他們**回國**。他們的國籍和生長環境與我相同，差別只在於他們的祖籍在阿曼。他們的外型甚至和我們沒兩樣，有些人膚色稍深稍淺而已，也許頭髮稍微直或稍微捲一點而已。他們的罪名是阿曼曾在本地寫下不名譽的歷史，而政府不准他們洗清這份原罪。若排除祖籍不看，他們是原民，是公民，是瑞亞，是原民的子孫。然而，他們接受過不同司令的對待之後，都急著離開，以鄙夷的口吻痛斥迫害者，如同迫害者以鄙夷的口吻痛斥他們一樣。島上司令和部屬最注意的就是這一群人，對他們百般刁難，命令他們做一些毫無止境的勞務，痛罵他們，有時毒打他們。其中一人詳細記載他們承受的所有迫害，寫在紙條上，夾進《古蘭經》，形同白費苦心的起訴書。

有一天早上，司令思考著這群有待遣返的犯人，突然小發慈悲心。「船一進港，你乾脆跟他們一起走吧？」他提議。「我們還沒接到確切的船期，不過等船一進來，你乾脆跟他們上船好了。沒人會攔你。」我懷疑，這該不會正是主事者的居心吧。主事者希望我在島上待到船進港，希望我一同上船被遣返。「我不想，」我對司令說。「你的好意我心領了，不過這一項行動我連考慮都不敢考慮。我連想都不敢想。我的妻子和小孩在等我獲釋回家，我一定要剛正不阿，接受法律懲罰，等刑期屆滿我就能回家和她們團圓。她們有這份期望，也信賴我會這麼做。我不嚮往其他國家或其他生活方式。」我看見他在打量我，反覆思索著我的每一句，無疑在盤算是否該發飆，斥責我不應以正義凜然的嘴臉拒絕他的善意。隨後，他哈哈大笑起來，大肚腩跟著噗噗嘲笑我，但不含惡意。「女人啊，」他說。「算了，我希望你出獄的那天，她還在等你。」

我在島上沒過苦日子。這棟監獄設計成長方形的三邊，環繞著一座中庭，缺口面海，海面以上另設一座有洞的平台，充當室外公廁，使用者背對著海景蹲下，撩起沙龍，不怕走光，使用起來很安全，有時也覺得很宜人。監獄本身有兩層，但樓上牢房無人住。樓下有五間牢房裡有人，我自己住一間。兩兄弟共睡一間，其他三間讓那群阿曼裔一起擠。他們寧願擠住一起。入夜後，房間被鎖住，但白天大家可在島上自由行或游泳。這座島非常小，你想單獨靜一靜的話，可畫地占地盤，別人若知道你喜歡去哪裡，就不會去煩你。每天，我會去找老工友，陪他坐一會兒，聽他講英國人的往事和英國人丟給他的任務。士兵睡在小屋，司令睡在辦公室的行軍床上。為什麼擺著療養院的房舍不用？我問老工友。無牙的他咧嘴奸笑說，他騙大家說，療養院裡仍有結核菌，睡裡面會被感染。

「你為什麼希望房子空著沒人住？」我問。「海風濕濕吹，房子著潮了，會倒掉吧。」

他說：「才不會，我天天去開窗戶透透氣，也常去打掃，發現有著潮的跡象就用石膏去修補。」

「為什麼？」我問他。

「誰曉得醫生哪天會再來？」他說。

「老爹，他們不會再回來了。」我說。

他的眼珠閃耀著故作神祕，嘴巴不回應。

如此日復一日，幾個月過去了。每天早上，我們照規定打掃、洗衣、除草、開墾一片小菜園種蔬菜給衛兵和囚犯吃。囚犯輪流下廚，或者彼此討價還價交換任務，然後衛兵和囚犯一同用餐。傍晚，我坐在警衛哨下方的海邊，看著帆船一艘艘從對岸的港市出發，清風吹得船帆鼓脹，船直不起身，在泛紅的斜陽下顯得楚楚嬌媚。漁夫準備去摸黑捕魚了，明明被禁止接近小島，卻常湊近到看得見我們，也對我們揮手回禮。白天不分早午，衛兵動輒惱火，常打人發洩，夜幕一低垂，我們全被鎖回牢房。晚上，我們能嗅到他們自煮自吃的晚餐。每隔大約兩星期，大汽艇運來生活物資：樹薯、香蕉、米、甚至載肉品來給衛兵吃。由於島上無冷藏設備，肉必須當天煮食下肚。我們的主食是米或蔬菜，每天一餐。

有一天，我如常又見那艘大汽艇靠港，這次船上卻不載物資，而是前來遣返阿曼裔囚犯。司令吩咐衛兵去召集阿曼裔，限一分鐘內收拾他們想帶走的物品，然後在碼頭上排隊。縱使在阿曼裔臨走前最後一刻，司令照樣想欺負他們，見他們動作不夠快就破口大罵，見他們縮頭閃躲他的拳腳就哈哈笑。他們在碼頭上排好隊、等著登船，司令找我過來。「跟他們走，」他皺眉說，剛和阿曼裔打鬧一陣後仍汗涔涔，氣喘吁吁。再拒絕他的好意的話，我怕他惱羞成怒，但我還是搖搖頭，向後退卻。那年我三十七歲，認為自己大概走完人生一半了，毫無拋棄莎爾荷的意願。我在偶然的情況下愛上莎爾荷，如今只能在暗夜裡單相思，深怕因嚮往太殷切而落淚。我也無意拋棄我女兒，恨自己和她無緣，只盼獲釋後能以餘生毫無保留疼愛她。要是我就此去阿曼，而政府拒絕讓她去依親，我會因此頓失所依，比服刑中的我更加孤苦迷惘。要是母女倆認定我為了救自己一條小命而拋棄她們，我將喪失我唯一能珍惜的一份親情，人生將因此崩潰。我願挺直我殘破的腰桿，逆來順受，越洋陪她一起茹苦受難，期望有朝一日惡勢力退潮，我將能毫髮無傷重返她身旁，聆聽她的辛酸史，互訴苦盡甘來的情懷。

司令見我退卻，傷感地搖搖頭。剎那間我意識到，他該不會隱瞞什麼內情吧？該不會是上級有意對我下毒手，而他想拯救我吧？他繼而淺淺一笑，以莫可奈何的手勢揮手趕我走。

不多久，大汽艇啟航，我們目送它兜一大圈子，鼓足馬力朝彼岸奔去。船上的阿曼裔不回頭，若有回頭也不願呼應我的揮別。我在碼頭目送他們半晌，直到船身遁入地平線下。接下來幾天，衛兵入夜不鎖我們的房門，晚間我們甚至能和衛兵同坐遊廊上蹭飯菜，同桌打牌。司令坐附近，聽著電晶體收音機。我聽見日期，不禁心驚。我已經遭拘禁七個月了，這是頭一次聽見廣播。我的頭髮已長得蓬大，衣褲已穿得破爛，肢體枯槁瘦疼。

「你應該跟著你的弟兄一起走。」司令說。

「他們也是你的弟兄啊。」我說。我語調放得柔和，以免得罪島主，口氣柔和到他沒聽清楚，所以再講一遍。

「是的，」他笑說。「我們的母親全被阿曼裔搞過。」

「何況，這家園是你的，是我的，也是他們的。」我說。

「Sote wananchi，」他以斯瓦希里語說，話中帶刺，又神祕兮兮地吼笑，意思是：我們全是這土地的子民。

每一夜，司令的收音機播放著一個個大人物的演講，聽他們口若懸河，以言語威嚇人民，篡改歷史，自創道德規範以美化高壓凌虐的惡行。百播不厭的是這類大言不慚的政治布道會，幸好為了避免千篇一律，節目裡不時穿插重點新聞集錦，全是角度偏頗、內容扭曲、斷章取義的新聞，但我們求之不得，因為聽了比較有活得下去的感覺。新聞全是奈及利亞內戰一觸即發的消息，宣揚說我國是全非洲——甚至全世界——唯一承認比亞法拉（Biafra）[35]的國家。播報員最愛提比亞法拉領袖的大名：歐鳩庫（Ojukwu）上校，每次讀稿快唸到貴姓時，總不忘稍事停頓，把嘴唇拱得渾圓才唸下去：歐鳩庫，英語的「上校」卻用非洲腔唸成「卡拿」（Kanal）。浪濤在我們四面八方澎湃著。有時候，微乎其微的海沫落在我們肌膚上。我們在遊廊上擺一塊木板當牌桌，中間擺著一小盞煤油燈，大夥兒圍坐。在天黑無月的那幾夜，坐遊廊一角的司令幾乎全身隱入漸深的夜色中，菸頭的火點宛如一顆冒紅光的怒眼。遊廊上的景觀非海洋即星辰，夜裡恍若頭上無蒼穹，只見密密麻麻的繁星壓境。海浪無盡翻攪撲岸，浪頭反射著絲絲星光，呻吟著、撲拍著、沖刷著岸邊的海岩。在海平面附近，市區的光輝猶如海角天涯的一縷極光。

35 譯注：奈及利亞一區，曾經短暫宣布獨立，但在歷史上是未被普遍承認的國家。

有些夜裡，回到牢房之後，我聽見歌聲從樹梢另一邊飄來，輕盈而虛幻，恰似隨風飄送的耳語。我以為是老工友在高歌自娛，因為療養院位於小島另一邊，以雜樹林與我們這一區隔絕。我問他，他卻說他沒有唱歌。他說，島上住著一條蛇，躲在池塘邊的凹地，半夜出來吃青蛙，偶爾會脫離地盤覓食，也許我聽見的是蛇行地面發出的聲響。他說他有一次見到一道水沫從海面竄過而來，停在岸邊，他過去查看，發現一個巨大的黑身影，一個精靈，睡在樹下，頭旁邊開著一口大箱子，裡面有個女人，一面摸著頭髮，一面唱歌給她自己聽，然後舔手指，戴著珠寶的手指，一根接著一根舔，彷彿手指上殘留什麼甜味。搞不好，我聽到的是她的歌聲，工友說。那可憐的女人是黑精靈偷來的，關進木箱裡留著自己享用。知不知道她為什麼舔手指？工友問我。因為女子趁精靈睡著，見附近有男人就色誘，事後摘下一枚戒指留念。所以每當她一根根舔手指，她能一個個重溫被她占有過的男人味。聽老工友這麼說，我發現，對於這老人而言，這座小島充滿魔幻生命力，有英國海軍軍官，有英國醫師，有結核病患，有蟒蛇，有夜半高歌的女囚，有從海面竄上岸休憩的搞怪黑精靈。

阿曼裔被遣返之後幾天，早上有船過來接我們了。我們全數被載離小島。衛兵們不急著離開。等全員上船後，已經下午大約一兩點了。我去找老工友，想向他道別，他卻像故事裡的魔獸消失無蹤。島這麼小，很難想像他能躲去哪裡。我在島上找了兩圈之後放棄，說不定再找下去只會害他焦慮。或許他怕被我們帶走，所以化為一道水沫，從岸邊溜走，等待我們趕快出航。抵達對岸後，天已經黑了，港口靜悄悄，四下無人。景觀如昔，家園近在眼前，再蹓躂下去心更急。獲釋是我連想都不敢想的事，結果真被我等到了。我被叫進一輛吉普車，前行幾分鐘之後被命令下車。我和大約三十名囚犯登上渡輪，即將被運向東非海岸，這才發現我也沒空向兩兄弟道別。

渡輪在黑夜中啟航，翌日下午靠岸，卻拖到夜裡，我們才下船，分乘兩輛卡車分道揚鑣，衛兵說我們往南走。接下來這幾年的事我謹記在心，卻教自己絕口不提。那幾年的事蹟以肢體語言記錄下來，而我無法以文字講肢體語言。有時，我見到別人遇難的相片，苦主的容貌和心痛映在我身上，觸發我感同身受。同樣的影像也教我壓抑苦難記憶，畢竟現在的我在這裡過著平安的日子，相片裡的苦主下場如何只有天知道。最近我看過這樣的一張舊照，鏡頭下有三名猶太男子，拿著刷子，以狗爬式在維也納街頭刷洗人行道，其中一人穿著深色西裝打領帶，另兩人穿著長袖襯衫，其中一個捲起袖子。維也納民眾紛紛在人行道上圍觀，站得很近，笑嘻嘻地看好戲，老少皆有，有的是身為父母親的人，有的是祖父母和兒童，有些牽著腳踏車觀看，有些拎著購物袋，微笑站著表示禮貌，看著三個男人的尊嚴被踐踏。畫面裡不見納粹十字符號，只有老百姓在笑看三個猶太人被羞辱。天知道那三人的下場如何。

這段期間，我先後被關進三處拘留營，由士兵監督，僅受過零星幾次懲罰或暴行。士兵恫嚇我們，對我們動粗，陰晴不定地對我們發飆。我們的處境既慘澹又難過。我們自己種菜吃，自己建造廁所並打掃，幫士兵洗衣服，編織竹籃子，營養不良加上疾病再加上生活苦悶，我們變得身體虛脫，精神萎靡。被蚊蟲叮咬成包，然後化膿的傷口久久無法癒合。胃腸不分日夜折騰我們，餓得咕咕叫，一成不變的澱粉和豆子導致便祕脹氣，喝到髒水、被病菌感染更會腹瀉。胃腸鬧得我七葷八素，嚴重到我常覺得整個人收縮進胃腸裡了。白天一直有做不完的任務，蒼茫的夜裡才總算無事一身輕。有時候，我們會聽到小道消息，得知某某人被暗殺，某某人被逮捕，大赦呼之欲來卻遲遲不宣布，更有戰爭和政變的傳聞。衛兵不准我們聽收音機或讀書。有時，我恨到無法以文字形容，恨到瑟瑟發抖，火大到足以自焚、跳崖、直衝凶光閃閃的軍刀鋒或刺刀尖。

求死不得只好祈禱：照真主旨意每天五次。最善最惡的人，最終都得去見真主。我們依傳統在指定時刻禱告，分秒不得延宕，不能拖到下一天，不能省略不做。祈禱常被日常生活無謂的雜事耽誤。每天清晨，祈禱時刻介於天邊初透光和太陽露臉的那一秒之間，出奇的短暫。正午，指定的祈禱時刻以樹枝做的日晷來判定，插在地上的樹枝影子縮到不見，便是日正當中時刻。下午祈禱時刻則是樹枝的影子與樹枝等長時，大家午睡醒來默禱。夕陽時刻，在太陽整個沒入地平線之後、在餘暉消失前祈禱。晚間，我們等到夜色深黑才祈禱，然後在床墊上躺平睡覺。五次祈禱，加上隨個人記性好壞背誦《古蘭經》，令我們日夜不得閒，讓我們生活規律，讓我們不至於雜事做得渙散無神，也為日子增添一份淡泊，否則生活真不知該如何過。而我們也彼此說故事，有些是追憶，有些是胡謅，說說笑笑，彷彿重返頭一次聽見這些故事的童年時代。

我被移監兩次，一次是因為罹患瘧疾，病況緊急到血便，血色轉黑時，已有最壞打算的牢友為我念誦柔善真主經。到那階段，我已經陷入昏迷，事後得知牢友用盡土法救我，後來我康復了。有好幾天，我虛脫到無法動彈，幸好是撿回一條命了。知道自己活過來的那一瞬間感覺多美好，我無法言喻。康復後，有一位瑞典醫師指示我搬去阿魯夏（Arusha）。這名醫師帶著兩名助理，開著白色吉普車，不期然的來了。醫師穿著白襯衫加褐色短褲，臉色紅潤，金髮在驕陽下閃耀著亮澄澄的金光。在我們排隊看診之際，他豐滿的嘴唇向下彎，一臉厭煩。我納悶，他來這裡做什麼？是誰派他來的？為何命令我搬去那麼遙遠的地方？或許醫師見我們受到不人道的待遇，想以無言的抗議幫助至少幾個囚犯。或許，身為歐洲人的他忍不住想行使在這種國家才有的權威。總之，他和助理駕駛白色吉普車載我離開，一身破布的我有紅毯子可遮身，毯子散發著消毒水和文明人的氣息。他們載我到幾英里外的陸軍營地。我們根本不知道這裡有軍營。我被軍用吉普車一路從軍營轉送至阿魯夏。

被移監的人只有我一個，和一群陌生人相處起初很寂寞，所幸我進一步學種蔬果，從中獲得意想不到的成就感。在這裡，衛兵態度兇狠但消極，我的日子時時刻刻過得充實。後來，牢裡爆發霍亂，兩名囚犯不治，其他人全被送往西北部的營區，大概是要我們等死，以免拖累別人。幸好，我們這群囚犯沒有人病死，後來漸漸被分發到其他監獄。我被移監回南部，之前我在這裡待過三年，這次又待了四年才獲釋。在這所監獄期間，多數囚犯生病，兩名牢友病故，其餘情況變化甚少。衛兵來來去去，有時情況有所轉變，但難以撼動我們所處的大環境。每隔幾個月會有醫療隊前來診治，或許是托那位瑞典醫師之福。有時候，附近居民會過來遠遠觀望，夜裡溜進菜園偷菜。我們抱怨，衛兵說一定是被動物偷吃了。

我在一九七九年大赦期間獲釋，也就是在黨部逮捕我之後十一年。刑期過半、罪名不是叛國或謀殺的囚犯可獲得大赦。叛國者將被驅逐出境。大赦是為了慶祝國軍戰勝烏干達的冷血獨裁者阿敏（Idi Amin）[36]。從渡輪下船、深夜坐上同一輛卡車的囚犯全數獲釋——活到現在的人剩下十一個。我們這群人多數獲釋的條件是立即接受出境簽證、被放逐，換言之，我的牢友多半因叛國罪入獄服刑。只不過，我怎麼看都不認為他們像叛國賊。被關這麼久，居然變成難民，居然被要求逃離自己緊抱多年不放的往事，要不是真的很悲哀，否則遇到這種事情會覺得滑稽。此外，由於事前大家都不知道即將以這種條件獲釋，因此來不及也無法申請入境簽證，只能等到接獲外國的入境簽證才可離境。這些牢友無法從監獄申請簽證，有的找不到家屬代辦簽證，而沒辦到簽證者無法出獄，因此根本也無法獲得釋放，我們三人沒收到驅逐令，選擇繼續吃牢飯，直到被驅逐的人也獲釋為止。幸好我們服監刑期過半了——只不過，我們連自己被判刑幾年都不得而知。

聯合國難民署官員介入後，打通所有難關，獲釋的囚犯全獲得阿拉伯聯合大公國庇護。因此在一九八〇年元月，我們領到獲釋令，被帶上卡車，載回首都，我們分道揚鑣。難民交給聯合國官員，兩名牢友去首都投靠親戚，我則前往港口。我終於能靜心想像莎爾荷變了多少，女兒茹奇雅長多高了。我搭船返鄉，下船後循老路走回家，是我學成返鄉那天父親前來接我走的同一條路。沒人對我開口，沒人認得我。一有人迎面而來，我就改看地面。有些房舍倒塌了，有些店面空蕩蕩。接近我那間傢俱行之際，我看到幾張眼熟的臉孔，但我不願耽擱，幸好似乎仍未有人認出我。我來到傢俱行前面停下，見窗戶全被木板封死，門上扣著大鎖。我望得瞠目結舌，感覺好熟悉，好像自己才在一兩個月前見過。有人碰觸我手肘，我轉身發現是馬路對面那位咖啡商，就是當初我收掉酥糖店、落得沒生意可做的咖啡商。他變得年邁體弱。他告訴我，莎爾荷死了，走了，願真主憐憫她的靈魂，我的女兒茹奇雅也早她幾步走了，願真主憐憫她的靈魂。母女在我服刑的第一年就走了。我被逮捕後，她搬回父母家，後來父母出國了。咖啡商不清楚他們移民哪一國，要打聽一下才知道。在這方面，我不願多言，只想提母女倆生病幾天就不治這件事，據信是傷寒。

已退休的老咖啡商帶我去地方黨部。主委換人了，不是在我被逮捕前一天陪我去黨部的那位。在新主委許可下，我們撬開店門上的掛鎖。裡面一切都無變動，全如努虎和我離開時一模一樣，只多了灰塵和蜘蛛網，以及剝落墜地的石灰。鄰居紛紛前來圍觀，祝賀我回家，許多人

36 編注：伊迪．阿敏．達達（Idi Amin Dada），一九二五年～二〇〇三年，曾任烏干達總統。在他統治下的烏干達，人權遭受嚴厲侵害，國際觀察組織及人權組織估計，在他統治下被殺害的人數達十萬人以上。

送飲食給我，表達善意。我獲釋後的幾週領受的善意無法言喻。我在店裡清理出一個空房間，住進去，希望再做生意，只不過買賣的東西不再是傢俱。店內殘留的物品值點錢就賣，然後我去採買蔬果進來轉售，慢慢也兼賣其他同類型的雜貨，例如火柴、肥皂、魚罐頭。沒人叫我談談監獄人生。

許許多多鄉親不是出走，就是被驅逐出境或去世。過去有許許多多壞事和困境降落在鄉親身上，如今倖存者仍承受禍害，各自有一本苦難經。就這樣，我開店了，潛心過著平靜的日子，該說的事說得毫不憤慨，堅強聆聽鄉親敘述吃苦的往事。大家把我視為一個被監獄糟蹋的悲劇人物，以親切又忍耐的態度對我講話。我一一回應他們，心存感激，呆呆地對他們表示善意。後來，在這間黑漆漆的破店裡，我惋惜著摯愛的妻女，悼念她們，哀慟過後再為虛度的這一生感傷。

是的，拉賈布住在我曾住過的那棟房子。往那方向走的時候，我盡可能繞道。他每天路過我的店面，我都看著地上，隨他去瞪個夠。他對我的仇恨絲毫不減。他的容貌大變，現在是一副失智苦行僧的模樣，衣衫襤褸齷齪。有時候我幻想著，坐過牢的人是他不是我，因為儘管我外表憔悴，內心卻堅決儘量避免再受辱，決心鼓足意志力走下去，過著殘破的人生，默默感念我學習到的一點點雅量。我唯恐把這話講得太聖潔了，但我服刑期間有空好好自省，學會感恩之道。失去自由的那些年，房子和拉賈布都成了雲煙，我再也不放在心上。他路過我店前，滿懷仇恨瞪著我，想和我單挑，我不做抵抗，不予理會。

他的妻子艾霞死了，她的開發資源部長情夫喀爾凡在腥風血雨中被整肅下台。我們在獄中聽過一九七二年的那場風波。總統和黨祕書長在審判案子時（像我多年前被審判的那一場）遇刺身亡。隨後為了報復，前部長喀爾凡被捕，後來保住性命逃亡出國，據說目前定居北歐某國，正在策劃解放我國的大計。鄉親告訴我，喀爾凡失勢後，拉賈布樂壞了，上街手舞足蹈，痛訴喀爾凡害他戴綠帽多年，丟盡面子。而在戴綠帽的那些年，他似乎不以為意。那時，艾霞和拉賈布已住在我們以前的房子裡，之後幾年，艾霞也仍住在同一棟房子裡，直到我獲釋前大約一年才過世。沒人主動向我透露死因，只說她死了。

重獲自由後，我的日子過得窮苦而膽戰心驚，和大家一樣，整天豎直耳朵聆聽統治者的惡行和復仇之舉，所幸過去十年情勢稍顯緩和。是的，我從未考慮出國。能去哪裡？能做什麼？在家鄉，我做的生意足夠自己溫飽，再過一段時日，我能過著還像樣的生活，過得平安舒適。數十年前，我向殖民官取得的舊書有幾本尚在，有些被蟑螂咬過，我照樣拿起來慢慢讀。有些人開始勸我去爭取那棟老房子。無數人去爭取過，最後都成功了。畢竟，我從未經正當法律程序定罪，審判我的那些人如今非死即失勢，再也無法仗著實力攔阻我爭回房子。房屋的所有權狀寫著我的姓名，目前無疑仍在戶政事務所的檔案櫃，一查就能證實屋主是誰。但是，我對那棟房子興趣闌珊，沒力氣也沒意願開戰，所以微笑感激大家的祝福，不願再追究。

拉賈布於一九九四年去世。由於他獨居家中，大門又老是緊閉深鎖，有人發現他連續兩三天在清真寺缺席後，鄰居撬開窗戶，才看見他陳屍床上，已有腐臭現象。願真主憐憫他的靈魂。葬禮後，我跟著鄰居去誦經，但我在清真寺的中庭止步，因為我怕有人會不高興。

幾個月後，也就是去年，不知什麼風把哈珊吹回家了。沒錯，哈珊回來了。有位顧客向我感嘆，真主帶走了那麼多人，總算有一件好事發生了。這顧客的意思是，虔誠的父親以生命換回摯愛的兒子。是的，哈珊回來繼承父親名下的房子。是的，離鄉三十四年的他回來爭取那堆淒慘的殘垣斷壁，而長達三十四年間，他一次也不曾聯絡父親。如今，哈珊是個有錢人，見過世面，大家一眼就看得出來，身材高大，蓄鬍，服裝體面，完全不見當年那個迷途小情郎的模樣。他回來的頭幾天，穿著波斯灣款式的厚棉織寬鬆坎祖長袍，口袋被皮夾和備忘記事本塞得鼓鼓的，頭戴小帽，滿臉被弧形鏡面太陽眼鏡罩住，鄉親見他無不嘖嘖稱奇。他像個多金浪子逛大街，宛如辛巴達首航後回家，歸故里燦笑自得，分送著禮品，向窮人施捨。

我和拉提夫．馬哈穆德走在英國海濱，講到這裡，拉提夫站住，專心聆聽，視線轉開。

「原來我哥回家了啊，」他說著難過笑一笑，同時也因心煩而皺眉。「我問過你，有沒有他的消息，你說沒有。大概是你想留著這一點，最後來一個故事轉折，對吧。」

「不對，不是為了這個。我想為他回家的這一刻鋪陳。我要你留意這一刻的意義。」我說。

「這幾十年，他躲到哪裡去了？你知道嗎？」

我聳聳肩。「不知道。波斯灣吧，從他的穿著來看。可能是沙烏地阿拉伯吧，也可能是中國。他沒對我提過他的去向，而跟我交談的人也儘量不提他，因為我和你父親有宿怨。哈珊他看起來是個常往國外跑的人，周遊列國，在外生活一世代之後落葉歸根，光榮得很，知識豐富，走路時雙手自由自在擺動，像隨時想擁抱世界似的。他本來是個鬼鬼祟祟的少年，在穆希姆季風轉向時和胡笙私奔，這轉變多大啊。」

「對，胡笙呢？他後來怎麼了？」拉提夫．馬哈穆德問。他語氣緊張，是顧忌或焦慮，我無法猜測。

「我不知道。」我說。

「告訴我，」他皺眉說，忍住伸手抓我質問的衝動。「你知道，對不對？快告訴我。」

「我不知道，」我說。「只知道你哥哈珊繼承他的遺產，不過胡笙也另有其他繼承人，例如親戚和子嗣。哈珊的長相甚至有點神似胡笙。他變得這麼發達，你父親在世的話一定覺得很有面子。」

「我父親，對，死得好慘。我不曉得他去年才過世。我還以為爸媽都過世好多年了。也許是我夢到的吧，也許是我的憧憬。也許是同一份心願抱了幾年，漸漸以為心想事成了。這麼講很怪，聽起來不像人話。有時候我以為是我下的手，是我咒死他們的。不過經你這麼一提，他們沒被我咒死，多活了好幾年。告訴你好了，我一封家書也沒寫過。」拉提夫．馬哈穆德說。

這時候，我們再度踏上海濱人行道，他停下腳步，轉身，正面看我，削瘦的臉上充滿輕蔑。

「我逃出東德以後，一直沒寫信給他們，既然他們不知道我後來去了哪國家，所以也沒辦法聯繫我。我想跟他們撇清關係，不想再被他們的仇恨和要求束縛。我父母彼此仇視。父親對她的恨意點燃他胸中的怒火，講話變得低聲下氣，惡化成以沉默消極抵制。身為兒子的人不該這樣罵父母，我知道，不過，我能溜出東德，他們不知我的去向，算是我運氣好。我甚至可以改名字，擺脫他們。能夠從頭來過。那種幻想，你懂吧？」

「可是，你的去向被鄉親發現了，」我措辭謹慎說，不願讓他痛上加痛。「我們在老家聽過你的近況。」

「看來是的，」他說，在陰霾之中強顏微笑。「所以哈珊回家了……為的是爭遺產。」

拉提夫排斥父母的態度令我暗暗稱奇。遠在天邊的兒子能靠沉默來排拒親情持續呼喚，這不足為奇。我驚訝的是，他處心積慮贏得這場戰役的代價多麼高，心頭那份悽愴和歉疚有多深，乃至於痛苦的神情溢於言表。為了斷絕親子關係而如此自殘，所以表情憔悴黯然，我倒不太覺得意外。

「他想爭的遺產，有一半是你的，」我說完見他心痛蹙眉，更促使我想小小整他一頓。

「你父親沒有留下遺囑，所以依法他的財產由男性後代平分。」

「你是建議我也應該回國嗎？去爭我的那一份？」他問，闊嘴冷笑著。

我聳聳肩。「我的意思僅止於，如果哈珊繼承遺產，那棟房子有一半是你的。只不過，這事沒有這麼單純。當年我去黨祕書長辦公室遞交所有權狀，從此那份所有權狀下落不明，幸好目前戶政事務所仍查得到那棟房子登錄在我名下，所以你父親在法律上始終不是屋主。你哥哈珊回國後住進那間房子，想奪取房子的完整所有權，所以把我當成眼中釘。他想追溯當年黨部對我的判決書，想掀出我曾經被判詐欺罪的舊帳，藉這判決來確認他的所有權。他回國以後深耕人脈，勾搭上幾個權貴，而且因為鄉親把他視為衣錦榮歸的英雄，民意極可能偏心他。有一天，他進來我的小店。我在街角賣的是蔬菜、砂糖、刮鬍刀片，不像以前那間燈光調配得宜的精品傢俱行。這樣解釋，你比較能想像我後來的情況。他向我要一杯水，喝了一口，隨俗寒暄幾句，然後向我索取那棟房屋的相關文件。我說我沒有，所有權狀早在當年依規定遞交給黨祕書長了，一九七二年，祕書長被刺殺身亡，想必他也知道。接著他說，這事將由法律還他公道。另外他也想控告我欠錢不還。他說我欠他伯父胡笙錢。我說，不對不對，應該是胡笙欠我錢。我有協議書為證。他要求我拿出來，我拒絕給他。他說他是胡笙叔叔的繼承人，我欠胡笙的錢是遺產的一部分。他說他也有我欠錢的證據——幾年前胡笙在巴林簽署的宣誓書，有人在一九六〇年見證雙方交易。胡笙和哈珊這兩人，為什麼如此聯手惡整我，我毫無概念。我是這麼告訴你哥哈珊的。他聽了哈哈大笑，笑得豪邁，是權勢人物在街頭炫富的那種笑法，卻只能稍稍遮掩他臉上的恨意和決心。我轉頭看自己店面一圈，想引他的眼珠跟著我的視線走，看看這間小店多麼不值錢。我告訴他，就算他有錢也有法律撐腰，我也沒錢給他。『我們走著瞧，』他說，腮幫子緊緊咬合，氣得嘴唇發抖。然後，他走向門口，在街頭眾目睽睽之下辱罵我，跟你父親當年的作法沒兩樣。他搬出剛才的指控，當眾大罵我，然後揚言勝訴後保證我坐牢或更慘。我坐在櫃檯裡面，像個剛挨鞭子的牲口，任憑他在我四周暴跳如雷，圍觀的民眾愈看笑容愈燦爛。我以為他會衝過來揍我，還好最後有人過去勸他顧及榮譽心和行為規範，拉他離開，以免進一步傷及他的尊嚴。我不信任我國的法律體系，這輩子再也擠不出跟他周旋的活力，只好帶著我那盒沉香一走了之。」

海風轉強，或許我步履稍微蹣跚了一下，拉提夫見狀握住我手腕，帶我離開海濱，走向通往鬧區的一條巷子。穿越繁忙的馬路後，我們走在熙來攘往的人行道，然後他問：「你出國為什麼冒用他的姓名？」我覺得好疲倦，但願他再攙扶我，牽我到剛才路過的咖啡廳，找張桌子坐下，我可以堅持休息一會兒，喝杯咖啡再走。可惜他超前我半步，以眼神和肢體拖著我走，彷彿逼迫著我，拉扯著我前進。「上次我來拜訪你，問過相同的問題。感覺像一世紀以前的事了。我那天問的口氣很差，因為我擔心你冒名是為了嘲笑他，想對他耀武揚威……像在炫耀你從他手裡爭到房子。那天我還不知道你被逮捕的事，不知道你妻子和女兒的事。現在我雖然知道了，卻更覺得你冒用他的姓名很奇怪。」

「說來很荒謬，不過荒謬當中卻有一絲甜蜜。大赦的條件之一是禁止我辦護照，」我說。「大概是政府怕我出國作怪，但我猜只是政府居心不良而已。你父親當年放棄一家三口住的房子時，在家裡留下一些他堅持不搬走的小傢俱。我聲明一下，我當初不希望趕你們走，我要的只是名義上的房子。唉，我不曉得該怎麼解釋才對，總覺得愈辯愈顯得自己像滿心愧疚、要求原諒的老頭子。而我確實是。希望包括你在內被我傷害到的人都能寬恕我，都怪我當年不經大腦思考，貪圖面子。言歸正傳。你們一家三口搬出去時，留下一些東西沒帶走，其中有一箱子的文書資料，多數是沒價值的東西，例如陳年的繳費通知、信件、傳單和使用說明書，不過我發現其中有一份是他的出生證明，被我保留下來，因為我心想，找不到出生證明會帶給他困擾。其餘東西全被我扔了。你們家留下的東西，我才不想收。我只留下出生證明，另外也留下那張黑檀木桌，你知道。那張精美的小桌子，後來成了惡咒，天天提醒我當年死愛面子，損失多慘重。哈珊回國後，那天進我店裡，我以為他記著胡笙當年買桌子送他的事，所以想過來看一看。結果，他一眼也不看。」

拉提夫躊躇片刻，幾乎暫停腳步。「我記得你在我們家走來走去，挑東撿西的，撿剩的全被你拍賣掉。我腦海裡有這畫面，」他說。「印象中，我跟蹤手推車從我們家出發。我也記得你在我們家裡走來走去，挑出一些你想留的東西。」

我愕然凝視他。「怎麼可能，」我說，嗓音因這項新指控而顫抖。我倆駐足路上，年邁的我承受怨言累到差點不支倒地。我指向幾步之外的咖啡廳，和他一起過去坐下。「你們搬走後，我聽說你們留下一些傢俱，所以派人請你父親去收拾，不過他回說，他不想要那些東西了，全送我。所以我交代努虎去搬走所有東西賣掉，得款給你父親。你父母親都不想收那筆錢，所以我叫努虎拿去送人，因為我不想再看到那筆錢。傢俱全清走之後，努虎帶那箱文件回來，也帶著黑檀木桌回來，因為他記得店裡擺過這桌子。他說其他東西值不了幾分錢，我也不想再問下去了。」

「那張漂亮的博卡拉大地毯呢？怎麼能說它不值錢？」

「對不起。」我說。

「在我印象裡，你繞著那堆傢俱走來走去。」他說，語調納悶，固執著。他點了咖啡和蛋糕。在我們等餐飲上桌之際，他轉頭不看我，我以為他會跳進記憶圖像裡翻箱倒櫃一番，懷疑我有沒有騙他，懷疑我是否因愧對他而隱瞞真相。「也許，連這印象也是我想像出來的，」他最後說，仍在納悶，仍在質疑。「又是我用來自欺的一場幻夢，把你醜化成壞人。在我們的仇恨之家裡面，你一直是壞蛋。說不定在傢俱旁邊走來走去的人是法魯。暫且說那情景是我想像出來的好了……怎麼會有畫面呢？怎麼想怎麼怪。總而言之，你太常用『榮譽』、『禮教』、『寬恕』這些字眼了，全都沒意義，全是空談。我認為，你我頂多能指望彼此親善對待。那些高學問的字眼都給口是心非專用，用來掩飾人生的虛無。對了，出生證明後來怎麼了，說來聽聽。我大致猜得到。」

「我出獄回家後，你父親的出生證明還在，我沒多想就保留著。後來，哈珊回來，我考慮一走了之，所以把出生證明找出來，交給一個懂得活用的人。那人擅長收集一些短命小孩的出生證明，如果有顧客想辦護照，他會從中找一個出生年分還算相近的證明，冒用小孩的名字去辦護照。謝天謝地，我留著你父親的出生證明，於是我成了你父親，用他名義辦到了護照。之後，我從帳戶裡領一些錢，找另一個人安排機票，然後飛來英國尋求庇護。」

那週日，他在我家待到很晚，最後我留他睡在我家客廳，讓他躺著幾個軟墊席地而睡。獨居多年的我覺得家裡有別人睡覺是件怪事，頓時覺得年輕了好幾歲。在小小的公寓裡，我從臥房聽得見他在客廳的動靜。這令我聯想起在老家的生活，也稍稍勾起監獄的往事，差別在於，在牢房永遠睡不好。但這一夜，我一躺平就毫無掛念，沉沉入睡。

清早，我比他早起，他或許因此覺得失望吧（我該強調，這是我個人的想法。言而有信，我很注重用詞精準）。也許，他不願我嫌他自戀、自我感覺良好，不願我認為他是那種不請自來還賴床的客人。我大可安慰他，人老了，想多睡一點很難，而我早起的另一因素是賴床反而累。他喝了一點咖啡，作勢想告辭了。我照自己的口味，把純咖啡泡得既苦又燙，不指望他也不加牛奶和糖。見他蹙眉啜飲著，我不禁微笑。

「你一定要去辦一支電話。」他站在門口說，手臂倚靠著門框。

「我不急。」我說著看他微笑。我自認能明瞭他的想法。他希望我引述巴托比的口頭禪：**我寧願不要**。最近我倒是一直在思考瑞裘說的話，考慮重拾《抄寫員巴托比》讀一讀，溫習一下我崇拜的這位亡命之徒，再學他的口頭禪也不遲。

「再沒電話，下週末別怪我來你家突襲喔。」他說。

他果然來了，瑞裘也開車來，三人一同駛向一個名為清水谷的地方，民眾可跳湖游泳，可以玩一種水車，也可以藉尼龍助浮器玩水，從高聳的陡坡漂流向當斯山脈（Downs）。然後，瑞裘載我們回她家吃一餐。翌日，拉提夫要我收拾幾件衣物，堅持帶我去倫敦玩兩天。他說我在英國住了九個月（七個月才對，但他不管，繼續講下去），離倫敦車程才一小時，竟然一次也沒去過，簡直是罪過。他叫我去他家住幾天，想帶我去遊覽倫敦，逛遍觀光客都想逛的景點，更想介紹一些不為人知的祕境，說不定我會認為比「大富翁」遊戲裡的地名更值得一遊。只不過，「大富翁」裡的建築物和雕像也很偉大，很威風。等我逛夠了，他會送我去搭火車，瑞袞會去終點站接我，把我當作是兩人輪流照顧的佝僂老爹。

我一踏進拉提夫的公寓，霎時想起我在店裡夜夜獨守十五年的房間。那房間也充滿寂寞和徒勞的氣息，有長年獨守的味道。他家客廳的燈光太強了，牆壁空白，不掛相片或裝飾品，甚至連時鐘也沒有。傢俱稀疏，全是便宜貨，電視前的那張大椅子除外。菸灰缸底有一層厚厚的灰，上面塞滿菸屁股，擺在電視機上，旁邊有個酒杯，殘留著葡萄酒的紅漬。「應該先打掃一下的。」他說著把酒杯和菸灰缸端進廚房。他回客廳收拾書籍、沒打開過的報紙、一件皺巴巴的羊毛衫、一件發臭待洗的睡袍，全在客廳角落擺成一堆。接著，他雙手插腰看著那一堆雜物，好像很得意，自己總算大掃除有成。然後，他收拾茶杯和髒盤子，端進廚房，開窗戶，點一支菸。接著，他打開冰箱，陡然一驚，說他想去街角那間店買菜，不然買外帶也可以。我聳聳肩，要他做主。在英國住了好幾個月，我從未嘗過任何一家餐廳的外帶，所以希望他選擇買外帶，如此一來，我能偷嘗一口知名美食。口腹問題尚未解決，電話鈴聲來了，瑞袞在關心是否一切順利。她和拉提夫一聊就是二十分鐘，笑得太用力，我猜是仍在助長友誼萌生階段的那種笑法。我在公寓裡晃蕩，走遍各角落，打開碗櫥和門，也試試窗戶能不能開，推敲他在哪裡辦正事寫作，研判他會叫我睡在哪裡，順勢研究看看他家有無可能備有乾淨的床單和溫暖的寢具。我視察一圈後，電話中的拉提夫仍意猶未盡。經我不著痕跡禮貌調查一番後，連一絲乾淨床具的氣息也沒嗅到。聽他電話講得那麼歡喜，我盼他沒被沖昏頭，希望他記得去街角買外帶。沒關係，反正平常我晚餐吃得少，何況我帶著阿爾馮索的毛巾，不怕沒得躺。

※編按：原書敘事年代橫跨近百年，部分國家及城市名因時空環境及政治、歷史等因素變遷，已與今日有異，為免誤植，皆以原書為準。

特別收錄

二〇二一年諾貝爾文學獎獲獎致辭

寫作

——阿卜杜勒拉扎克・古納

寫作一向是種樂趣。學童時期，我所期待的就是故事寫作的專門課程，或是老師判定能激發學生興趣的其他事物，總之都勝過課表上的其他安排。這時，每個人都會沉靜下來，伏案寫出值得一記的東西，有些源於記憶，有些出自想像。在這些年輕的作品中，無人企望說明特定事情，或是回憶哪個難忘經歷，又或是表達什麼堅定觀點、傾訴何種苦衷。老師藉此引導我們改善論述能力，除他之外，這分成果別無其他讀者。我之所以寫作，單純因為受命提筆，而且這樣的過程令我感到愉快。

多年之後，我自己也成為教師，因此也有了相反的經歷。我坐在安靜的教室裡，學生則俯首寫著作業。這讓我想起D・H・勞倫斯的一首詩〈最美好的校園時光〉，下面容我引用其中幾行：

我獨自坐在教室一隅，

看著那些穿夏衫的男學童
伏案寫作，低著圓圓的頭忙碌著：
他們一個又一個
抬臉望向我，
靜靜思考，
實則視而不見。

然後他們在筆下感受到小小的開心振奮，
再次將目光從我這裡偏移開去，
因為他們已找到想要的，也得到了該得到的。

我所描述的寫作課，以及這首詩所刻劃的寫作課，都並非後來我認知的寫作。那些作業未受動機驅使，也未遵從指導、更未一再琢磨或是不斷重新組織。我年少筆耕時，只懷著一份天真，直率地寫，未見太多猶豫，不做什麼改動。我閱讀時同樣不喜拘束，沒有預設方向，當年渾然不知這些行為之間有何密切關聯。碰上無需早起上學的日子，我一讀書就會讀到深夜，以致有時父親失眠，也不得不走進我的房間，囑咐我把電燈關掉。就算我敢，但也不好回嘴說：你自己都沒睡，為什麼偏要我睡呢？畢竟你不能這樣對父親說話。不管怎樣，他雖失眠，但畢竟也會關燈，保持四下暗黑，以免干擾了我的母親，所以關燈指示也算說得過去。

年輕時，我寫作和閱讀的習慣是隨意的，到後來才較有安排，不過終歸是件樂事，幾乎不需特意拚搏。然而，這樂事的性質漸漸發生變化。直到搬去英國之後，我才完全覺察到這一點。當年我為思鄉所苦，同時深陷異地生活的苦悶，這時才開始反思許多自己以前不曾考慮過的事。在長期的貧困和孤獨裡，我開始嘗試不同類型的筆耕。我越來越清楚，什麼東西該說出來，什麼任務有待完成，還有什麼遺憾、悲苦必須加以探究。

首先，我反省自己在輕率逃離家鄉時拋在身後的種種。二十世紀，六〇年代中期，我們的生活面臨巨大混亂，其中的是非對錯都被伴隨一九六四年革命而來的暴力所遮掩，而這些罪行包括拘留、處決、驅逐以及大大小小數不盡的侮辱和壓迫。當年，我還年輕，關於這些事件，我一時還無法清晰思考其中過去和未來的意義。

直到遷居英國後的最初幾年，我才得以關照這些問題，深入反思我們對於彼此所施加的冷血行為，重新審視我們如何以謊言和幻想安慰自己。我們的歷史是不公正的，對諸多的凶暴行為保持緘默。我們的政治是種族分化的，直接導致了革命後的迫害，父親在孩子面前被屠戮，女兒在母親面前遭受侵害。我來到英國生活，遠遠避開了那些事件，但仍對其深感不安，也許因為和那些仍遭受災後創傷折磨的人相比，我不太抵抗得住這些記憶的威力。然而，我也為其他與這些事件無關的回憶所困擾：父母殘酷對待子女；囿於社會或性別的愚昧教條，人們無法暢所欲言；因貧困和依賴，對不平等的現象逆來順受。這些問題並非我們特有，而是普遍存在於所有人的生活中，但是除非情況逼你關注，否則你並不會經常放在心上。那些逃開傷害、將昔日的人事物拋在身後並且得以安全度日的人，我猜這也是他們要承受的重擔之一。最終，我開始將這些反思的部分內容記下來，不是按部就班、有組織的，還沒有到那地步，只是為了澄清我內心中一些混亂和不踏實的感受。

然而，隨著時光的流逝，明顯出現了一份深沉的不安。一段新的、較簡化的歷史正在成形，改變甚至抹除了昔日發生的事，將歷史重新建構起來，以符合當前的信念。建構新的、簡化的歷史不僅是勝利者免不掉的任務，他們更隨時可以創立自己所選擇的論述，而且這也適合評論家和學者，適合那些並非真心關注我們、習慣透過自身世界觀的框架來看待我們，或是仰賴他們熟悉的種族解放和進步敘事的作家。

因此，我們必須排拒這樣一套歷史，因為它忽視了那些見證早年歲月風貌的事物，如建築物、成就，及讓生活擁有意義的溫情。多年之後，我走過伴隨自己成長的小鎮街道，目睹破敗的事物和場所，看到牙齒掉光、活得灰頭土臉、擔憂失去過往記憶的人。為了保留那段記憶，我必須記錄存在當年的人事物，尋回居民生息於茲並賴以自我理解的片刻與故事，同時應該寫下那些迫害和令人髮指的行徑，也就是我們的統治者自鳴得意、企圖泯除我們記憶的舉措。

我們還需要面對另一種對於歷史的理解，這一點在我搬到英國後，較接近其根源時才變得更為清晰，比我在尚吉巴接受殖民地教育時更加清晰。我們是成長於殖民主義下的孩子，而我們的父母和之後的人則並非如此，或者至少方式是不同的。倒不是說我們與父母所看重的事物不可同日而語，或者我們的後代已擺脫了殖民影響。我指的是，我們這一代人是在帝國高度自信的年代中成長並接受教育，至少在我們身處的地區確實如此。當時的統治者以美言掩飾自己的真實面貌，而我們也同意這樣的欺騙。我指的是該地區在去殖民化運動如火如荼開展前的階段，亦是我們尚未開始關注殖民統治掠奪本質的年代。那些在我們之後出生的人，他們也對後殖民時代感到失望，也拿自欺欺人的東西寬慰自己，也許他們並未清楚地、足夠深入地看到殖民歷史如何改變了我們的生活，而我們的貪腐和不當治理多多少少也歸因於殖民的遺緒。

移居英國之後，我開始更加明白其中一些事情，倒不是與我交談的人或是在課堂上遇到的人讓我茅塞頓開，而是我自己進一步理解到，他們是如何看待像我這樣的人：在文字書寫或是隨意交談中，在電視和其他地方種族歧視笑話所引發的歡鬧，日常在商店、辦公室或公共汽車遇到的那些自然流露的敵意中。面對那類對待，我也無可奈何，不過就在我學會以更深入的理解方式來閱讀的同時，一股寫作的欲望也油然而生，我要以寫作來拒斥那些鄙視和看輕我們的人，那些下筆輕率簡化卻又自信滿盈的人。

但寫作不僅只是爭鬥和論戰，即便那也能振奮、撫慰人心。寫作不能只談一件事，不能只著墨此議題或彼議題，關切某一點或另一點。寫作可關切的不離人生，所以人的殘酷、愛和弱點終將成為主題。我也相信，寫作還須揭示什麼可以改變，揭示專橫目光看不見的東西，揭示讓人們無須在乎自己身材矮小及輕蔑目光而能培養自信心的事物。因此，我覺得有必要寫下這些，並且真誠地去寫，同時展現醜陋及美德，並使人的輪廓從過度簡化和刻板的印象中顯露出來。一旦做到這點，有一種美即會隨之而生。

這樣的觀察角度，為脆弱和軟弱、殘暴中的溫柔騰出空間，也為從料想不到的源頭中湧現的行善能力保留餘地。正是因為這些原因，寫作於我而言，是生活中引人入勝、值得投注時間精力的一環。當然，我的生活還有其他部分，但不是我們在這裡要關注的。說來有點神奇，幾十年過去了，先前我提到的那種年輕時的寫作樂趣依然存在。

最後，讓我對瑞典學院表達最深刻的謝意，感謝院方將這樣的殊榮授予我及我的作品。本人非常感激。（譯者／郁保林）

——本篇致辭獲諾貝爾基金會授權同意潮浪文化翻譯出版

編按：獲獎致辭影片亦可參見諾貝爾基金會官方網站

當代經典 Classic 003

海邊 By the Sea

作者	阿卜杜勒拉扎克・古納（Abdulrazak Gurnah）
譯者	宋瑛堂
主編	楊雅惠
資深編輯	張釋云
校對	張釋云、楊雅惠
美術設計	王瓊瑤
行銷企劃	邱冠棠
總編輯	楊雅惠
出版	遠足文化事業股份有限公司 潮浪文化
發行	遠足文化事業股份有限公司（讀書共和國出版集團）
電子信箱	wavesbooks2020@gmail.com
社群平臺	linktr.ee/wavespress
粉絲團	www.facebook.com/wavesbooks
地址	23141 新北市新店區民權路 108-3 號 3 樓
電話	02-22181417
傳真	02-86672166

法律顧問	華洋法律事務所　蘇文生律師
印刷	中原造像股份有限公司
出版日期	2024 年 2 月
定價	580 元
ISBN	978-626-97521-8-8（一般版）、9786269826209（PDF）、9786269752195（EPUB）

潮浪文化　｜讓閱讀成為連結孤島的潮浪，讓潮浪成為連結心靈的魔法｜

線上讀者回函

潮浪文化社群平臺

國家圖書館出版品預行編目（CIP）資料

海邊 / 阿卜杜勒拉扎克．古納 (Abdulrazak Gurnah)；宋瑛堂譯．-- 新北市：遠足文化事業股份有限公司潮浪文化，2024.02
面；　公分
譯自：By the sea
ISBN 978-626-97521-8-8（平裝）

873.57　　112022298